Rita Mae Brown
& Sneaky Pie Brown

VIER MÄUSE UND EIN TODESFALL

Rita Mae Brown
& Sneaky Pie Brown

VIER MÄUSE UND EIN TODESFALL

Ein Fall für Mrs. Murphy

Roman

Aus dem Amerikanischen
von Margarete Längsfeld

Ullstein

Die Originalausgabe erschien 2012
unter dem Titel *The Big Cat Nap*
bei Bantam Books, New York.

MIX
Papier aus verantwortungsvollen Quellen
FSC® C014889

ISBN 978-3-550-08058-6

Gesetzt aus der Janson
Satz: LVD GmbH, Berlin
Druck und Bindearbeiten: Friedrich Pustet, Regensburg
Printed in Germany

Für Dr. phil. Mrs. Harriet Phillips,
Absolventin des Smith College, wunderbare Mutter
und zuverlässige Freundin.
Ich weiß nicht, was ich ohne sie anfangen würde.

Personen der Handlung

Mary Minor »Harry« Haristeen hat soeben den Brustkrebs überwunden. Sie wirft sich mit Verve auf die Farmarbeit; an manchen Tagen fällt dies der Vierzigjährigen leicht, an anderen nicht. Sie ist eine gutmütige Natur, hat aber den verfluchten Fehler, viel zu neugierig zu sein.

Pharamond »Fair« Haristeen, Doktor der Veterinärmedizin, hat sich auf Pferdefortpflanzung spezialisiert. Der kräftig gebaute Mann ist mit seiner Highschool-Liebe Harry verheiratet. Er ist viel einfühlsamer als seine Frau.

Susan Tucker. Sie ist Harrys Freundin, seit sie beide in der Wiege lagen. Sosehr sie Harry auch liebt, ihre wissbegierige Freundin kann sie schon mal die Wände hochgehen lassen.

Miranda Hogendobber hat mit Harry zusammengearbeitet, als Harry noch Posthalterin von Crozet war. Sie ist Ende sechzig, sehr religiös, besitzt einen gesunden Menschenverstand und hat eine klare Sopranstimme. Außerdem ist sie eine gute Gärtnerin.

Olivia »BoomBoom« Craycroft kennt Harry und Susan seit dem Kindergarten. Sie ist groß, blond, schön und hat blaue Augen. Sie leitet die Betonfabrik ihres verstorbenen Mannes; zwar treffen wir sie die wenigste Zeit dort an, ansonsten aber so gut wie überall.

Alicia Palmer. Die hinreißende Frau um die fünfzig war in den 1970er Jahren ein großer Filmstar. Wie die meisten Menschen im Filmgeschäft hat sie etliche Ehemänner verschlissen, viele Affären gehabt, dann aber klugerweise alledem den Rücken gekehrt, um die Farm in Crozet zu übernehmen, die ihre erste Liebhaberin ihr vermacht hat. Sie ist selig.

Deputy Cynthia Cooper. Die schlanke Frau wohnt neben Harry auf einer gepachteten Farm. Die zwei Frauen erfreuen sich einer soliden Freundschaft, auch wenn Harry sich hin und wieder in Cynthias berufliche Angelegenheiten einmischt.

Sheriff Rick Shaw ist ein rechtschaffener Mensch, klug, überlastet und unterfinanziert wie die meisten Bezirkssheriffs in Amerika.

Reverend Herbert Jones. Der Vietnam-Veteran ist der Pastor der lutherischen St.-Lukas-Kirche, die über zweihundert Jahre alt ist, ein würdevolles, friedliches Kleinod. Er ist ein Mann von tiefer Überzeugung und tiefen Empfindungen.

Victor Gatzembizi. Obwohl erst Anfang vierzig, hat er ReNu aufgebaut, einen lukrativen Unfallreparaturbetrieb mit Werkstätten in mehreren

Städten Virginias. Er ist attraktiv, nett zu den Leuten und hat die typische Vorzeigefrau, aber er sorgt gut für sie, genau wie für seine Angestellten. Er hat sich gegenüber der Brustkrebsstiftung als großzügig erwiesen.

Latigo Bly ist ebenfalls Anfang vierzig und noch erfolgreicher als Victor; er hat das hochprofitable Kraftfahrzeug-Versicherungsunternehmen Safe & Sound aufgebaut, das gegenwärtig in den Mittelatlantikstaaten stark vertreten ist. Viele Leute glauben, er wird die Firma landesweit ausbauen.

Yancy Hampton ist hauptsächlich Obst- und Gemüsehändler, Inhaber von Frisch!Frisch!Frisch!, einem gehobenen Lebensmittelgeschäft. Er betrachtet sich als grün in jeder Hinsicht.

Marilyn »Big Mim« Sanburne ist die Herrscherin über Crozet. Sie tritt in diesem Buch kaum in Erscheinung, aber seien Sie versichert, in Zukunft wird sie sich wieder behaupten.

Marilyn »Little Mim« Sanburne junior steht zu ihrem Verdruss oft im Schatten ihrer Mutter. Sie ist Vizebürgermeisterin von Crozet unter ihrem Vater, dem Bürgermeister. Weil sie verschiedene politische Parteien vertreten, kann das spannend sein. Sie tritt in der Politik zurzeit etwas kürzer, weil sie ihr erstes Kind erwartet.

Blair Bainbridge. Little Mims Ehemann ist außer sich vor Freude über die Aussicht, Vater zu werden.

Tante Tally Urquhart ist hundert, Big Mim ist ihre Nichte.

Inez Carpenter, Doktorin der Veterinärmedizin. Tante Tallys ehemalige Kommilitonin an der William-Woods-Universität ist achtundneunzig und hat Fair Haristeens berufliche Laufbahn gefördert.

Mildred Haldane ist verwitwet und führt den Schrottplatz weiter, den sie mit ihrem verstorbenen Mann betrieben hatte. Sie versteht mehr von Autos als viele Mechaniker und Werkstattarbeiter. Sie hat eine Leidenschaft für alte Autos.

Die ReNu-Mechaniker

Walt Richardson, Nick Ashby, Jason Brundige, Sammy Collona, Lodi Pingrey und Bobby Foltz.

Die wirklich bedeutenden Figuren

Mrs. Murphy. Die Tigerkatze ist meistens cool, ruhig und beherrscht. Sie liebt ihre Menschen, die Hündin Tucker und sogar Pewter, die andere Katze, die ein rechtes Ekel sein kann.

Pewter. Sie ist ichbezogen, rundlich und, wenn sie Lust hat, intelligent. So selbstsüchtig sie auch ist, sie kommt oft in allerletzter Minute, um zu helfen, und will dann die ganze Anerkennung einheimsen.

Tee Tucker. Die Corgihündin könnte für Sie die Aufnahmeprüfung am College bestehen. Sie hängt sehr an Harry, Fair und Mrs. Murphy. An Pewter hängt sie nicht so sehr.

Simon ist ein Opossum und wohnt auf dem Heuboden von Harrys Stall.

Matilda ist eine große Kletternatter mit einem starken Sinn für Humor. Sie wohnt auch auf dem Heuboden.

Plattgesicht. Die große Ohreule haust in der Stallkuppel. Sie triezt Pewter, aber der Katze ist klar, dass der Vogel sie mühelos hochheben und wegtragen könnte.

Die lutherischen Katzen

Eloquenz ist die älteste der Katzen von St. Lukas. Sie ist sehr besorgt um den »Rev«, wie seine Freunde den Reverend Herbert Jones manchmal nennen.

Cazenovia. Diese Katze beobachtet alles und jeden.

Lucy Fur ist die jüngste der Miezen. Obwohl stets verspielt, hört sie auf die älteren.

1

Ein Rotschulterbussardweibchen flog mit einem Mäuschen in den Klauen vor dem 2007er Subaru-Outback vorbei, der auf der nassen Landstraße fuhr. Es landete auf einem alten Kirschbaum, dessen rosa Blüten vom leichten Aufsetzen des Vogels auf die Erde flatterten.

»Haben Sie das gesehen?«, rief Miranda Hogendobber. Sie saß am Steuer des Subaru-Outback, auf dem Weg zum Gartenzentrum in Waynesboro.

»Raubvögel faszinieren mich, aber sie machen mir auch Angst«, erklärte Harry Haristeen. »Armes Mäuschen.«

»Das ist der Lauf der Dinge.« Miranda verringerte wegen einer scharfen Kurve das Tempo.

Mittelvirginia, das sich eigentlich eines herrlichen Frühlings erfreute, erholte sich soeben von den sintflutartigen Regenfällen des Wochenendes.

Harry, mit vierzig topfit, und Miranda, Ende sechzig, was ihr nicht anzumerken war, hatten jahrelang zusammen im alten Postamt von Crozet gearbeitet.

Als George, Mirandas Mann, starb, hatte Harry, gerade frisch vom Smith College abgegangen, seinen Posten als Vorsteher des Postamtes übernommen, nicht ahnend, dass diese Arbeit fast zwei Jahrzehnte dauern würde. Miranda ließ sich trotz ihres schweren Verlustes jeden Tag sehen, um der jungen Frau, die sie schon als Baby gekannt hatte, zu helfen, sich zurechtzufinden. Harrys Jugend heiterte Miranda auf. Besonders wenn man trauert, ist es gut, eine Aufgabe zu haben. Im Laufe der Jahre waren sie sich sehr nahegekommen, es war fast wie eine Mutter-Tochter-Beziehung. Harrys Mutter war gestorben, als Harry Anfang zwanzig war.

Angesichts des Unrats, den das allmählich zurückgehende Wasser auf den überschwemmten Feldern hinterließ, bemerkte Harry: »In diesem Schmutz kann ich die Tiere nicht rauslassen. Wer weiß, was sich sonst noch alles in den Ästen und Zweigen verheddert hat.«

»Hey, da ist ein Plastikstuhl. Könnte sich hübsch in Ihrem Garten machen.« Miranda lächelte.

Die jüngere Frau war großzügig mit ihrer Zeit und fütterte jedermann gern durch, doch wenn es um Geld ging, war sie oft knauserig. Miranda konnte es sich nicht verkneifen, Harry mit einem kostenlosen, wenn auch hässlichen Stuhl aufzuziehen.

»Dieser Wagen ist viel besser als mein 1961er Falcon«, sagte die ältere Dame. »Zuerst war ich ja gegen das Luxusradio. Ist schließlich ein Gebrauchtwagen, in dem der Einbau eines Siriusradios vorgesehen war, aber ich wollte kein Extrageld ausgeben. Wie konnte ich bloß ohne das leben?«, Miranda war zur Subaru-Konvertitin geworden.

»Normale Autos leisten heute mehr als ein Mercedes oder sogar ein Rolls-Royce von vor zehn Jahren. Mich verblüfft, mit welcher Geschwindigkeit die technische Entwicklung dieser hochwertigen Gefährte bei viel preisgünstigeren Autos selbstverständlich geworden ist. Trotzdem liebe ich meinen alten 1978er F-150, und Sie fahren noch Ihren alten Falcon. Hey, soll ich ihn für Sie wachsen?«

»Würden Sie das tun? Wie lieb von Ihnen.«

»Sie wissen ja, ich bin versessen auf alles, was einen Motor hat. Ich reinige die Reifen, möbele Ihr Armaturenbrett auf. Ich bin ein Einfrau-Wasch- und Pflegecenter.«

Mit zusammengezogenen Augenbrauen sagte Miranda: »Ah-oh.«

Ein merkwürdiger Knall und das darauf einsetzende Schlingern machten es schwierig, den Outback auf der Straße zu halten.

»Blinker einschalten und bremsen.«

Sie schlitterten auf einen schmalen Abflussgraben zu, und die Airbags bliesen sich auf, als das Rad in den Graben rutschte. Miranda konnte nichts sehen.

Wenn genügend Platz war, verliefen die schmalen, etwa dreißig bis sechzig Zentimeter tiefen Abflussgräben parallel zu den Landstraßen. Gelegentlich führten schmale Durchlässe unter Farmzufahrten oder scharfen Kurven durch und leiteten das Wasser, das sehr schnell steigen konnte, von den Straßen ab.

Auch ohne etwas zu sehen, geriet Miranda nicht in Panik. Sie bremste vorsichtig, und die rechte Wagenseite senkte sich in den Graben. Das Auto wackelte ein bisschen.

Harrys zwei Katzen und ihr Hund, die auf dem Rücksitz schliefen, kullerten herunter.

»Hey!«, heulte Pewter, die rundliche graue Katze.

Mrs. Murphy, die getigerte Katze, und die Corgihündin Tee Tucker kletterten wieder auf den Sitz.

»Keine anderen Autos«, stellte die Hündin fest.

Die Tigerkatze sah sich um. *»Stimmt.«*

»Ich hab geschlafen.« Pewter hievte sich hinauf und setzte sich zu ihren Freundinnen.

»Haben wir alle«, bemerkte Mrs. Murphy trocken.

»Schon – aber ich hab mehr geschlafen.«

Harry, die bereits ausgestiegen war und in den Airbag mit dem Taschenmesser, das sie immer in der Hüfttasche bei sich trug, ein Loch gestochen hatte, damit die Luft entweichen konnte, duckte sich, um sich das Fahrgestell anzusehen. Dann ging sie zur rechten Seite des Wagens, die mit der Schnauze im Graben steckte.

»Ist was zu sehen?« Miranda rollte ihren Airbag, in den Harry ebenfalls ein Loch gestochen hatte, so gut es ging zusammen.

Harry rief zurück: »Der rechte Reifen ist aufgeschlitzt, und der Schlauch hat einen Platten. Sind Sie Mitglied beim Automobilclub?«

»Ja.« Miranda zog sich mit Harrys Hilfe aus dem Wagen. »Aber ich ruf lieber Safe & Sound an.«

Die Firma Safe & Sound, von Alphonse »Latigo« Bly gegründet und betrieben, hatte ihren Hauptsitz in Charlottesville. Das auf Autoversicherungen spezialisierte Unternehmen deckte die mittlere Atlantik- und die Südküste ab. Viele Geschäftsleute glaubten, dass Safe & Sound sich früher oder später landesweit ausbreiten würde.

Während Miranda telefonierte, öffnete Harry die hintere Wagentür.

»Muss wer Pipi machen?«

»Muss das hier sein?«, grummelte Pewter. *»Ich will mir nicht die Pfoten nass machen.«*

»Kein Bedarf«, antwortete die Corgidame für alle drei Tiere. Als Harry sah, dass keine von ihren besten Freundinnen sich rührte, schloss sie die Tür, dann stopfte sie den Airbag mühsam wieder an seinen Platz.

Miranda telefonierte noch mit Safe & Sound und erging sich dabei in – vielleicht allzu vielen – Einzelheiten.

Harry entnahm dem Handschuhfach die Bedienungsanleitung.

Nach Beendigung des Telefonats informierte Miranda Harry: »In zwanzig Minuten ist jemand hier. Den Automobilclub muss ich nicht anrufen, sagt er. Er hat andauernd mit solchen Sachen zu tun.«

»Ist doch immer besser, Geschäfte mit Freunden zu machen«, fand Harry. »Wenn man versucht, Geld zu sparen, verschwendet man meistens Zeit oder gibt sogar mehr Geld aus. Safe & Sound ist vor Ort.«

Miranda seufzte. »Je älter ich werde, desto klarer wird mir, dass Zeit kostbarer ist als Geld.«

Harry blätterte in der Bedienungsanleitung und blieb an einer schematischen Zeichnung des Autorahmens hängen. »Sie sind nicht alt. Wer wie Sie im Chor singt, im Garten arbeitet und Mitglied bei jedem Wohltätigkeitsverein Virginias ist, ist nicht alt.« Harry wechselte abrupt das Thema – eine ihrer Gewohnheiten bei guten Freunden – und erklärte: »Was passiert ist, lag nicht am Motor. Es könnte ein defekter Reifen gewesen sein, aber da war so ein merkwürdiger Knall.«

»Stimmt. Danach konnte ich nicht mehr lenken.«

»Komisch.« Harry warf wieder einen Blick in die Bedienungsanleitung. »Subaru baut tolle Autos für das Geld.« Ein frischer Wind wehte ihr den Duft von Blüten, Blumen und Heu in die Nase.

»Ich bin gespannt zu erfahren, woran es lag. Wir hatten Glück, dass der Wagen nach rechts geschlingert ist, nicht nach links in den Gegenverkehr. Und was noch besser war, es gab gar keinen Gegenverkehr.« Miranda atmete aus.

»Montagnachmittag. Alle sind bei der Arbeit oder auf den Feldern. Herbs Transporter ist nach seinem Zusammenstoß letzte Woche noch in der Werkstatt«, sagte Harry. Sie sprach von Reverend Herbert Jones, dem Pfarrer der lutherischen St.-Lukas-Kirche. »Aller guten und schlechten Dinge sind drei. Vielleicht bin ich die Nächste.«

»Ich weiß nicht, was passiert ist, aber es wird Herb bestimmt eine Stange Geld kosten. Sein Wagen steht noch bei ReNu«, erklärte Miranda. ReNu war die von der Versicherung bevorzugte Kfz-Werkstatt. »Er war mit seinem Chevy-Transporter unterwegs. Seinem Angeber-Chevy.«

Sie lachten, denn der Chevrolet, der zum Angeln benutzt wurde und mit der entsprechenden Ausrüstung bestückt war, war außerdem randvoll mit Anglergeschichten. Oh, wie poetisch konnte Herb sich auslassen über den Fisch, der ihm entwischt war! Ebenso gern präsentierte er seinen Fang, wobei sich allerdings die Katzen an der Zurschaustellung weit mehr interessiert zeigten als die Menschen.

»Wenn man schon am Straßenrand festsitzt, dann am besten an einem schönen Frühlingstag.« Harry lächelte. »Wir haben Glück gehabt. Anders als Tara Meola.«

Harry schauderte bei dem Gedanken an die bedauernswerte junge Frau, die letzte Woche im strömenden Regen ihr Leben lassen musste, weil ihr ein Reh ins Auto gekracht war.

Miranda nickte. »Wohl wahr.«

»Man kann halt nie wissen«, sagte Harry und seufzte.

2

Nach einem bitterkalten Winter war das Frühjahr bis Ende April kühl geblieben. Jetzt war es Ende Mai. Nächte mit sieben bis dreizehn Grad versprachen Tage mit mindestens sechzehn Grad. Wälder und gepflegte Rasenflächen waren mit spätblühendem Hartriegel gesprenkelt. An Pergolen hingen Glyzinen mit lavendelfarbenen oder weißen Blüten. Die Rosen standen kurz vor der Blüte.

Harry spazierte über ihre bestellten Felder. Auf der Farm wurde für ein gesundes Gleichgewicht aus Getreide, Futtergras und Waldbestand gesorgt. Während Mrs. Murphy, Tucker und Pewter Harry folgten, machten sie zahlreiche Abstecher, um Kaninchen- und Fuchsbaue zu erkunden. Schmetterlinge gaukelten miteinander, flatterten mit ihren schönen geäderten Flügeln.

Pewter, die sie lüstern betrachtete, duckte sich.

»Die sehen dich«, sagte Tucker.

Pewter ignorierte den stets sachlichen Hund, wackelte mit ihrem grauen Hinterteil und sprang dann hoch.

Ohne ihren Rhythmus zu unterbrechen, flogen die Schmetterlinge davon.

»Hab sie fast erwischt.«

»Träum schön weiter«, hänselte der Hund.

Mit Mrs. Murphy auf den Fersen drehte Harry sich um. »Kommt weiter, ihr zwei.«

»Immer gibt sie Befehle«, grummelte Pewter.

»Stimmt«, bestätigte der hübsche Hund. *»Aber sie füttert uns auch immer pünktlich.«*

Dies bedenkend, zockelte die dicke Katze zu Harry, die sich jetzt bückte, um die Sonnenblumen zu inspizieren, die gerade aus dem Boden spitzten.

»Mit ein bisschen Glück werde ich ein gutes Jahr haben.« Lächelnd ging Harry weiter zu ihrem Viertelmorgen mit Petit-Manseng-Weinstöcken.

Dr. Thomas Walker, der nach dem Tod von Peter Jefferson Thomas Jeffersons Vormund wurde, hatte versucht, Wein anzubauen. Jefferson hatte ebenfalls damit experimentiert. Doch die Sorten, die sie anpflanzten, wollten nicht gedeihen. Im Laufe der Jahrhunderte wurden im Weinbau beiderseits des Atlantiks große Fortschritte erzielt, und heute spülte er Millionenbeträge in die Staatskasse, ein Segen für die Erzeuger und ein Segen für Virginia.

Das Geschäft mit Pferden brachte der Staatswirtschaft allein schon 1,2 Milliarden Dollar ein. Wobei natürlich kein Pferd mit einer Traube verglichen werden möchte.

Shortro, ein sehr sportliches Reitpferd, und Tomahawk, ein alter Vollblüter, senkten die Köpfe über den Zaun ihrer Koppel.

»Dies wird das erste Jahr, in dem sie ihre Trauben verkaufen kann«, bemerkte Tomahawk. *»Du weißt ja, sie musste sie die ersten zwei Jahre am Stock* lassen.«

»Das wissen sogar die Zuchtstuten.« Shortro lachte. *»Harry ist ganz besessen von ihren Trauben und ihren Sonnenblumen. Sie ist sich ganz sicher, dass ihr beides Geld einbringen wird.«*

Eine der Zuchtstuten auf der angrenzenden Koppel hatte Shortros Bemerkung gehört. *»Das weise ich zurück.«*

»Ach Gigi«, – Shortro nannte die Vollblutstute bei ihrem Stallnamen –, *»ich hab mir nichts weiter dabei gedacht. Ihr Mädels seid ja total mit euren Fohlen beschäftigt.«*

Gigi warf den dunkelbraunen Kopf zurück. *»Wenn sie Geld verdient, sät sie Luzerne in die Koppel. Wir alle wünschen Harry Erfolg.«*

Die anderen Zuchtstuten nickten beifällig. Ihre Fohlen, das jüngste erst einen Monat alt, wichen ihnen nicht von der Seite.

In seliger Ahnungslosigkeit, dass sie das Gesprächsthema war, plauderte Harry mit ihren Haustieren. »Ich kann Vogelscheuchen und große Plastikeulen aufstellen, aber, Mädels, früher oder später kriegen die Vögel das spitz, drum darf ich nicht zu früh damit anfangen. Ich warte, bis die Trauben – winzig klein – am Stock erscheinen, dann stell ich das Zeug auf.« Sie schüttelte aufgebracht den Kopf. »Ich sag euch, Vögel und Wild können einen fix und fertig machen.«

»Um das Wild kann ich mich kümmern.« Tucker blähte die breite Brust.

»Rehe sind nichts anderes als große Ratten.« Pewter hielt mit ihrer Meinung nicht hinterm Berg.

»Oh, aber sie sind so hübsch.« Mrs. Murphy beobachtete liebend gern Rotwildrudel mit den noch gefleckten Kitzen, wenn sie die Weiden und Wiesen querten, ehe sie sich wieder in den Wald verzogen.

Die Anfangstakte von Tschaikowskys *Ouvertüre 1812* ertönten. Harry zog das Handy aus der Hüfttasche ihrer Jeans.

»Ja, Baby.«

Die tiefe Stimme ihres Mannes antwortete: »Nette Begrüßung.«

»Und, was willst du?« Harry lachte.

»Dich und nur dich.«

Pewter und die anderen zwei Tiere konnten Fairs Stimme hören; Katzen und Hunde haben viel schärfere Sinnesorgane als ein Mensch.

»So ein Schleimer.«

»Ach Pewter, du bist 'ne olle Spielverderberin.« Tucker wedelte mit dem nicht vorhandenen Schwanz.

»Was von Miranda gehört?«, fragte Fair.

»Nein. Latigo Bly hat uns persönlich abgeholt. Er hat zuerst sie nach Hause gefahren, dann mich. Er meinte, nur keine Sorge. Die Firma werde sich um alles kümmern. Der Wagen ist zu ReNu geschleppt worden, die haben einen regelrechten Rückstau. Latigo sagt, sie werden mit Ansprüchen überschwemmt. Bei dem vielen Regen gab es eine ganze Reihe Unfälle.«

»Hab ich nie drüber nachgedacht.«

Harry lachte. »Fair, wir sind nicht in der Versicherungsbranche.«

Fair glaubte, wer mit Freunden Geschäfte machte, hatte den Vorteil, mit jemandem zu sprechen, dessen Muttersprache Englisch war. Obwohl Safe & Sound rasch wuchs, war die Firma für Harrys Ehemann immer noch eine hiesige Firma. Fair und Harry waren bei Hanckel Citizens versichert. Beider Eltern hatten sich für diese Gesellschaft entschieden und waren gut damit gefahren. »Morgen werden wir mehr hören. Herb hatte ordentlich Scherereien nach seinem kleinen Unfall. Er konnte nur zu ReNu gehen, dabei wäre ihm Tom Harveys Werkstatt lieber gewesen. Er sagt, Safe & Sound hat auf ReNu bestanden, weil bei denen die Reparaturen billiger sind. Da hab ich unseren guten Reverend das einzige Mal fluchen gehört wie ein Dragoner.«

Harry lächelte. »Ich gäb was drum, das zu hören.«

»Ich ruf an, weil ich BoomBoom getroffen habe«, – Fair sprach von einer gemeinsamen Freundin seit Kindertagen –, »und sie sagt, ich soll dir unbedingt ausrichten, wenn du diesen

Herbst deine Sonnenblumenkerne verkaufen willst, musst du dich sofort an den Bioladen wenden. Yancy Hampton kauft jetzt ein.«

»Yancy tut was? Wieso denn jetzt, um Himmels willen? Die Ernte ist noch lange nicht so weit.«

»Das hat sie nicht gesagt. Huch, Anruf auf der anderen Leitung, sieht nach Big Mim aus. Wir sehen uns heute Abend, Liebling.«

Harry legte auf mit dem Gedanken, dass er sich zum Abendessen verspäten würde, da eine von Big Mims besten Stuten Schwierigkeiten mit der Milchabsonderung hatte und das Fohlen die Milch brauchte. Wenn die Stute keine Milch geben konnte, würde Fair Ersatz finden müssen. Weil die Decktaxe für diese besondere Züchtung 75 000 Dollar betragen hatte und das Fohlen makellos war, musste das Kerlchen unbedingt wohlauf bleiben und die Mama wieder gesund werden.

Harry klappte das Handy zu. Sie empfand weder Zuneigung noch Abneigung für Yancy Hampton, aber Neutralität grenzte bei Harry an Misstrauen. Dennoch, Geld war Geld. Sie wollte es sich überlegen.

3

Durch die weit offenen Schiebefenster wehte eine frische Brise in den gemütlichen Raum neben der St.-Lukas-Kirche, wo soeben die Kirchenvorstandssitzung stattfand. Die Verwaltungsbüros waren durch einen alten steinernen Bogengang mit der Kirche verbunden, so dass man dort hingelangen konnte, ohne von einem der für Virginia typischen plötzlichen Regengüsse durchweicht zu werden. Sämtliche Gebäude von St. Lukas waren um einen hübschen symmetrischen Innenhof errichtet. Teile der Kirche waren gut zweihundertdreißig Jahre alt. Die ganze Anlage strahlte Ruhe aus und lud zur inneren Einkehr.

Die ehemaligen Gemeindemitglieder und Pastoren hatten jenseits des großen Innenhofs auf einem tiefer gelegenen weitläufigen rechteckigen Friedhof ihre letzte Ruhe gefunden. Dieses niedrigere Geviert war von achtzig Roteichen umgeben, vor denen sich eine Kaskade aus Kletterrosen über die Trennmauer ergoss. Der Wohnbereich des gegenwärtigen Pastors lag an der Südseite des großen Außenhofes. Die Angelausrüstung von Reverend Jones, die gut sichtbar an der Garage lehnte, war ein hoffnungsvoller Anblick.

An der Sitzung des Kirchenvorstands nahmen auch die lutherischen Katzen Eloquenz, Lucy Fur und Cazenovia teil. Während die Menschen – unter ihnen Harry – über Spenden oder gesellige Veranstaltungen diskutierten und gelegentlich stritten, lümmelten sich die Katzen-Pfarrkinder träge auf den Fensterbänken. Angehörige ihrer Spezies waren einst im alten Ägypten Götter gewesen, aber die drei waren klug genug, dies für sich zu behalten. Schließlich liebten sie ihren Reverend. Warum ihn mit einer konkurrierenden theologischen Sicht verstimmen? Die Menschen verstanden so wenig von kätzischer Kommunikation. Somit war allen Katzen – nicht nur Eloquenz, Lucy Fur und Cazenovia – klar, dass die Beziehung von Mensch und Katze oftmals eine Einbahnstraße war. Sie bemitleideten die zweibeinigen Geschöpfe, verehrten sie aber zutiefst, wenn die Büchse mit »Fancy Feast«-Futter geöffnet wurde.

»Der Aufsitzmäher braucht einen neuen Luftfilter, und die Klingen müssen geschärft werden.« Susan Tucker, Harrys Freundin seit Kindertagen, die gegenwärtig für Gebäude und Außenanlagen zuständig war, las aus ihrem Monatsbericht vor. »Das ist nicht furchtbar teuer. Jimmy Carter arbeitet ausgezeichnet und ist mehr als erschwinglich, hat aber deswegen eine sehr, sehr lange Wartezeit.«

»Wir können das Gras nicht wachsen lassen. Das sieht

schlimm aus.« BoomBoom Craycroft, eine hinreißende Schönheit, wusste, dass die Leute – und nicht nur Gemeindemitglieder – über ungepflegte Anlagen murren würden.

»Können wir uns keinen Rasenmäher leihen?«, fragte die praktische Harry.

Craig Newby, der sein erstes Jahr im Vorstand absolvierte, erwiderte: »Theoretisch ja, aber im Moment mäht alle Welt. Es war ein nasses Frühjahr. Manche Leute mähen dreimal die Woche.«

Herbs graue Augenbrauen schnellten in die Höhe. »Dreimal?«

»Martha Stewart vielleicht«, scherzte BoomBoom, und alle lachten.

Während der Vorstand mit den Mähproblemen der ausgedehnten Rasenflächen von Kirche und Friedhof befasst war, sah Eloquenz aus dem Fenster. *»Andenbaumläufer.«*

Der Läufer war ein kleiner Vogel mit ziemlich breiter Brust und leicht gebogenem dünnem Schnabel. Er arbeitete sich an einer Robinie hoch.

»Wetten, dass wir ihn fangen könnten?« Lucy Fur machte große Augen.

»Die sind aber ziemlich schnell«, erklärte Cazenovia.

Lucy Fur murmelte zustimmend, grübelte dann aber: *»Die sind so gesellig, hängen dauernd mit Spechten und Meisen rum. Meisen kannst du manchmal ablenken und schnappen, aber Spechte nie. Ganz egal, welche Art Specht.«*

»Ich möchte keinen Specht verspeisen«, erklärte Eloquenz. *»Aber ein fetter kleiner Maulwurf – lecker.«*

Zur Lösung des Mähproblems erklärte Harry sich bereit, ihren Null-Wendekreis-Mäher herbeizuschleppen, bis der alte John Deere der Kirche repariert war. Das Gespräch wandte sich nun Maulwürfen zu.

»Streut Gift in die Löcher«, meinte Craig achselzuckend.

»Alle Geschöpfe von schöner Pracht, alle Dinge groß und

klein, wir alle sind von Gott gemacht.« Herb faltete die Hände. »Hab ich das richtig zitiert?«

»Hört sich für mich gut an.« BoomBoom setzte ein Megawatt-Strahlen auf, dann wandte sie sich an Craig. »Es gibt Ultraschall-Vertreiber. Man schiebt einen kleinen Stab in ihren Gang, und sie ziehen um. Sie werden nicht getötet.« Sie sah Harry an. »Ist nicht teuer.«

Harry lachte. »Und wir müssen ihnen keine Umzugskartons besorgen?«

Schließlich kam die Versammlung zu einem ersprießlichen Ende, und alle blieben noch auf einen Kaffee, Tee oder eine Cola. Normalerweise begannen derartige Sitzungen um sechs Uhr abends, aber es hatte sich ergeben, dass die heutige für den Vormittag anberaumt worden war.

Man kam auf Mirandas merkwürdigen Unfall sowie auf Herbs Problem mit seinem Transporter zu sprechen.

»Hab ich euch schon mal erzählt, wie ich drei Unfälle an einem Tag hatte?« Herb lächelte.

»Er schwelgt mal wieder in Erinnerungen«, bemerkte Eloquenz, die mittlere von den drei Katzen.

»Ich war sechzehn, hatte mein erstes Auto, einen alten 1939er Chevy. Lief wie geschmiert. Also, ich fuhr von der Farm und war noch keine anderthalb Kilometer auf der Straße unterwegs, da knallte die gute alte Kitchie Richards von hinten auf mich drauf. Habt ihr sie noch gekannt?«

Die älteren Vorstandsmitglieder erinnerten sich an sie. Sie erinnerten sich auch, dass Kitchie gerne mal einen über den Durst trank.

»Und was dann?«, fragte Craig wie aufs Stichwort.

»Tante Tally kam vorbeigefahren, wendete, fuhr zurück nach Rose Hill und rief den Sheriff an. Während ich auf den Sheriff wartete, kaum zu glauben, da ist wieder einer hinten draufgeknallt, diesmal John Barrow. Er hat einfach nicht aufgepasst, wohin er fuhr.«

»Was ist mit Kitchie passiert?«, wollte BoomBoom wissen.

»Sie hat sich entschuldigt, so gut es ging, hat gewendet, und weg war sie. Der stellvertretende Sheriff kommt angefahren und sieht, dass mir zweimal jemand draufgeknallt ist. Ich wollte Kitchie nicht verpfeifen, aber ich wusste nicht, was tun. Jedenfalls hatte Tom Ix Dienst, er lebt übrigens noch. Hat alles aufgenommen, auch Johns Aussage. Dann hat er gesagt, ich soll weiterfahren. Ich steige in den Chevy – Motor, Reifen in Ordnung – und fahre Richtung Charlottesville. War keine drei Kilometer unterwegs, als es wieder kracht. Zu meinem Glück kam Tom vorbeigefahren, als ich mit dem Übeltäter am Straßenrand saß. An keinem der Unfälle war ich schuld. Also, Tom hat mich angeguckt und gesagt: ›Junge, du gehörst nach Hause.‹ Also bin ich nach Hause gefahren.«

Sie lachten und plauderten, dann löste sich die Gruppe auf. Harry, BoomBoom und Susan blieben noch, um aufzuräumen.

»Fährst du Herb zu ReNu?«, fragte BoomBoom, die gerade einen Müllsack zuband.

»Ja«, erwiderte Harry, während sie Gläser in den Schrank stellte. »Zwei Unfälle. Aller guten und schlechten Dinge sind drei.«

»Harry, sag so was nicht«, warnte die abergläubische BoomBoom.

»Stimmt aber.«

»Vielleicht tun wir besser, was der alte Sheriff Herb geraten hat: nach Hause gehen.«

»Fertig!«, rief Susan zu Herb hinüber, der sich in sein Arbeitszimmer verzogen hatte.

»Prima. Will noch wer von euch Mädels mitfahren?«

»Was? Ich dachte, ich bin Ihre einzige Freundin«, neckte Harry ihn.

»Schon, aber welcher Mann umgibt sich nicht gern mit schönen Frauen?« Herbs Augen leuchteten auf.

»Gut gekontert.« BoomBoom lächelte ihn an, dann küsste

sie ihn auf die Wange. »Ich muss raus zur Farm. Wir wollen im Hauptstall einen neuen Brunnen installieren. Die Gewitter haben den Stallbrunnen zerstört. Wir sind noch dabei, den Schutt wegzuräumen.«

»Ich hab auch einiges abgekriegt, aber ich glaube, euch hat's stärker getroffen als mich«, erwiderte Harry.

»Mutter Natur hat keine Favoriten«, vermeldete Susan. »Ich fahr nur mit, wenn du mit dem Kombi da bist, Harry. Sonst können wir meinen nehmen.«

»Bin ich.«

Kurz darauf saßen die drei bequem in Harrys Volvo-Kombi, einem Geschenk von ihrem Mann. Harry – genau wie Boom-Boom eine Autonärrin – bewunderte, wie gut sich der Wagen trotz seiner Ausmaße handhaben ließ. Wenn sie die Sitze umklappte, konnte sie hinten eine Menge Ladung unterbringen.

Sie fuhren auf die Route 240, bogen links auf die Route 250 in Richtung Charlottesville. Nach zwanzig Minuten in mittelstarkem Verkehr nahmen sie die Route 29 nach Norden und hielten vor der ReNu-Kfz-Werkstatt. Harry und Susan stiegen auch aus. Sie wollten sicherheitshalber warten, ob Herb seinen Wagen tatsächlich mitnehmen konnte. Wie oft sollte ein Fahrzeug fertig sein, dann kam man hin, und es war doch nicht fertig.

Hinter dem Schalter des nach vorn gelegenen Büros saß ein junger Mann. Herb sagte, er sei gekommen, um seinen Transporter abzuholen.

Ein Anstecker auf der linken Tasche des jungen Mannes wies ihn als »Kyle« aus. Er griff zum Telefon. Die drei hörten die Anweisung, den 1994er Chevy-Halbtonner zu bringen.

Nichts geschah. Kyle forderte den Chevy abermals an. Kein Chevy.

Leicht pikiert sah Kyle Herb an. »Die Leute sollten längst aus der Mittagspause zurück sein.«

»Ich gehe nach hinten und suche sie«, erbot sich Herb. »Der Schlüssel steckt?«

»Ja.«

»Und Sie stehen mit meiner Versicherung in Verbindung?«

»Oh ja. Safe & Sound bezahlt die Rechnungen immer pünktlich. Ich kann auch nach hinten gehen, wenn Ihnen das lieber ist«, sagte Kyle.

»Wir können einen Kunden hier im Büro nicht so gut bedienen wie Sie.« Herb lächelte. »Wir gehen – es macht mir nichts aus. Wenn es ein Problem gibt, bin ich gleich wieder bei Ihnen.«

Damit begab Herb sich zur Werkstatt, Harry und Susan kamen mit.

Beim Betreten der geräumigen Halle sahen sie viele saubere Gruben, auf jeder Hebebühne ein Wagen. ReNu hatte zwei Gebäude im Abstand von fünfzig Metern, dazwischen parkten Autos. Links war die Werkstatt, rechts der Karosseriebetrieb. Der Parkplatz dazwischen war überfüllt. Mirandas Outback stand in einer Reihe ganz am Rand.

Drinnen war keine Menschenseele zu sehen.

»Lange Mittagspause«, stellte Susan fest.

Harry bemerkte einen Montierhebel, der aus einem Stapel Motorteile unter einer Wand mit Regalen hervorragte. Neugierig, wie sie war, ging sie hin.

»Was zum …« Ein Ende des Schwermetallwerkzeugs war mit Blut und Hirnmasse überzogen.

Dann sah sie hinter den Kartons ein Paar Arbeitsstiefel hervorschauen.

»Kommt mal her.«

Harrys dringlicher Ton ließ Herb und Susan herbeieilen.

Sie traten hinter die Kartons und erblickten die Leiche eines Mechanikers, noch in seiner ölverschmierten Arbeitskluft, das Gehirn auf dem Boden verspritzt.

Jetzt gab es ein Problem.

4

Deputy Cynthia Cooper stieg aus dem Streifenwagen. In Albemarle County geschahen jährlich etliche Morde, doch die wenigsten waren besonders mysteriös oder spektakulär. X erschoss oder erstach Y. Die Opfer waren überwiegend Männer. Es mochte wohl mal eine Frau bei einer häuslichen Auseinandersetzung getötet oder eine Studentin an der Universität von Virginia verschleppt und erst Monate später gefunden werden. Glücklicherweise wurden solche abscheulichen Verbrechen selten verübt. Es vergingen Jahre, bevor wieder eine Frau ermordet wurde, aber man konnte sich darauf verlassen, dass Männer sich regelmäßig gegenseitig umbrachten.

Rick Shaw, der Sheriff, mit dem Coop gewöhnlich im Streifenwagen fuhr, befand sich gerade mit anderen Sheriffs beim Gouverneur, um über Verbrechen zu disputieren.

Verglichen mit anderen Staaten war die Anzahl der Tötungsdelikte in Virginia bescheiden, doch für Cooper war ein einziger Mord einer zu viel. Wie wollte der Staat jemals das Massaker von 2007 an der Virginia Tech vergessen oder sich davon erholen? Die große, schlanke blonde Polizistin hoffte so sehr, die Menschen könnten ihre Differenzen vernünftig beilegen, doch ihre Erfahrung sprach dagegen.

Sie ging in die Werkstatt. Deren Mechaniker und die vom Karosseriebetrieb waren noch nicht zurück. »Wo sind die alle?«, fragte Coop. Sie hoffte, die Leute von der Gerichtsmedizin würden bald eintreffen. Harry, Susan und Herb erwarteten die Polizistin schon.

Coop war Harrys Nachbarin; sie hatte die alte Farm gepachtet, die einst Reverend Jones' Zuhause gewesen war.

»Konnten es nicht aushalten«, antwortete Harry lakonisch. »Als sie endlich aus der Mittagspause kamen, ist die Hälfte von denen wieder nach draußen gerannt, um sich zu übergeben. Ich glaube, sie sind jetzt vorne im Empfangsraum.«

»Ah.« Coop trat zu der Leiche, um sie zu untersuchen. Sie zog dünne Gummihandschuhe über, kniete sich hin und tastete den Toten ab.

»Was meinst du, wie lange er schon tot ist?«, fragte Susan neugierig.

»Ich vermute, er wurde ermordet, kurz bevor ihr ihn gefunden habt«, antwortete Coop und stand auf. »Er ist noch warm.«

»Wer so eine Gewalttat begangen hat, muss furchtbar wütend gewesen sein«, sagte Herb.

Coop sah Herb mit ihren hellen Augen an. »Er ...« Sie schaute nach unten, um den Namen zu lesen, der auf der Montur des Mechanikers aufgenäht war. »*Walt* hat seinem Mörder gegenübergestanden, nach dem zu urteilen, wie er da liegt.« Dann ging sie um Walt Richardson herum. »Ihr verschwindet am besten, bevor der Rummel hier losgeht. Eure Aussagen nehme ich später auf. Sobald ihr zu Hause seid, schreibt es auf, ehe ihr was vergesst.«

Sie hörten eine Sirene nahen.

»Wo ist Rick?«, fragte Harry ihre Nachbarin und Freundin.

»In Richmond. Politik.« Coop seufzte. »Das ganze Leben ist Politik. Irgendwer wird irgendwo einen Weg finden, um diesen Mord für seine politischen Zwecke zu nutzen, wartet's nur ab.«

»Wie ich das hasse.« Harry klang gereizt. »Und wer auch immer das getan hat, muss Walt gehasst haben. Ich meine, ihm den Schädel spalten, einen Teil seines Gesichts zertrümmern. Das ist Hass.«

»Und Gewalt«, ergänzte Herb. Dann schob er die zwei Frauen sanft zu der Tür, die in den Empfangsraum führte, vor dem draußen der Volvo stand.

»Sagt den Leuten im Empfangsraum nichts, außer dass bald jemand bei ihnen sein wird«, bat Coop. Dann fiel ihr noch etwas ein: »Weiß jemand, wo Victor ist?«

Victor Gatzembizi war der Inhaber von ReNu; neben diesem Betrieb in Charlottesville hatte er noch einen großen in Richmond, einen in Virginia Beach, einen in Norfolk und einen in Alexandria.

»Nein. Als wir herkamen, war nur dieser Bürotyp da, Kyle.«

»Okay. Dann geht jetzt raus.«

Die ohrenbetäubende Sirene verstummte, ein Zeichen, dass ein Polizeikommando soeben eingetroffen war. Und bald würden die Übertragungswagen der Fernsehsender folgen.

Die drei gingen schweigend durch den nüchternen Empfangsraum, wo fünf Mechaniker mit bedrückter und benommener Miene saßen.

Als sie wieder im Wagen saßen, fuhr Harry in nördlicher Richtung bis zur nächsten Ampel, dann wendete sie vorschriftsmäßig.

Susan beugte sich auf dem Rücksitz nach vorn. »Jetzt wissen wir wenigstens, dass wir alle einen starken Magen haben.«

»Den kriegt man durch Farmarbeit.« Harry ging auf neunzig Stundenkilometer hoch und hielt dieses Tempo.

»Hmm-hmm«, meinte Susan. Sie war zwar keine Farmerin, hatte sich aber viel auf Harrys Farm aufgehalten, auch damals schon, als sie noch Harrys Eltern gehörte.

Herb verschränkte die Arme und sprach mit seiner tiefen Stimme: »Es ist jedes Mal ein Schock, und so traurig. Selbst wenn man ein totes Reh findet. So traurig.«

Harry sann hierüber nach. »Aber von den Mechanikern hat keiner geweint.«

»Alles Männer.« Susan sagte das, als sei dies ein Verhaltensgrundsatz.

Herb griff nach der Armstütze. »Es stimmt, was Harry sagt. Wenn etwas derart Schockierendes geschieht, würden viele Männer zusammenbrechen oder wie auch immer Gefühle zeigen. Niemand würde es ihnen verdenken. Es ist nicht so, wie wenn Arbeiter auf eine Frau schauen, die weint, weil ihre Gefühle verletzt wurden oder sie von der Arbeit frustriert ist. Das hier ist etwas anderes, und Harry, Sie haben recht – keine Tränen.«

»Vielleicht konnte niemand Walt leiden.« Susan fand Harrys Analyse plausibel.

»Einer bestimmt nicht.« Harry würde den zertrümmerten Kopf ihr Leben lang nicht vergessen.

5

Harry wanderte über die Felder, die von den schrägen Strahlen der Spätnachmittagssonne gestreichelt wurden.

»Wie ein Kuss.« Sie beschattete die Augen mit der Hand. Heute erfüllte nicht einmal ihr Sommer-Cowboyhut aus Stroh seinen Zweck.

Mrs. Murphy, Pewter und Tucker lauschten dem Geplapper ihres meistgeliebten Menschen.

Wie fast alle Tierliebhaber plauderte Harry gern mit ihren Schätzchen. Für sie waren es ihre Haustiere. Die drei hatten eine andere Einstellung dazu.

Mrs. Murphy meinte für Harry und deren Ehemann mitdenken zu müssen. Sie waren so schwerfällig.

Pewter hielt sich für eine kleine graue Gottheit. Sie fühlte sich nicht berufen, für Menschen mitzudenken.

Tucker sah ihre Aufgabe darin, zu hüten und zu bewachen sowie Pferde in den Stall zu scheuchen oder hinaus. Anfangs wollte sie auch Menschen scheuchen, aber deren Widerstand gegen hündische Anweisungen hatte dazu geführt, dass sie den Versuch abbrach.

»Das Futtergras sieht gut aus«, sagte Harry, »vor allem die Luzerne. Ich denke, ich kann nächste Woche mähen. Ein erfreulicher Gedanke. Wisst ihr eigentlich, dass ich letztes Jahr mit dem Heuverkauf zwanzigtausend Dollar verdient habe? Sicher, verglichen mit den großen Heuhändlern ist das ein Tropfen auf den heißen Stein, aber für mich ist es sehr, sehr gut.« Sie strahlte, als die schmalen grünen Halme ihr Bein streiften.

»Riecht gut«, bemerkte Mrs. Murphy.

»Besonders, wenn es frisch gemäht ist.« Tucker lebte von ihrem Geruchssinn.

In geringerem Maße tat Pewter dies auch. Sie blieb stehen, als sie eine schwach duftende Kaninchenfährte witterte. Laut miauend posaunte sie hinaus: *»Mutter und Kaninchenbabys durchgekommen vor, hm, vielleicht fünfzehn Minuten.«*

»Ach, das hast du so ohne weiteres erschnuppert?«, neckte Tucker sie.

»Ich hasse dich, ehrlich.« Die graue Kugel flitzte durchs Gras, stürmte an Hund und Katze vorbei und schoss zu Harry, wobei sie leicht gegen ihr Bein stieß.

»Pewter.«

»Schneller als eine Pistolenkugel«, trällerte Pewter, die mit Harry die *Superman*-Filme geguckt hatte.

»Dicker als eine Kanonenkugel«, rief Tucker.

Diese Kränkung provozierte die graue Katze, die darauf abrupt stoppte und sich aufplusterte wie eine brütige Henne, so dass ihr Schwanz einer Flaschenbürste glich; dann sprang sie zur Seite und fauchte laut. *»Tod den Corgis.«*

Tucker, die Pewters Temperament kannte, fiel hinter Mrs. Murphy zurück.

»Danke«, sagte die Tigerkatze trocken.

»Auf dich ist sie nicht wütend.« Tucker ließ reumütig ein Ohr hängen.

»Aus dem Weg, Pewter.« Harry griff nach der gewaltigen Katze. »Ich will nicht noch mehr Trampelpfade im Gras.«

Pewter linste um Harrys Beine herum. *»Feigling.«*

»Ich bin kein Feigling«, rief Tucker. *»Du bist mal wieder mies gelaunt.«*

»Pewter.« Harry sah zu der immer noch aufgeplusterten Katze hinunter.

»Ist ja gut.« Sie glättete ihr Fell, dann trat sie, mit noch gezierterer Gangart als sonst, vor Harry hin.

Tucker flüsterte Mrs. Murphy zu: *»Sie ist so eingebildet.«*

Die geschmeidige, schöne Tigerkatze wandte den Kopf, ließ die Schnurrhaare vor- und zurückschnellen und schloss sich dann Harry an, ziemlich froh, auf der Schneise zu laufen, die das größere, zweibeinige Tier schuf.

Auf der anderen Seite der Futtergraswiese wogten weite Weideflächen. Linkerhand rauschte der stark strömende Bach, der mit seinen steilen Ufern Harrys Farm von dem alten Jones-Anwesen trennte. Auch nachdem Cooper es gepachtet hatte, würde es immer das alte Jones-Anwesen bleiben.

Ungefähr achthundert Meter vor Harry lag der Fuß der Blue Ridge Mountains. Sie besaß einen schönen Bestand an Nutzholz, der seinerseits von einem riesigen Bestand – über tausend Morgen – umgeben war, der Susan Tucker gehörte. Ihr heißgeliebter Onkel hatte ihr den Wald vermacht.

Harry trabte flott über die Weide zum Waldrand. Sie hielt sowohl den eigenen als auch Susans Bestand in Ordnung, schaute nach Hinweisen auf schädliche Käfer, gerollte Blätter oder zu zahlreiche Spechtlöcher – alles Anzeichen für Krankheiten. Die Tuckers verstanden nicht so viel von Farm- oder Waldarbeiten. Ned, Susans Mann, absolvierte seine erste Amtszeit als Mitglied des Senats. Harry dagegen liebte diese Arbeit. Sie fasste sie nicht als Pflicht auf.

Sie suchte einen großen umgestürzten Baumstamm sorgsam nach Bienennestern oder herumkrabbelnden lästigen roten Ameisen ab. Erst als sie auf dem Hickorystamm weder Erhebungen noch irgendwelche Bewegungen erspähte, setzte sie sich darauf und berichtete ihren Freundinnen dann alles, was sie am Nachmittag erlebt hatte.

»Schrecklich«, erklärte Tucker mitfühlend.

Harry legte ihre Hand auf den breiten, glänzenden Hundekopf. »Ich frage mich, warum schlägt einer – am helllichten Tag, ich bitte euch – jemandem den Schädel ein? Ist einer von den Männern vielleicht früher aus der Mittagspause gekommen? Ist Kyle vielleicht in die Werkstatt gegangen?« Sie hielt inne. »Eigentlich scheint mir Kyle nicht der Typ zu sein, der mehr tut als unbedingt nötig.« Sie überlegte, das Kinn in die Hand gestützt. »Der Mörder muss das gewusst haben.«

»Mom, wieso lässt du dich immer in so 'nen Schlamassel reinziehen?« Tucker richtete ihre sanften braunen Augen aufwärts.

»Schlechtes Timing. Ist ja nicht so, dass sie sich nach so was auf die Suche macht, obwohl sie das durchaus kann und auch schon getan hat.« Mrs. Murphy hob eine seidige Augenbraue.

»Erst der Autounfall mit Miranda, und jetzt das.« Pewter putzte sich eine Pfote.

»Mir scheint, der Mörder hatte ein schmales Gelegenheitsfenster, das war ihm klar, und da hat er gehandelt. Kann sein, dass mir etwas entgangen ist, aber dies sind bislang meine Folgerungen. Oh, noch was: Niemand wirkte allzu betrübt über Walts Tod. Ich meine, wenn so was passiert, hört man gewöhnlich die Kollegen oder Freunde ihr Bedauern oder ihren Kummer ausdrücken, man hört sie sagen, wie viele Kinder er vaterlos zurückließ. Solche Sachen halt. Aber als ich durch den Empfangsraum ging, hab ich keinen Pieps gehört, keine Träne gesehen.« Sie hob den Kopf, weil ein großer Vogel über die Baumwipfel hinwegflog und einen rauen Ruf ausstieß. »Mein Gott, ein Steinadler. Die kriegt man hier kaum noch zu sehen.« Sie stand auf, um dem gewaltigen Vogel nachzuschauen.

»Der soll bloß nicht hier runterkommen.« Pewter blähte die Brust.

»Pewts, dieser Vogel könnte jede von uns zum Mittagessen verspeisen«, sagte Mrs. Murphy, die ebenfalls dem davonfliegenden Adler nachsah.

Die graue Katze erwiderte nichts, richtete vielmehr ihr Augenmerk auf eine kleine umherhuschende Eidechse, die der ausgefahrenen Kralle, die sie aufspießen wollte, mühelos entwich. Pewter zog die Kralle zurück und fuhr mit ihrem Pflegeprogramm fort, als hätte sie sich nicht die Spur für die Eidechse interessiert.

Harry setzte sich wieder. »Ich bin froh, wenn Fair nach Hause kommt. Er hat oft gute Ideen. Ich hab ihn angerufen, nachdem ich Herb und Susan abgesetzt hatte. Wisst ihr, er ist einfach der liebste Mann auf Erden. Er sagt, er will sich den Tag frei nehmen, seine Besuche von einem anderen Tierarzt besorgen lassen und nach Hause kommen, wenn ich mit den Nerven fertig bin. Bin ich eigentlich nicht. Sicher, es war grauenhaft. Einfach grauenhaft. Schädelsplitter und Gehirnmasse, und gar nicht so viel Blut.« Sie sah ihre drei Freundinnen eindringlich an und sagte laut: »Wisst ihr, dass das Gehirn irgendwie bläulich ist?«

»Wissen wir«, erklärten die drei übereinstimmend.

»Und noch was: Warum ein Montierhebel? Hm, eine Schusswaffe wäre weithin gehört worden, aber ein Messer hätte es auch getan. Man muss allerdings nahe an jemanden herankommen, um ihn zu erstechen. Walt könnte sich geduckt haben. Hat er vielleicht. Aber ein Montierhebel? Muss ein tiefer Hass gewesen sein.«

»Sie ist nicht mehr aufzuhalten«, stellte Tucker resigniert fest.

»Der Mörder muss ein Mann gewesen sein, da es so dermaßen brutal war. Man braucht viel Kraft, um jemandem das Gehirn zu zertrümmern. Andererseits, ich würde das auch schaffen. BoomBoom ist ebenfalls kräftig genug dafür. Versteht ihr, was ich meine? Ehrlich, diese Sache beunruhigt mich sehr.«

»Wissen wir«, erklärten die drei abermals einstimmig.

Mrs. Murphy setzte sich neben Harry auf den Baumstamm, und Harry kraulte der Katze die Ohren. »Ich denke, ich kenne die Menschen. Dann frag ich mich allerdings ...«

»Fang bei dir an«, meinte Pewter frech.

6

Seit der Zeitumstellung ist es von Tag zu Tag länger hell.« Harry wusch Knackerbsen im Spülbecken und warf die sauberen in einen Topf.

»Ich hab's gern hell, wenn ich von der Arbeit komme, und ich steh nicht gern im Dunkeln auf.« Cooper schnitt auf dem Küchenbrett Speck in schmale Streifen.

Pewter schmiegte sich an Coops Bein.

»Du kriegst nichts ab«, prophezeite Tucker.

»Das sagst du doch bloß, damit ich unachtsam werde. Wenn ihr was runterfällt, schnappst du's dir.«

Tucker blinzelte. *»Wer zuerst kommt, mahlt zuerst.«*

Mrs. Murphy hielt sich da raus. Sie lag auf der Seite, hob und senkte bedächtig den Schwanz. Ihre zwei Gefährtinnen kabbelten sich schon den ganzen Tag, was Murphy nervte.

Harry öffnete die Backofentür. »Muss fertig sein, wenn er nach Hause kommt. Die Abfohlsaison ist jetzt vorbei, da können wir wieder regelmäßig essen. Fair arbeitet so hart.«

»Wohl wahr.« Coop schätzte – vielleicht sogar mehr als Harry – Fairs erfreuliche Eigenschaften, weil sie mit den weniger erfreulichen nichts zu schaffen hatte.

»Bleib doch zum Essen.« Harry hob eine Hand. »Du hattest einen langen Tag, du hilfst mir mit den Knackerbsen, also sag ja.«

»Ich muss meinen Garten jäten.«

»Dabei helf ich dir morgen. Anders als die meisten Leute jäte ich ausgesprochen gern.« Harry hielt inne, während sie das Brathuhn mit Butter bestrich, dann schloss sie die Backofentür. »Wann erwartest du Rick zurück?«

»Er kommt morgen wieder zur Arbeit. Ich bin froh, wenn er wieder da ist. Die Spurensicherung, der Fotograf, alle haben ihren üblichen Job gemacht, aber irgendwas an diesem Mord ist eigenartig. Wenn man an einen Tatort kommt, liegt meistens ziemlich klar auf der Hand, was passiert ist.«

»So zeigen sie es aber nicht in den Fernsehshows«, bemerkte Harry sarkastisch.

»Wär ja kaum eine Show, wenn es so gezeigt würde, oder?« Coop war mit dem Speck fertig und gab ihn zu den Knackerbsen in den Topf. »Was jetzt?«

»Du kannst den Salat putzen. Ich mach einen einfachen Kopfsalat. Ich muss meinen Mann dazu bringen, dass er mehr Grünzeug isst.«

Pewter verzog das Gesicht. *»Kaninchenfutter.«*

»Ja, müsste ich auch«, sagte Coop.

»Sag, was ist anders an diesem Mord?«

»Also, wenn man eine Weile bei der Polizei ist, wird einem klar, dass die meisten Morde, mit denen man es zu tun kriegt, nicht geplant waren. Einige schon, aber die meisten sind die Folge von eskalierenden Streitigkeiten, vielleicht von häuslicher Gewalt, die außer Kontrolle geraten ist, oder weil die Ehefrau beschlossen hat, sich zu wehren. Es ist eindeutig. Ich sag dir, was mir an diesem Mord schwer zu schaffen macht. Alle Männer von diesem Reparaturbetrieb fahren Dragsterrennen. Walt dagegen hat alte Autos auf Vordermann gebracht. Aber anscheinend sind alle gut miteinander ausgekommen. Von Kyle abgesehen, haben die fünf Mechaniker, die an dem Tag gearbeitet haben, exakt dasselbe ausgesagt.«

Harry drehte sich zu der Polizistin um. »Nämlich?«

Coop wischte sich die Hände ab. »Moment mal.«

Sie lief nach draußen und holte ihren Notizblock aus dem Auto.

»Vielleicht kippt sie das Fett von dem Huhn über unsere Kekse.« Pewter hätte eine großartige Küchenchefin abgegeben, wäre sie ein Mensch gewesen – in ihren Augen ein Abstieg.

»Gute Idee.« Mrs. Murphy setzte sich auf.

Coop kam wieder in die Küche und ließ die Tür auf. Ein

leichter Wind wehte über die umzäunte Veranda hinter der Küche; auch sämtliche Fenster waren offen.

»Okay. ›Wir waren lange beim Mittagessen‹«, las sie aus ihren Notizen vor.

»Ist das alles?«

»Jeder Einzelne hat genau das gesagt, gefolgt von ›wir dachten, wir bleiben eine halbe Stunde länger und holen das später auf.‹«

»Hmm.«

»Sie haben auch übereinstimmend ausgesagt, dass Walt früh in die Mittagspause gegangen ist und vor den anderen Arbeitern wieder bei ReNu war.« Sie blickte von ihrem Notizblock hoch.

»Klingt wie auswendig gelernt«, sagte Harry.

»Tja, es hat mir zu denken gegeben. Meistens kriegt in so einer Situation der eine oder andere einen totalen Rappel und redet drauflos. Ist es eine Gruppe, reden sie übereinander, sie widersprechen sich. Das kann unter Umständen ziemlich laut werden.«

»Also, ein paar sind rausgegangen und haben sich übergeben, als sie das geronnene Zeug gesehen haben.«

»Hast du beobachtet, dass sie sich übergeben haben?« Coop legte den Notizblock auf den Tisch, nahm den Salatkopf und machte sich daran, ihn zu putzen.

»Coop, ich geh doch nicht raus und guck den Leuten beim Kotzen zu.«

»Verständlich, aber ich hab keine Spuren von Gegessenem gesehen.«

Harry verzog das Gesicht. »Du hast nachgeschaut.« Sie hielt inne, ließ die Hände einen Moment lang ruhen. »Ich hab mich immer für eine gute Detektivin gehalten. Du beweist mir das Gegenteil.«

»Eine neugierige Nachbarin, das bist du – eine gute Nachbarin, aber eine neugierige, die unvermutet auf Indizien stößt.«

Coop stupste sie sanft mit dem Ellenbogen. »Aber du siehst Dinge, die mir entgehen. Ich muss mich an die Vorschriften halten. Du kannst dich auf Eingebungen verlassen.«

Darüber lachten beide.

»Das ist das Letzte, was Mutter hören sollte«, sagte Mrs. Murphy. *»Jetzt wird sie noch neugieriger.«*

»Ich hab Susan und dann Herb angerufen«, sagte Harry. »Wollte mal hören. Ihnen geht's gut.«

»Als ich damals hier aufs Revier kam, hat Herb einen dicken Bronco gefahren. Ein echt cooler Wagen. Genau wie der alte Jeep Wagoneer.«

»Hör sich das einer an, dabei bist du nicht mal ein Autofan«, neckte Harry sie. »Apropos Autofans, vielleicht solltest du zu den Dragsterrennen gehen. Bloß so 'n Gedanke.«

Cooper lächelte. »Wenn ich nicht hingehe, gehst du.«

»Ach komm, Coop. Ich liebe Autos. Warum sollte ich mir so was nicht mal ansehen?«

»Warum warst du vorher noch nie da?«, fragte Cooper scharfsinnig.

»Ich hab so viel mit der Farm um die Ohren. Abends und am Wochenende bin ich müde. Fair ist jetzt mehr zu Hause, aber für Rennen, egal welcher Art, ist er nicht zu haben.«

»Komisch. Man sollte meinen, er liebt Pferderennen.« Coop wartete einen Moment. »Wann hast du die nächste Nachuntersuchung?«

»Nächste Woche.«

»Ist bestimmt alles in Ordnung«, sagte Coop aufmunternd.

»Glaub ich auch, aber ich hab immer im Hinterkopf, dass Krebs sich als Bumerang erweisen kann. Auch wenn ich die Fünf-Jahres-Frist hinter mich bringe, werde ich trotzdem immer wieder zweifeln. Ich weiß, ich weiß, man hat mir gesagt, sie haben alles erwischt und nichts hat gestreut.« Sie zuckte die Achseln.

»Mir würde es genauso gehen. Andererseits, ich nehme an,

nach so einem Schrecken weiß man das Leben mehr zu schätzen. Man regt sich nicht mehr so über Kleinigkeiten auf.«

»Das stimmt, aber, Coop, ich gucke seit vierzig Jahren aus diesem Küchenfenster. Mom und Dad haben mich hochgehoben oder mich raus zum Stall getragen, als ich kaum laufen konnte. Seit vierzig Jahren schau ich auf die Blue Ridge Mountains, ich höre den Rotschulterbussard, sehe die Waschbären, die Rehe und Hirsche, den Fuchs, den Rotluchs, den Hartriegel, die Judasbäume, die Dreiblatt-Feuerkolben, die Wildrosen. Ich hab das Leben immer geschätzt. Der große Unterschied ist, jetzt weiß ich, dass meins enden kann. Klar, wissen wir alle.« Sie tippte sich an den Kopf. »Aber jetzt weiß ich es wirklich.« Sie tippte sich ans Herz.

»Karma.« Coop wickelte die Salatblätter in ein Geschirrtuch.

»Was?«

»Das zu wissen. Und dass wir hier alle zusammen sind. Ich glaube, das ist Karma.«

»Und was mit Walt passiert ist? War das Karma?« Harry war nicht auf Streit aus, nur neugierig auf Coops Gedanken zu dem Thema.

»Ja. Hatte keine Freunde. Familie in Iowa. Das ist alles, was ich bislang rausgefunden habe, aber ja, sein Tod ist Karma.«

Ein teuflisches Funkeln ließ Mrs. Murphys herrliche Augen aufblitzen. *»Hey, Pewts, das heißt, der Blauhäher, der dich dauernd angreift, der ist dein Karma.«*

Pewter machte große Augen, ihre Pupillen weiteten sich, sie hob den Schwanz ein wenig, die Schnurrhaare zuckten zurück. *»Deins sind Bandwürmer.«*

7

Eine Berieselungsanlage mit Zeitschaltung versprühte kalte Wassertröpfchen. Harry verweilte bei den verschiedenen Kopfsalatsorten, von denen einige phantasievolle Namen trugen wie Tidewater-Romana und Low-Country-Frühsalat. Sie trat einen Schritt zurück und betrachtete die Obst- und Gemüseabteilung in Yancy Hamptons Lebensmittelgeschäft. Sie staunte, wie frisch alles war, bewunderte die Üppigkeit: glänzende Auberginen, pralle Apfelsinen, Tangerinen, Äpfel in allen erdenklichen Rot- und Grüntönen. Sie staunte auch darüber, dass diese herrlichen Gemüse und Früchte rein biologisch waren.

Als Farmerin wusste Harry, wie Insekten, Mehltau, diverse Pilze, zu viel oder zu wenig Regen sich auf die Ernte auswirken konnten. Biologische Erzeugnisse glänzten selten wie diese Prachtexemplare. Jedes einzelne hätte einem Gemälde von einem üppigen Stillleben entsprungen sein können.

Wie aber definiert man »biologisch«? Frisch. Yancy unterstrich diese Eigenschaft, indem er seinem Geschäft den Namen Frisch!Frisch!Frisch! gab. Der Laden warb ständig mit der ursprünglichen Herkunft seiner Waren.

Er warb auch ausdrücklich damit, dass er bei hiesigen Bauern einkaufte. Während Harry durch die Gänge schlenderte, räumte sie ein, dass es immerhin leicht sein könnte, Tomaten einzukaufen. Sie standen bei den landwirtschaftlichen Produkten des Staates an vierter Stelle. Tabak besetzte den dritten Platz, Mais den zweiten, und Sojabohnen standen an erster Stelle.

Harry hatte nie in irgendeinem Geschäft ein Tabakblatt gesehen, doch die diversen Mais- und Tomatensorten waren auffällig präsentiert. Vielleicht wurden sie auf Lastwagen herbeigekarrt.

Virginia kassierte 1,8 Millionen Dollar Weinsteuer, und

Harry konnte sich die Summen nur vorstellen, die die »großen Vier« dem Staat einbrachten. Wenigen Leuten war bewusst, wie wichtig landwirtschaftliche Erträge für die Wirtschaft eines jeden Staates waren. Alle Leute waren geblendet von Energieeffizienz, Spitzentechnologie und Elektronik. Yancy unterstützte wenigstens die virginischen Farmer.

Unverarbeitete Sojabohnen wurden wenig gekauft. Sie wurden enthülst und geröstet angeboten. Harry hatte keine Ahnung, ob Yancys Sojabohnen aus Virginia kamen.

Sie wusste nicht, warum, aber sie war misstrauisch.

Sie verschränkte die Arme. Als sie in der Morgensonne aus dem Kombi gestiegen war, hatte die Temperatur 22 Grad betragen. Gerade so viel, dass Harry ein Schweißtropfen den Ausschnitt hinab und unter die Brust rann. Eine Dame griff nicht nach dem Taschentuch und wischte ihre Prachtstücke ab, so wenig wie ein Gentleman es mit seinen verschwitzten unteren Gefilden tat. Harry musste unwillkürlich daran denken, dass ebendiese Brüste, so hübsch sie auch waren, sie hätten töten können. Sie verbannte diesen Gedanken und schlenderte weiter an den Früchten entlang. Die tiefdunklen Tangerinen sprangen sie geradezu an.

Der Preis, vier Dollar zehn für drei Stück, sprang sie ebenfalls an.

Sie besann sich, dass sie nicht hergekommen war, um Zitrusfrüchte zu kaufen, und sah auf die Uhr: Punkt zehn. Zeit für ihre Verabredung mit Yancy Hampton. Obwohl der Montagvormittag gewöhnlich nicht die Zeit für Lebensmittelkäufe war, herrschte in dem Geschäft ein starkes Gedränge von gutgekleideten Frauen und dem einen oder anderen Mann. Rolex-Uhren fingen das Licht ein; diskrete edle Ohrringe oder Diamantenstecker erzeugten winzige Regenbögen. Flotte Espadrilles, zu akkurat gebügelten Blusen und Bermudashorts getragen, vervollkommneten die Erscheinung.

Yancy Hampton verstand sein Geschäft.

Harry klopfte an die Naturholztür; eine dünne Stimme rief »herein«.

Yancy Hampton erhob sich, um sie zu begrüßen, und sie gaben sich die Hand. Er winkte Harry auf einen ergonomisch perfekten Stuhl, setzte sich dann wieder auf seinen eigenen, der entworfen worden war, um den Rücken zu entlasten.

»Harry, das letzte Mal hab ich dich auf dem Krebshilfeball gesehen.«

»Danke noch mal für deine Unterstützung. Wie du weißt, haben wir bei dem 5K-Rennen eine Menge Spenden eingenommen, und auf dem Ball ist dann eine Viertelmillion Dollar zusammengekommen. Natürlich hat es geholfen, dass Sportberühmtheiten und Medienleute mitgemacht haben.«

»Wusstest du, dass Diane Long dieselbe Summe oder vielleicht noch etwas mehr für den Boys and Girls Club aufgebracht hat? Howie, ihr Mann, und Terry Bradshaw waren die Versteigerer. Die Frau sollten wir nach Washington schicken. Sie würde den Laden stemmen.«

Harry lächelte. Sie war Mrs. Long, einer großen Schönheit, nur einmal begegnet. Es hatte sie schwer beeindruckt, dass sie Altphilologie studiert hatte. »Hampton, sie ist zu gut für Washington.«

Er lachte. »Was führt dich zu mir?«

»BoomBoom hat mir erzählt, dass du Erzeugnisse aufkaufst, bevor sie geerntet sind. Ich möchte deine Zeit nicht lange beanspruchen, aber ich finde diese Methode ungewöhnlich und anregend.«

»Und ich weiß, dass du Sonnenblumen und Wein anbaust. Wie ich höre, hast du sogar ein kleines Ginsengfeld unten am Bach.«

Harry war nicht überrascht. Auf dem Land wussten alle alles. Aber, dachte sie dann, vielleicht auch nicht. Der Tote in der Werkstatt von ReNu widerlegte diese Theorie.

Sie räusperte sich, denn sie hatte mit der Antwort ein bisschen zu lange gewartet. »Ich versuche, Nischenerzeugnisse zu finden. Ich habe für meinen Traktor nicht das Zubehör, um Mais anzupflanzen. Durch Ethanol ist dieser Anbau zu einem einträglichen Unternehmen geworden, aber ich bin altmodisch. Wenn ich Mais anbauen würde, dann nicht für Kraftstoff.«

Yancy lehnte sich zurück und verschränkte die Hände hinter dem Kopf. »Schwindel. Mehr sag ich nicht dazu. Du weißt ja, ich halte mich an hiesige Produkte, wann immer möglich, und an solche, die so natürlich angebaut werden wie möglich. Man ist, was man isst.«

Harry hätte fast gesagt, »und man ist, was man tut«, aber sie verkniff es sich und sagte stattdessen: »Wie kannst du vor der Ernte einkaufen? Mutter Natur ist eine launenhafte Geschäftspartnerin.«

»Ich geh hin, guck mir die Ausbeute an, mache ein Angebot auf der Basis früherer Preise pro Scheffel oder pro Hühnchen, basierend auf dem Großhandels-Einkaufspreis in den letzten fünf Jahren. Ich muss zudem den Benzinpreis einkalkulieren, weil alles auf LKWs transportiert wird. So erhalte ich einen Durchschnittspreis. Nun kann die Ernte ausgezeichnet sein, dann sinken die Preise etwas. Oder das Gegenteil ist der Fall, und die Preise steigen. Der Markt hat's gegeben, der Markt hat's genommen. Aber du kriegst, was ich biete, egal, was wird, und so geht jeder von uns sein Risiko ein.«

»Und wenn die Ernte vernichtet wird?«

Er runzelte kurz die Stirn; denn dies war kein erfreulicher Gedanke. »Klar, in dem Fall ist der Handel nichtig. So steht's im Vertrag.«

Er griff nach einem lindgrünen Aktenordner und schob ihn zu Harry hinüber.

Sie stand auf, nahm den Ordner, setzte sich wieder und legte ihn auf ihren Schoß. »Hübscher Ordner.«

Yancy strahlte. »Ich hab eine Schwäche für Büroartikel. Wäre ich nicht Lebensmittelkaufmann geworden, dann hätte ich ein

Geschäft für hochwertigen Bürobedarf aufgemacht.« Er setzte sich gerade hin. »Eine Frau in Richmond druckt auf einer Handpresse, Einladungen und so was. Je mehr unsere Wirtschaft sich auf große Warenhäuser verlegt, desto mehr Raum ist für Qualität und Individualität.«

»Ja, ganz meine Meinung. Ich werde das hier gründlich durchlesen.«

»Schön, wenn du dich entscheidest zu unterschreiben, komme ich vor der Ernte dreimal raus, um deine Erträge zu begutachten. Wie ich höre, hattest du letztes Jahr ein Superjahr mit den Sonnenblumen.«

»Oh ja. Und dieses Jahr kann ich zum ersten Mal meine Trauben ernten. Es wird aber sicher noch an die vier Jahre dauern, bis sie sind, wie sie sein sollen.«

»Es war klug von dir, nur einen Viertelmorgen zu pflanzen, und wenn nur aus dem einen Grund, um zu sehen, wie der Boden den Geschmack beeinflusst. Jedes Weinfeld, und wenn es nur drei Kilometer vom nächsten entfernt liegt, hat sein höchst eigenes *Terroir*.«

»Faszinierend. Danke für das Kompliment, aber ich weiß, ich kann keine große Winzerin werden. Ich lerne so viel mit der Hilfe von anderen, aber ich denke, meine Neigung geht mehr zu den Sonnenblumen, zum Ginseng. Ich hab auch Spargel gepflanzt, aber der ist erst nächstes Jahr so weit.«

»Du hast die Pflanzung natürlich gestaffelt.« Er beugte sich vor, seine braunen Augen strahlten.

»Musste ich ja. Man kann nur alle zwei Jahre genießbaren Spargel stechen. Das ist mit ein Grund, warum er so teuer ist.«

»Ich bin interessiert, Harry. Ich kann keinen frischen Spargel vorrätig halten. Egal, ob die Sorte, die die meisten Leute hier in der Gegend kennen, oder die dicken weißen europäischen Stangen.«

Harry stand auf. »Danke, dass du dir Zeit für mich genommen hast.«

»War mir ein Vergnügen.«

Sie ging hinaus, schloss die Bürotür hinter sich und stieß mit Franny Howard zusammen, der Inhaberin einer großen Reifenhandlung.

»Verzeihung, Harry.« Frannys Hand schnellte zu ihrem pink geschminkten Mund.

Harry lachte. »Hey, ich bin bloß froh, dass du nicht am Steuer von deinem Wagen warst.«

»Da pass ich ein bisschen besser auf. Weniger Ablenkungen. Hast du nicht kommenden Mittwoch deine Nachuntersuchung?«

»Ja.«

»Möchtest du, dass ich mitkomme?« Franny hatte den Krebs überlebt, bevor er bei Harry diagnostiziert worden war. Sie hatte Harry in die Selbsthilfegruppe eingeführt.

»Oh, danke, Franny. Ich weiß, dass alles gut ist.«

»Ja, bestimmt. Sag mal, ich hab in der Zeitung gelesen, dass du, Reverend Jones und Susan bei ReNu die Leiche gefunden habt. Muss ja ein schwerer Schock gewesen sein.«

»Allerdings. Es gibt noch keine Verdächtigen. Der Mann hat offenbar ziemlich zurückgezogen gelebt.«

»Solche Leute sind meistens zäh. Man muss die Schichten abpellen. Ich schwöre, da brodelt was mittendrin. ReNu unterbietet immer die Preise von allen anderen. Ich vermute, wenn der Mörder einer von den Konkurrenten wäre, dann hätte er eher Vic Gatzembizi den Schädel eingeschlagen.« Vic war der Eigentümer.

»Den muss man erst mal erwischen. Er pendelt ständig zwischen seinen Betrieben hin und her. Leute wie du und Vic, ihr seid so ehrgeizig.« Harrys Lippen kräuselten sich zu einem matten Lächeln.

Franny nickte. »Danke. Weißt du, Victor empfiehlt so ganz nebenbei Leute an mich, die sich nach neuen Reifen umsehen. Offenbar müssen Fahrzeuge, die zur Reparatur in seiner Werkstatt sind, das nehmen, für das die Versicherung aufkommt. Aber Victor ist nett zu mir, er führt mir – sagen wir mal – Kunden zu, deren Autos nicht schrottreif sind.« Sie senkte die Stimme. »Wie ich höre, hat er Freundinnen an jedem Ort, wo er einen Betrieb hat. Seine Frau würde ihn mit Sicherheit umbringen, wenn sie davon wüsste. Andererseits kriegt sie alles von ihm. Wie sie das macht, muss ich erst noch lernen. Ich muss dieses Talent entwickeln.«

»Schätzchen, ich finde, du hast auf diesem Gebiet genug Talent.« Harry lachte.

Auf dem Nachhauseweg – Mrs. Murphy, Pewter und Tucker drängten sich alle drei auf dem Vordersitz – lachte Harry wieder über Franny. Beim Nachdenken über Autos und Reifen erinnerte sie sich daran, dass sie nach Miranda sehen musste und dass sie versprochen hatte, ihren Falcon zu wachsen. Angesichts des Auftragsstaus bei ReNu würde Miranda einen Mietwagen benötigen. Safe & Sound sollte ihr einen stellen, aber Harry wollte ihr für alle Fälle den Kombi anbieten.

Um den starken Ortsverkehr zu vermeiden, wollte Harry auf der Umgehungsstraße nach Westen zur Route 250 fahren.

Dieses Vorhaben kam buchstäblich zum Stillstand, weil blinkende Lichter, Polizei und Feuerwehrleute den Verkehrsfluss aus PKWs, LKWs und Lieferwagen stoppten. Es sah nach einer langen Schlange aus.

»Verdammt«, fluchte Harry, dann prüfte sie die Tankanzeige.

Halbvoll. Das würde reichen, auch wenn sich die Wartezeit hinzog. Sie sah weiter vorn Rick Shaw und Coop in einer lebhaften Auseinandersetzung mit einem Angehörigen der Staatspolizei. Der Mann hatte die Hände in die Hüften gestemmt, ging dann zu seinem Streifenwagen, stieg ein und telefonierte.

Coop sah Harrys Volvo und kam zu ihr.

»Hey, was ist hier los?«, fragte Harry.

»Ein Milchlaster ist umgekippt.«

»Ach nein.«

»Und nun gilt folgendes Bundesgesetz: Das Butterfett in der Milch ist Öl. Wir müssen das als Umweltgefährdung behandeln. Man hat mir soeben die Umweltschutzrichtlinien vorgelesen. Rick und ich versuchen diesen Prinzipienreiter«, so nannte Coop alle Staatspolizisten, »zu überreden, dass er uns hier eine einspurige Fahrbahn einrichten lässt, weil sich die Milch über die äußere rechte Spur und in den Abfluss ergossen hat. Aber nein, Milch stellt eine Gefahr dar.«

»Das glaub ich jetzt nicht.«

»Kannst es ruhig glauben.« Coop musste sich tagtäglich mit den endlosen Anordnungen auseinandersetzen, die aus Washington herüberschwappten.

Rick rief nach Coop, worauf sie sich umdrehte und dabei auf die Seite des Kombis schlug.

»Mom ist auf achtzig«, warnte Mrs. Murphy.

Die auf eine Spur geleitete Autoschlange setzte sich in Bewegung. Als Harry an dem umgekippten Milchlaster vorbeifuhr, zwinkerte Coop ihr zu.

Endlich zu Hause, eilte Harry in das kleine Büro in der Sattelkammer und schaltete ihren MacBook Pro Computer ein, den ihr Mann ihr gekauft hatte, weil sie dafür kein Geld ausgeben wollte. Er sagte, sie bräuchten ihn für seine Arbeit. In Wirklichkeit hoffte er, sie würde lernen, damit umzugehen. Fair hatte seinen eigenen Hochleistungslaptop immer dabei. Er verschliss alle Jahre einen, aber für die Veterinärmedizin war er unentbehrlich.

Während Harry auf den Siebzehn-Zoll-Monitor blickte, rief sie ihren Freundinnen zu: »Die Umweltschutzbehörde hat 2009, nach der Anweisung durch das Weiße Haus, also schon vor ein paar Jahren, vorgeschlagen, verschüttete Milch von der Vorschrift, sie wie vergossenes Öl oder Benzin zu entsorgen, auszunehmen.« Sie schlug frustriert auf den Schreibtisch. Sie hatte sich vorgenommen, morgen bei ReNu herumzuschnüffeln, und wollte eine Verzögerung vermeiden, falls die Milch in der einen Fahrspur versickert war. Wirklich absurd, das Ganze.

Simon, das Opossum, beugte sich über die Heubodenkante. *»Kriegt sie gleich 'nen Anfall?«*

Tucker, verstimmt, weil Harry verstimmt war, saß auf dem kühlen Boden der Stallgasse und richtete den Blick nach oben. *»Sie ist ganz schön wütend.«*

Mrs. Murphy, die auf einer Satteltruhe hockte, ergänzte: *»Mittwoch hat sie die Brustuntersuchung. Sie ist reizbarer als sonst.«*

»Mom ist nicht sehr reizbar«, verteidigte Tucker Harry sogleich.

Pewter, die neben Mrs. Murphy saß, lächelte süßlich: *»Sie nicht, aber du.«*

»Gar nicht wahr«, knurrte Tucker.

»Die Wahrheit tut weh.« Pewter blähte die Brust.

Tucker war jetzt auf den Hinterbeinen und sprang auf Pewter zu, die der Corgidame mühelos auswich.

Der erschrockene Simon huschte eilends nach hinten auf den Heuboden zu seinem mit Schätzen angefüllten Nest.

Pewter kletterte seitlich die Leiter hoch, Tucker schnappte nach ihren Beinen.

Harry stampfte aus dem Büro. »Schluss jetzt. Habt ihr mich verstanden? Schluss!« Sie kehrte wieder um, starrte dabei Tucker an. »Tucker.«

Mit hängenden Ohren ließ Tucker sich herunterplumpsen, fletschte aber immer noch die Zähne zu der schadenfrohen Katze hinauf.

Pewter hatte es satt, den Hund zu triezen, und suchte Simon in seinem Nest auf, einer großen Aushöhlung in einem Heuballen. Harry wusste, wo er seine Höhle hatte, und kam ihr nie zu nahe.

Mrs. Murphy, die Tuckers Beschwerden über Respektlosigkeit leid war, und seien sie noch so begründet, kletterte die Leiter hinauf zu Simon und Pewter.

»Guckt euch das an.« Behende hob Simon einen glänzenden Stift mit lindgrünen Punkten auf.

»Sehr hübsch«, lobte Pewter seinen Geschmack.

»Und wie findet ihr das? Ähnelt irgendwie einer Schlange.« Simon hielt ein Stückchen dünnen Gummischlauch hoch, dessen einzelne Schichten faserverstärkt waren. *»Es kringelt sich.«*

»Riecht nach Öl«, stellte Mrs. Murphy mit ihrem scharfen Geruchssinn fest. *»Nicht wie Heizöl, mehr wie Getriebeöl.«*

Da es von dem großen John-Deere-Traktor stammte, roch es natürlich nach Getriebeöl.

Bei der Erwähnung von Öl sah Pewter sich veranlasst, Simon von der verschütteten Milch zu berichten.

Der liebe kleine Simon glaubte jedes Wort von Pewters ausgeschmückter Geschichte, und Mrs. Murphy war so klug, ihr nicht zu widersprechen.

8

S*ie ist durchgeknallt.«* Pewter stieg pingelig über einen Schmierefleck auf dem Betonboden von ReNu hinweg.

Ohne jemanden um Erlaubnis zu fragen, war Harry in die Stadt gefahren, um sich in der Werkstatt umzusehen. Den Empfangsschalter hatte sie mittels Bestechung passiert.

Mrs. Murphy, die dem Schmierefleck ebenfalls auswich, erwiderte: *»Sie wird sich nie ändern. Uns wirft man immer vor, neugierig zu sein, aber sie ist schlimmer als alle Katzen.«*

»›Neugier ist der Katze Tod.‹ Ich hasse diese Redensart. Wegen ihrer Neugierde ist Harry dem Tod näher gekommen als wir. Wenn sie uns nicht hätte, wäre sie tot.« Hier hatte Pewter absolut recht.

Im Laufe der Jahre hatte Harry mit ihrem Bedürfnis, jedem Rätsel auf die Spur zu kommen, sich, die Katzen, den Hund und sogar ihre Freunde in Gefahr gebracht. Die Tiere merkten dank ihrer überlegenen Sinneswahrnehmung stets viel früher als ihr Mensch, was die Stunde geschlagen hatte. Manchmal gelang es ihnen, Harry aus der Gefahrenzone zu schubsen. Ein andermal wurde sie mit einem Schlag niedergestreckt. Sie schien einfach nicht klüger zu werden. Ihr Mann hatte sich mit diesem unerquicklichen Charakterzug abgefunden. Die Tiere waren da weniger anpassungsfähig, wenngleich Pewter sich mit frischem Thunfisch immer rumkriegen ließ.

»Dass sie dem Trottel an der Rezeption zwanzig Dollar zugesteckt hat, damit er uns in der Mittagspause hier reinlässt, das wäre fast ihr Tod gewesen«, sagte Tucker und lachte. *»Zwanzig Dollar. Sie ist außer Kontrolle.«*

»Außer Kontrolle« war vielleicht ein zu starker Ausdruck für Harrys Verhalten, aber sie war zumindest vermessen und waghalsig.

Die Nase dicht am Boden, flitzte die Corgihündin schnurstracks zu der Stelle, wo Walts Leiche gelegen hatte. *»Hmm. Altes Blut. Altes Hirn. Nichts mehr übrig, aber der Geruch ist himmlisch.«*

Die zwei Katzen, selbst keine Aasfresser, wussten den Hundemagen durchaus zu würdigen. Sogar Pewter war jetzt so interessiert, dass sie die Gelegenheit, den Hund zu bekritteln, verstreichen ließ.

Als die Leute von der Spurensicherung abgezogen waren, hatte Victor Gatzembizi Spezialisten geholt, um die Sudelei entfernen zu lassen, bevor am nächsten Tag wieder gearbeitet wurde. Das Mann-Frau-Team konnte die Blutflecken vom Beton nicht entfernen, aber es war ihnen gelungen, die winzigen Haar- und Schädelfitzchen aufzulesen. Die Spurensicherung hatte das meiste eingesammelt, doch kleinste Teilchen blieben immer zurück oder steckten unter einem Schrank. Es ist erstaunlich, was ein Körper, dem Gewalt angetan wurde, alles von sich gibt.

So gründlich man auch geputzt hatte, die Nasen der Katzen und der Corgihündin konnten dennoch Verwertbares wittern.

»Ich meine, sein Kopf war hier.« Tucker stand an der betreffenden Stelle.

»Hier war auch was.« Pewter hatte erschnuppert, wo der Montierhebel gelegen hatte.

Harry sah, wo ihre Tiere waren, und besann sich wieder einmal darauf, wie scharf deren Sinnesorgane waren. »Das ist die Stelle. Er hatte keine Chance.«

Sie zeichnete in ein Notizbuch. Die ohnehin stets makellos saubere Halle glänzte nach der außerordentlich gründlichen Putzaktion noch mehr. Auf jeder der vier hydraulischen Hebebühnen stand ein Fahrzeug. Zu jedem Arbeitsplatz gehörte ein großer roter Werkzeugkasten mit vielen Ausziehfächern. Auf das obere Schubfach war der Name des Mechanikers geklebt. Die Kästen waren auf Laufrollen montiert, so dass sie herumgeschoben werden konnten. Jeden Mann für sein Werkzeug selbst verantwortlich zu machen, das war eine von Victors klugen Entscheidungen. Victor kaufte das gesamte Werkzeug, aber jeder Mann war für seinen Werkzeugkasten zuständig. Wurde jemand entlassen, nahm man sogleich eine Bestandsaufnahme vom Inhalt seines roten Kastens vor. Victor kannte das alte Spielchen, dass jemand irgendwelches Werkzeug mit zur Arbeit brachte und, wenn er ging, anderes mitnahm. So aber kam Victor für das Werkzeug auf und zahlte nur einmal dafür.

Ein großer, etwa ein Meter zwanzig hoher Kasten war an die Wand geschoben worden. An das obere Schubfach war noch mit schwarzem Filzstift auf Malerkrepp der Name »Richardson« geschrieben.

An den Wänden standen Industrieregale aus Stahl mit Leitern, die oben auf Rollen montiert waren, so dass auch sie geschoben werden konnten. In den Regalen befanden sich Luftfilter, Keilriemen und Gegenstände, die einfach zu lagern waren. Kästen enthielten Ersatzteile für Ford, General Motors, Chrysler, Toyota, Subaru, Nissan, alle nach Modell und Jahr gekennzeichnet.

Harry wusste, dass bei den meisten Instandsetzungsarbeiten mit einer Wartezeit gerechnet werden musste, bis bestimmte Motorteile bei der Reparaturwerkstatt eintrafen. Niemand, der sämtliche Fabrikate und Modelle reparierte, hatte Platz genug, um alle notwendigen Ersatzteile vorrätig zu halten. Aber das einfache Zubehör war vorhanden: Batterien, Scheibenwischer. Jedoch keine Reifen. Das verwunderte Harry.

Mit ihren Zeichnungen beschäftigt, vergaß sie die Zeit.

Jason Brundige, ein junger Mechaniker, kam zusammen mit seinem Kollegen Nick Ashby aus der Mittagspause zurück. »Wer sind Sie? Waren Sie das nicht, die Walt gefunden hat?«

»Ja.«

Die Tiere starrten den mittelgroßen jungen Mann an.

»Sie haben hier nichts verloren.«

»Sprich nicht so mit meiner Mutter.« Tucker zog die Oberlippe hoch.

»Stimmt.« Harry spürte die Abneigung und trat deshalb die Flucht nach vorn an.

Als sie an Nick Ashby vorbeiging, lächelte der junge Mann aus Freude darüber, eine hübsche Frau zu sehen, egal, ob sie hier was zu suchen hatte oder nicht.

Just als sie hinausging, mit Mrs. Murphy, Pewter und Tucker auf den Fersen, kamen die anderen Mechaniker – Bobby Foltz, Lodi Pingrey und Sammy Collona – aus der Mittagspause zurück.

Sammy kannte sie flüchtig. »Harry, ich hab davon gehört, dass Verbrecher an den Tatort zurückkehren, aber Zeugen?«

Verärgert, weil man sie erwischt hatte, sagte sie: »Ich … mich hat's einfach hergezogen. Ich weiß nicht, warum; ich musste es noch mal sehen.«

»Einmal sollte genügen, Lady«, blaffte Lodi.

Darauf hob Harry zuerst Tucker in den F-150 und stieg dann selbst ein. Die Katzen waren schon drin.

Gerade als sie den Motor startete, kam Nick Ashby herausgetrabt; Jason Brundige starrte ihm finster nach.

Der gutaussehende junge Ashby bedeutete Harry zu warten und sagte dann zu ihr: »Die Jungs sind nicht so übel, wie sie sich anhören. Alle sind konfus, nervös.«

»Nun ja, ich bin ja mehr oder weniger unbefugt eingedrungen.«

»Ist schon in Ordnung. Wenn Sie das nächste Mal vorbeikommen wollen, rufen Sie mich an. Nick Ashby.« Er gab ihr durch das offene Autofenster die Hand.

»Danke, Nick. Mach ich.« Sie ließ seine Hand los und sah ihm in die Augen. »Ich bedaure, dass Sie alle so etwas durchmachen mussten. Eine solche Erschütterung lässt sich nicht so schnell vergessen.«

Er zuckte die Achseln. »Wenn so was passiert, muss man sich damit abfinden und weitermachen. Ich hab viel von Walt gelernt. Er war streng mit mir, aber er hat einen besseren Mechaniker aus mir gemacht. Ich werde ihn vermissen, aber dauernd angeschnauzt zu werden, darauf kann ich gut verzichten.« Er lächelte.

»Vermutlich tut's bei manchen Menschen eher das Zuckerbrot als die Peitsche, nicht wahr?«

»Genau. Ich bin eher der Zuckerbrottyp.« Übers ganze Gesicht strahlend, klopfte er an den Fensterrahmen des Transporters und verabschiedete sich.

Harry fuhr zu Frannys Geschäft. Sie ließ die Wagenfenster einen Spalt offen und ging hinein. Die stets geschäftige Franny, die telefonierend am Schreibtisch saß, winkte Harry herein.

Als sie auflegte, meinte sie: »Und?«

»Alles gut bei dir?«

»Na klar.«

Harry berichtete kurz, wo sie gewesen war, schilderte die Reaktion der zurückkehrenden Mechaniker und sagte dann: »Keine Reifen. Kein einziger. Komisch.«

»Ist es gar nicht. Reifen nehmen viel Platz weg. Die meisten Leute verstehen nicht besonders viel von Reifen, deshalb zieht eine Werkstatt wie ReNu gewöhnlich solche auf, wie sie der Hersteller ursprünglich am Fahrzeug montiert hatte, außer der Kunde will andere.«

»Kauft Victor schon mal Reifen bei dir?«

»Selten. Er ordert möglichst bei diversen Großhändlern oder Reifenherstellern. Wie du vielleicht weißt, wird das komplette Teil geliefert, das Rad mitsamt aufgezogenem Reifen. Früher hat man den Reifen mit einem Montierhebel entfernt. Man kann einen Reifen wechseln, wenn man einen Platten hat, aber für ReNu ist es einfacher, ein komplett neues Rad zu montieren. Ich denke, das ist ökonomisch durchdacht; der Kunde muss ja viel mehr kaufen als in den 1950er oder 1960er Jahren. Allerdings kriegt er heute sein Fahrzeug schneller zurück.«

»Damit hast du meine Frage beantwortet. Weil ich gerade in der Nähe war, bin ich einfach unangemeldet reingeschneit. Ich entschuldige mich dafür.«

»Du musst dich nicht entschuldigen nach dem, was wir alle durchgemacht haben. Ich habe eben erfahren, dass Willa einen Rückfall hat.« Willa war in ihrer Krebs-Selbsthilfegruppe.

»Oh nein.«

»Sie hatte jahrelang Ruhe, aber verflucht, in ihrer Lunge wurde ein Flecken übersehen. Das ist ja das Fatale: Die Zellen können wandern. Sie hatte Brustkrebs, wie du weißt.«

»Meinst du, man hat es rechtzeitig entdeckt?«

»Das will ich hoffen. Sie fängt nächste Woche mit der Behandlung an. Du weißt, wie Computerviren in etwas anderes eingeschleust werden, in etwas, das harmlos wirkt?«

»Ja.«

»Ich denke, genauso macht es der Krebs. Schadprogramm. Gott, wie ich diese Krankheit hasse.«

»Ich auch.« Harry seufzte, dann wechselte sie das Thema. »Meinst du, Victor von ReNu ist ein guter Geschäftsmann?«

»Einer der besten.«

»Er hat einen Nichtsnutz an der Rezeption sitzen. Ich habe mir während der Mittagspause Zugang zu der Werkstatt verschafft, indem ich Kyle ein bisschen Geld zugesteckt habe. So denke ich darüber: Victor ist sorgsam im Kleinen und verschwenderisch im Großen.«

Franny spielte einen Moment lang mit ihrem Ohrring. »Ich nehme an, in einem gewissen Maß sind wir alle so. Ich kenne Victor sehr gut, er schätzt die Mechaniker. Vermutlich hält er die Rezeption nicht für so wichtig.«

»Aber du hast eine tüchtige Kraft eingestellt.«

»Die Rezeption ist unser Aushängeschild. Da sitzt der Angestellte der Firma, mit dem es die meisten Leute zuerst zu tun haben. Du hast verdammt recht, ich habe eine gute Kraft, aber ich verkaufe ja auch. Victor verkauft keine Ware. Wenn der ramponierte Wagen mit kaputtem Kühler oder sonst was zu ihm kommt, hat Victor den Auftrag schon in der Tasche. Trotzdem, du hast mich zum Nachdenken gebracht.«

»Worüber?«

»Wie scharfsinnig du bist und wie du dich in Dinge reinhängst, an die sich sonst niemand ranwagt. Wenn du einmal im Dreck steckst, entgeht dir kaum was.«

»Ich stecke nicht im Dreck. Ich hab bloß zusammen mit Herb und Susan Walts Leiche entdeckt.«

»Harry.« Franny zog eine Augenbraue hoch. »Warum fragst du mich das alles?«

Harry zuckte die Achseln. »Weiß nicht.«

Franny zuckte ebenfalls die Achseln. »Egal, worum es hier ging – könnte alles gewesen sein, ein rasender Ehemann, ein geplatztes Geschäft –, ich persönlich mache mir keine Sorgen, solange keine Reifenhändler verschwinden.«

Wieder im Wagen, verhielten die Tiere sich still, bis sie zur Farm kamen. Murphy und Pewter sprangen aus dem Transporter, rannten um den Hof und in den Stall, froh, den Maschinengerüchen entronnen zu sein. Pewter stolzierte Richtung Haus und setzte sich unter den riesigen Walnussbaum, der neben dem Haus stand. Matilda, die große Kletternatter mit den Glitzeraugen, glitt lautlos am Baum hinunter – die Borke ließ sich leicht greifen – bis zu dem niedrigsten Ast in etwa drei Meter Höhe. Sie schlang den Schwanz um den dicken Ast, dann ließ sie sich bis kurz über den Kopf der grauen Katze hinab. Die Kletternatter war zwar nicht nahe genug, um sie zu berühren, aber doch sehr nahe.

»Zsch-zsch-zsch-zsch.« Sie ließ die gespaltene rote Zunge herausschnellen.

Pewter mit ihrem extrem guten Gehör sah hoch. Sie stieß einen Schrei aus, sauste durch die Tür der eingezäunten Veranda, in die ein Tiertürchen eingelassen war, und dann in die Küche.

»Ha.« Matilda war ungemein selbstgefällig.

Mrs. Murphy, die in der Stallgasse saß, sah erst Pewter rennen, dann die Ursache der überstürzten Flucht.

»Hey, Tucker. Komm her.«

Die Hündin gesellte sich zu ihrer Katzen-Freundin, die ihr Bericht erstattete. Sie sahen zu, wie die große Natter sich wieder auf den dicken Ast schwang.

Mrs. Murphy lachte. *»Sie hat einen fiesen Humor.«*

»Wollen wir in die Küche? Pewter ist bestimmt ganz durcheinander.« Tucker liebte den grauen Fettkloß.

»Wir werden Riechsalz brauchen.«

Die zwei lachten schallend.

Während Harry Heu in die Boxen streute, hörte sie das Miauen und das helle Gebell, dann sah sie, wie ihre Tiere sich aneinanderschmiegten, und sie dachte, dass Liebe keine Grenzen kennt.

Was das betrifft, kennt Hass auch keine Grenzen.

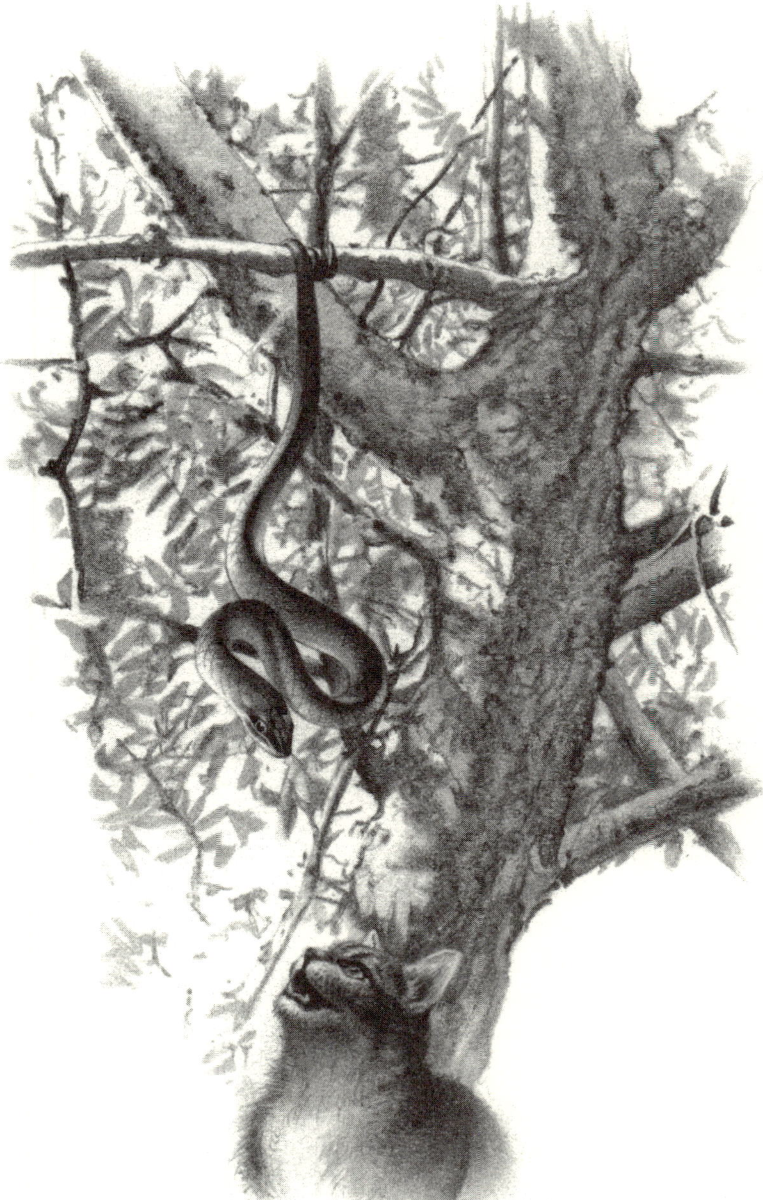

9

Tags darauf schloss Franny Howard, die fast immer als Erste zur Arbeit kam, die Tür zum Ausstellungsraum auf. Dahinter lag die makellos saubere Werkstatt mit drei großen Lagerboxen, in die man hineinfahren konnte, um dort die Reifen auf Fahrzeuge aufzuziehen. Franny hatte den Laden fest im Griff.

Die frische Morgenkühle strich über ihre zu stark geschminkten Wangen. Sobald sie das Klicken des großen Schlosses hörte, spürte sie, dass etwas nicht stimmte. Sie öffnete die Tür, sah zu dem langen Tresen, zu den Schreibtischen dahinter und zu ihrem Büro noch weiter hinten. Alles wirkte normal. Sie überprüfte den Tresen und die Fächer darunter. Nichts fehlte. Sie schaltete alle drei Computer ein, rief Informationen auf, die sie für heikel hielt. Soweit sie erkennen konnte, war nichts gestohlen worden.

Dann schloss sie die Tür zu ihrem Büro auf. Auch hier war alles, wie sie es am Vorabend verlassen hatte, ehe sie sich mit Freunden zu einem gemütlichen Abendessen im Keswick Sports Club traf.

Sie stemmte die Hände in die Hüften und atmete ein. Warum war ihr so unbehaglich zumute? Sie machte auf ihrem mittelhohen Absatz kehrt, ging aus dem Büro zu dem langen blank gewienerten Tresen, öffnete dann die Tür zur Werkstatt, just als Mackie Rogan den Knopf drückte, um das Tor zu einer großen Box hochrollen zu lassen. Er drehte sich genau in dem Moment zum Lager um, als Franny eintrat.

Beiden klappte die Kinnlade herunter.

»Verdammt, was …?«, stieß Mackie schließlich hervor.

Franny lief in den Bereich, wo Reifen der diversen Handelsmarken, alle deutlich gekennzeichnet, gelagert waren. »Verdammt! Verdammte Scheiße!«, fluchte sie, und sie fluchte selten.

Mackie stand jetzt neben ihr und zählte auf, als würde er eine Litanei herunterbeten: »Goodyear Eagle F1 GS-D3, leergeräumt. Continental ContiSportContact 2, leergeräumt. Yokohama ADVAN Neova AD07, leergeräumt. Michelin Pilot Sport PS2, leergeräumt. Alle weg.«

Die Arme verschränkt, versuchte Franny, den Schaden einzuschätzen, und nickte. »Wer uns beklaut hat, kennt sich mit Reifen aus und ist ein Hochleistungsfreak. Ein echter Hochleistungsfreak.«

»Chefin, das ist furchtbar.« Mackie ließ den Blick über den verbliebenen Bestand schweifen. »Sie haben dagelassen die Hankook Ventus, die Toyota Proxes, die Pirelli PZeros und die Dunlop SPs. Verdammt gute Reifen.«

Franny rechnete rasch nach und schüttelte den Kopf. »Mackie, ich komme auf circa fünfundzwanzigtausend Dollar.«

Er legte ihr seine große Hand auf die Schulter. »Tja. Die landen bis heute Abend auf dem Schwarzmarkt.«

Franny, die sich von einer Krise nicht so leicht unterkriegen ließ, tätschelte seine Hand. »Ich bin froh, dass Sie als Erster im Lager waren. Sie können einen kühlen Kopf bewahren. Überprüfen Sie das Sicherheitssystem. Ich rufe den Sheriff an. Und, Mackie, lassen Sie uns beobachten, wem was auffällt, wenn er zur Arbeit kommt.«

Mackies dunkle Augen wurden weit. »Sie glauben doch nicht etwa, dass das einer von den Jungs war?«

»Nein. Wir haben gute Leute. Aber ich bin neugierig, wie lange es dauert, bis unseren Jungs was auffällt, und was dann passiert. Das lehrt einen einiges über die Menschen.«

Mackie nickte, wie immer beeindruckt von Frannys Scharfsinn. Er schritt energisch zu der Metalltür, hinter der sich das teure Sicherheitssystem verbarg.

Franny lief eilends ins Büro, um den Sheriff vom Festnetztelefon aus anzurufen. Tat man es von einem Computer oder vom Handy, war es in der Welt und ließ sich nie mehr daraus tilgen. Man konnte die neue Technologie nicht kontrollieren, trotz gegenteiliger Behauptungen der Regierung und der Unternehmen. Dies alles wirbelte Franny beim Wählen durch den Kopf.

Sie hatte gerade mit dem Sheriffrevier gesprochen, als Mackie die Tür zum vorderen Bereich aufmachte. Er war ein großer Mann, und sie erkannte seinen schweren Schritt. Sie trat aus ihrem Büro und lächelte ihm zu. Sie vertraute Mackie; sie arbeiteten zusammen, seit sie Mitte der achtziger Jahre das Geschäft gegründet hatte, zu einer Zeit, als es für eine geschiedene Frau nicht leicht war, einen Geschäftskredit zu bekommen.

»Das Sicherheitssystem wurde deaktiviert. Wer das getan hat, kennt sich nicht nur mit Reifen aus«, sagte Mackie.

»Wie haben die das Tor aufgekriegt?«

»Ich nehme an, mit einer kleinen Schweißflamme. Hat das Schloss glatt durchschnitten. Ich habe die Eingangstür zum Arbeitsbereich überprüft. Dieselbe Methode.«

»Mackie, kann ich Ihnen was zu trinken anbieten?«

Er lächelte. »Nein danke. Ich sag Ihnen, das war ein Schock.«

»Das können Sie laut sagen.« Sie sah ihn einen Moment lang betrübt an. »Warum stehlen Menschen? Es erfordert große Kenntnis und harte Arbeit. Wäre es nicht leichter, anständig zu sein?«

Er zuckte die Achseln. »Mehr Profit, keine Steuern, denke ich. Und wenn ein größeres Unternehmen dahintersteckt …«, er zögerte kurz, »dann gibt es bestimmt so was wie einen Schutz, falls der Dieb geschnappt wird.«

»Ja, ja. Sie sehen immer Dinge, die ich nicht sehe.« Sie schmeichelte ihm, aber er hatte recht. »Dumme Verbrecher handeln impulsiv. Intelligente gehen nach einem Plan vor und decken sich gegenseitig.«

»Es ist schändlich.«

»Allerdings.« Sie lächelte ihn an und dachte dabei, wie jung er gewesen war, als sie ihn eingestellt hatte, ihren ersten Mitarbeiter. »Aber wir stehen das durch. Tun wir doch immer.«

»Ganz bestimmt«, sagte er zuversichtlich.

Mit Rick am Steuer auf der Route 29 unterwegs, nahm Cooper den Anruf des diensthabenden Beamten entgegen. Der Sheriff befand, sie könnten auch danach zu ReNu zu fahren. Er wollte die Mechaniker dort selbst befragen, und Coop wollte sich die Werkstatt noch einmal vornehmen, um zu schauen, ob ihr oder jemand anderem etwas entgangen war. Bei den vielfältigen Umständen an einem Tatort, besonders, wenn es sich um Mord handelte, konnte man schon mal etwas übersehen. Aber Frannys Anruf hatte jetzt Vorrang.

Dort angekommen, gelangten der Sheriff und seine Stellvertreterin zu demselben Schluss wie Mackie: Da waren Profis am Werk gewesen.

Rick machte sich Notizen, während er die anderen eintreffenden Angestellten der Reifenfirma befragte. Cooper hörte aufmerksam zu. Sie war eine ausgezeichnete Zuhörerin.

Rick schätzte Franny und sprach offen mit ihr. »Das passiert zurzeit überall in Amerika. Einen der größten Reifendiebstähle gab es vor ein paar Monaten in Reno.«

»Warum dort?« Franny bedeutete der Rezeptionistin, sich zu setzen, als diese zu ihnen trat. Die leicht erschrockene Isabelle gehorchte, ohne zu zögern.

Coop sah Isabelle an und sagte: »Es wurde niemand verletzt. Wir müssen Ihnen und den anderen nur ein paar Fragen stellen.«

»Ja, Ma'am«, erwiderte die zierliche junge Frau.

Rick wandte sich an Franny. »Diese Unternehmungen verfügen über große Lagerhäuser. Ein Riesengeschäft. Billige Lagerung in trockenem Klima. Sie lassen sich in der Nähe von einem günstig gelegenen Flughafen nieder, damit die Ware mühelos überallhin verfrachtet werden kann. Für manche Unternehmen ist es einfacher, Mietlagerhäuser für ihren Bestand zu nutzen, statt in der Firma dafür Platz zu schaffen oder gar eigens eine Halle zu bauen.«

Als Rick und Coop fort waren, setzte Franny sich hin, um eine vorläufige Zusammenfassung ihrer bisherigen Erkenntnisse zu schreiben. Es konnte nie schaden, dergleichen schriftlich festzuhalten. Listen erstellen, Bestände überprüfen – Tätigkeiten, die andere oft langweilten – halfen ihr beim Nachdenken. Während sie am Computer ihren Bestand aufrief, dachte sie daran, mit wie vielen EDV-Anlagen sie seit der Gründung ihrer Firma schon gearbeitet hatte. Dabei fiel ihr etwas ein, das sie in *The Kiplinger Letter* gelesen hatte, nämlich dass die Anzahl der von Frauen gegründeten kleinen Firmen um die Hälfte schneller wuchs als die der von Männern gegründeten. Und es freute Franny besonders, dass im Baugewerbe immer mehr Frauen als Unternehmerinnen erfolgreich waren.

Franny sah sich nicht als Konkurrentin von Männern, aber es gefiel ihr, wenn Frauen auf von Männern dominierten Gebieten erfolgreich waren. Das Leben hatte Franny gelehrt, dass die meisten einigermaßen intelligenten Männer wussten, wo ihre wirtschaftlichen Interessen lagen, und ihre Energie in solche Geschäfte steckten, die Profit abwarfen.

Ein bisschen empfand sie die Tatsache, dass junge Frauen ihren Laden selbst schmeißen wollten, auch als ihren eigenen kleinen Triumph. Wenn sie Frauen nur ermutigen könnte, mehr Risiken einzugehen, denn Franny wusste schließlich, dass größere Risiken auch größere Gewinne brachten.

Dann kam sie auf die Gegenwart zurück. Sie war anscheinend in ihrer Jugend genug Risiken eingegangen. Komisch war nur, dass Franny, wie die meisten Leute, dachte, das Leben würde leichter, wenn sie älter wurde. Wurde es aber nicht. Sie wurde nur besser darin, mit Krisen umzugehen.

10

Er war ein ausgezeichneter Mechaniker. Nicht dass die anderen Jungs schlecht wären, aber sie hängen die Autos eben nur an Computer. Sie sind stark von der Technologie abhängig. Das war Walt auch, aber er hatte ein Gespür. Computer haben keins.«

»Wie lange kannten Sie ihn schon?«, fragte Cooper.

Während sie die Befragung durchführte, saß Rick im Streifenwagen an seinem Laptop, um Statistiken über das Spritzmuster von zerschmetterten Gehirnen aufzurufen. Derlei Informationen konnten dabei helfen herauszufinden, wo der Angreifer gestanden hatte.

Victor Gatzembizi lehnte sich auf seinem bequemen Bürostuhl zurück. »Schon sehr lange. Er hat bei einem großen Chrysler-Dodge-Jeep-Händler in Richmond gearbeitet. Als Chrysler in die Bredouille geriet, dachte er sich, früher oder später würde er entlassen, der Laden würde schließen, oder beides. Ich habe ihn eingestellt. Das Geschäft hier hatte ich da noch nicht, aber einen so guten Mann wollte ich mir nicht entgehen lassen. Drei Monate später habe ich den Laden hier aufgemacht.«

»Gab's keine Probleme?« Cooper lehnte sich ebenfalls zurück, setzte sich dann aber wieder aufrecht hin. Sie war müde und musste hellwach bleiben.

»Nein.«

»Anscheinend war er bei den anderen nicht beliebt.«

Victor hob die dunklen Augenbrauen. »Bei mir hat sich niemand beschwert.«

»Hätte das etwas genützt?«

Die Frage traf den gutaussehenden Einundvierzigjährigen unvorbereitet, daher ließ er sich Zeit mit der Antwort. »Wenn es haufenweise Beschwerden von mehreren Seiten gegeben hätte, würde ich sie mir angehört haben. Deputy, Sie leiten vermutlich keine Firma.«

»Nein.« Sie fasste es nicht als Kränkung auf.

Er lächelte. »Man kriegt Leute, die gerne arbeiten, die stolz auf ihre Arbeit sind. Man kriegt Faulenzer und solche, die man gleich wieder rauswerfen muss. Aber die meisten Männer liegen in der Mitte; sie mögen ihre Tätigkeit zwar, aber es geht ihnen in erster Linie ums Geld. Sie leben fürs Wochenende. Walt hat Autos geliebt, er hat Motoren geliebt, hat die Arbeit daran geliebt. Wenn jemand Ihnen gegenüber schlecht von ihm gesprochen hat, dann möchte ich wetten, war da eine Spur von Eifersucht, von Groll – vielleicht, weil ich ihn zum Werksleiter gemacht habe.«

Cooper notierte sich im Stillen, dass dies keiner von den Mechanikern erwähnt hatte. »Verstehe. Ich hoffe, dass Sie mir helfen können; die Fragen mögen Ihnen nebensächlich erscheinen, aber emotionale Beziehungen können uns in neun von zehn Fällen die richtige Richtung zur Aufklärung eines Verbrechens weisen. Dieses war brutal. Da mag viel Emotion im Spiel gewesen sein.«

Victor verzog das Gesicht. »Ich kann mir nicht vorstellen, dass jemand da hinten«, er deutete mit dem Kopf zum rückwärtigen Teil des Gebäudes – sie saßen in seinem gut ausgestatteten Büro, »ihn so sehr gehasst hat. Und, wie gesagt, ich habe nichts gehört. Ich müsste doch jemand murren gehört haben. Kyle schnappt so einen Mist schnell auf. Er schwelgt regelrecht darin.«

»Unruhestifter?«

Victor schüttelte den Kopf und lachte leise. »Nein. Kyle ist jung, und er ist einer von den Typen, die sich auf alles Negative stürzen.«

Damit hatte Victor recht, dachte Cooper bei sich, aber worauf Kyle sich am meisten gestürzt hatte, war Victor selbst. Ohne einen Frontalangriff zu starten, hatte der junge Mann

Cooper bei der Befragung seinen Chef abfällig als wichtigtuerischen reichen Arsch geschildert, der verrückt war nach protzigen Autos, Schmuck und (ließ er durchblicken) Frauen, obwohl er verheiratet war.

»Sind Sie hier jemals bestohlen worden?«, fragte Coop.

»Das würden Sie doch wissen.«

»Nicht, wenn es sich nur um eine kleine Unregelmäßigkeit in der Abrechnung handelte, zu unbedeutend, um uns einzuschalten. Oder wenn ab und zu ein Auspufftopf fehlte. Etwas in der Art.«

»Nein. Ich habe hier ehrliche Leute. Ich weiß allerdings, dass gelegentlich Toilettenpapier und Papierhandtücher verschwunden sind, und entschieden zu viele ReNu-Notizblöcke und -Stifte.« Er zuckte die Achseln. »Das ist in allen Firmen so. Die Angestellten meinen, sie haben ein Anrecht auf diese Sachen, zumal wir Notizblöcke und Stifte an unsere Kunden verschenken. Aber das summiert sich schneller, als Sie sich vorstellen können. In einem Jahr hatte ich mal eine Büromaterialrechnung über mehr als dreitausend Dollar. Ich habe allen klargemacht, dass ich stinksauer war.«

»Das würde mir Angst einjagen«, zog sie ihn auf.

Coop, die gut im Befragen war, durchschaute die Menschen rasch und genau. Manche mussten sich in Sicherheit wiegen, anderen musste man einen Dämpfer verpassen, wieder andere fürchteten ihren Arbeitsplatz zu verlieren, wenn sie Informationen preisgaben – und je nach Art der Information konnte dies durchaus geschehen. Andere fürchteten körperliche Vergeltungsmaßnahmen, vor allem bei bestimmten Mordarten, und Walts Ermordung gab Anlass zu einer derartigen Furcht. Einer, der jemandem mit einem Montierhebel das Hirn aus dem Schädel schlug, besaß ein aufbrausendes Temperament, oder es machte ihm nicht viel aus, jemandem Schmerz zuzufügen. Das konnte jeden treffen, wenn er demjenigen im Weg war, der den ersten Mord zu vertuschen suchte. Victor hatte es gern mit

Menschen zu tun, die ihm geistig gewachsen waren. Das war Cooper, und ihr gutes Aussehen machte sie ihm gleich noch sympathischer.

Er lächelte über ihre gespielte Angst. »Oh, Sie hatten es mit weit schlimmeren Vorgängen zu tun als ich, Deputy.«

Jetzt war es an ihr, zu lachen. »Mr. Gatzembezi …«

»Nennen Sie mich Victor.«

»Victor.« Sie wartete kurz. »Haben Sie Drohungen erhalten, die Ihre Firma betreffen?«

»Nein.« Seine Stimme nahm einen zurückhaltenden Ton an. »Aber ReNu ist ein relativ neuer Betrieb, er wurde hier 2007 gegründet, wie Sie wissen. Ich habe auch Betriebe in Richmond, Virginia Beach, Alexandria und Norfolk.« Seine Miene hellte sich auf. »Norfolk – die vielen Matrosen. Die Jungs lassen sich am Wochenende volllaufen, und ein Autounfall folgt dem anderen. Ideal für mich.« Er setzte ein breites Grinsen auf.

»Keinerlei Drohungen?«

»Sie meinen von einem verärgerten Kunden oder von einem anderen Betrieb? Nein. Also, das mag sich jetzt etwas angeberisch anhören, aber ich habe keine verärgerten Kunden. Ich repariere ihre Autos. Wenn es dann noch ein Problem gibt, mache ich die weitere Arbeit kostenlos, damit sie sich nicht dauernd mit ihrer Versicherung rumschlagen müssen. Die sind das eigentliche Problem. Wenn die Kunden zu mir kommen, sind sie erschöpft, nachdem sie mit so vielen Leuten reden mussten – dem Schadenregulierer und so weiter. Ein bisschen besser sind sie dran, wenn sie mit einem Versicherungsvertreter vor Ort verhandeln und somit nur einen Ansprechpartner haben. Ich sag Ihnen was, Deputy, sehen Sie bloß zu, dass Sie in keinen Unfall verwickelt werden.«

»Ich werde mich bemühen. Sie haben viel zu tun.«

»In Charlottesville passieren viele Unfälle. Hey, wo ein College ist, gibt's bekanntlich massenhaft Karambolagen.«

Sie blätterte in ihrem Notizbuch. »Die diversen Versicherungen loben Sie, weil Sie vernünftige Preise für Reparaturen verlangen.«

»Ja, ich habe zu allen ein gutes Verhältnis. Und ich kann andere Werkstätten gewöhnlich unterbieten. Ich arbeite rationeller. Dafür muss man kein Genie sein.«

»Verstehe. Sie meinen also nicht, dass von einem anderen Betrieb – ich sage mal, dass jemand versuchen könnte, Ihnen geschäftlich zu schaden?«

»Um mir geschäftlich zu schaden, müsste jemand Qualitätsarbeit billiger anbieten als ich. Es wäre ausgesprochen dämlich, meinen besten Mechaniker umzubringen. Es wäre doch klüger, ihn abzuwerben, ihm mehr zu bezahlen.«

»Da ist was dran«, stimmte sie ihm zu.

»Deputy, ich bin ein erfolgreicher Geschäftsmann in einer schwierigen Zeit, glauben Sie mir. Kaum dass ich mich umdrehe, gibt's wieder ein neues Gesetz, eine neue Regelung, eine neue Steuer. Ich stelle gute Leute ein, das ist schon der halbe Erfolg. Ich bin dauernd auf der Suche nach besseren Methoden für den Service, was nicht immer einfach ist, zumal bei dem Material, aus dem Autos heute gemacht werden. Da fallen ganze Stoßstangen ab. Früher waren die Stoßstangen aus Stahl. Vergaser waren ziemlich leicht zu reparieren. Kraftstoffeinspritzung ist 'ne tolle Sache, aber es ist teurer, wenn was defekt ist. Wenn ich meine Konkurrenten unterbiete, sind sie selbst schuld. Trotzdem, einen von meinen Leuten umbringen – ich kann's nicht glauben.«

Coop hatte ihn ein bisschen quatschen lassen. Oft verraten Menschen viel mehr als beabsichtigt, wenn man sie drauflosreden lässt. Dabei treten nicht unbedingt Fakten zutage, dafür bekommt man ein sehr gutes Gespür für die Situation und einen starken Eindruck von der Persönlichkeit des Redenden.

Victor Gatzembizi war intelligent und gerissen. Coop hatte Verständnis für sein Eigeninteresse – das musste ja an sich nichts Schlechtes sein. Sie spürte, dass er ein skrupelloser Konkurrent war, was sich allerdings in einem redlichen Rahmen zu halten schien. Er legte Wert auf sein Erscheinungsbild. Er hatte sich ein wirklich erfolgreiches Geschäft aufgebaut. Ihre eigenen Nachforschungen hierzu bestätigten das. Große Werkstätten landesweit, sechsundvierzig Angestellte, etliche in Teilzeit. Das war eine ziemlich geringe Beschäftigtenzahl, somit sparte er hier Geld. Allem Anschein nach bezahlte er seine Leute gut, was ihm mit guter Arbeit gelohnt wurde. Seine Personalfluktuation war niedrig.

Coop ging zurück zum Streifenwagen, wo Rick noch am Laptop arbeitete. Er war durch die Reparaturwerkstatt und den Karosseriebetrieb gegangen. Er hatte sich die Spritzmuster am Computer angesehen und musste an diesem Abend zu einem nichtöffentlichen Treffen mit den Bezirksbeauftragten. Da würde nicht nur dieser Mord zur Sprache kommen, sondern auch das Budget. Er wollte vorbereitet sein, aber wenn er sich in seiner Dienststelle aufhielte, würde er laufend unterbrochen werden.

Wie bei allen Sheriffs oder Polizeichefs, war auch hier der Kampf um Fördermittel ziemlich lästig – geradezu ein offenes Geschwür –, aber alle Welt erwartete einen funktionierenden Polizeidienst.

Er schaltete den Computer aus. »Und?«

»Rick, alle waren hilfsbereit. Victor Gatzembizi hat sämtliche Fragen offen beantwortet. Er sagt, Walt war sein bester Mechaniker. Aber weder Victor noch sonst jemand wirkt auch nur entfernt betrübt über Walts Ermordung. Oh ja, alle sind entsetzt über die Art und Weise, wie es geschah. Keiner hat gesagt, er hätte ihm den Tod gewünscht, aber auch keiner wünscht ihn sich wieder lebendig.«

»Sonderbar.«

»Sag ich ja.« Sie startete den Motor und fuhr vom ReNu-Gelände.

11

Weg damit!« Miranda warf Unkraut in die halbvolle Schubkarre. »Tod dem Unkraut.«

Reverend Jones schlich auf ihrem hüschen, im Fischgrätmuster verlegten Ziegelweg zu ihr hin. »Miranda, Pflanzen sind lebendig. Gott schuf alle Lebewesen.«

Sie stand mit Herbs Hilfe auf. »Ich sehe schon, Sie sind gekommen, um mich zu prüfen.«

Er erwiderte mit seiner tiefen, beruhigenden Stimme: »Ich bin gekommen, um einen meiner liebsten Mitmenschen zu besuchen. Und wie immer stellt Ihr Garten die der anderen in den Schatten.«

Sie drohte ihm mit dem Zeigefinger. »Prüfen Sie mich jetzt auf die Sünde des Stolzes?«

»Nein, nein, es ist wahr. Ihr Garten strahlt geradezu, und Big Mim gibt sich alle Mühe, sich ihren Neid auf Ihren grünen Daumen nicht anmerken zu lassen.«

Sie lachten; Big Mim Sanburne, die Queen von Crozet, gab eine Unmenge Geld für ihren Garten aus, der von drei Gärtnern gepflegt wurde; doch so schön er auch war, konnte er Mirandas kleinem, aber wunderhübschem Garten nicht das Wasser reichen.

»Ein Glas Eistee vielleicht? Ich brauche eine Pause. Ist aber kein schwarzer Tee.«

»Gerne.« Er klopfte sich auf den Bauch. »Eigentlich wäre mir ein richtiger süßer Tee lieber, aber ich versuche, den Zuckerkonsum einzuschränken.«

»Sie haben abgenommen.«

»Danke.« Er lächelte. »Noch fünfzehn Kilo zu viel. Ich sage Ihnen, Miranda, die Pfunde schleichen sich einfach an. Vom vielen Sitzen.« Er lächelte wieder. »Sie sind schlanker geworden.«

Sie gingen zu der hinteren Veranda, die umzäunt war wie fast jede hintere Veranda in dieser Gegend.

»Ja. Bei Didees Pflege ist mir die Lust am Essen vergangen.« Sie schenkte aus einer Kühlkanne, die sie während der Arbeit im Freien auf dem Tisch stehen hatte, Tee ein. »Herb, glauben fällt leicht, wenn einem alles glatt von der Hand geht. Als ich meine Schwester sterben sah, habe ich mir schmerzliche Fragen gestellt, und ich finde keine Antworten.«

»Das geht uns allen so. Sie waren herzensgut zu Ihrer Schwester, und sie war dankbar dafür. Sie besitzen eine besondere Fähigkeit zu Nächstenliebe und harter Arbeit, Miranda. Sie haben Georges Tod mit der gleichen Kraft erduldet.« George war Mirandas verstorbener Ehemann.

»Das ist lange her«, sagte sie ein wenig wehmütig. »Und es ging gottlob schnell.«

»Ich bete um einen Herzinfarkt.« Er hob die Hand. »Das liegt in der Hand unseres Herrgotts, denn warum dahinsiechen?« Er hielt inne. »Kann ich irgendetwas für Sie tun, meine Liebe?«

»Ihre Freundschaft ist so heilsam. Sie, Harry, Susan und die Mädels.« Für sie waren BoomBoom und Alicia die Mädels. »Ich habe ganz wunderbare Freunde.«

»Weil Sie eine wunderbare Freundin sind.«

Beide saßen sie in Schaukelstühlen und tranken ihren Tee.

»Drüber weg?«, fragte sie ihn.

»Worüber?«

»Den Leichenfund bei ReNu.«

»Der arme Kerl hatte keine Chance. Es war grauenhaft. Aber irgendwie muss ich immer denken«, er verlagerte das Gewicht, »wenn ich ein paar Minuten früher gekommen wäre, hätte ich es vielleicht verhindern können. Losrennen, schreien, irgendwas, verstehen Sie?«

Sie nickte. »Ja.«

Sie schaukelten noch ein bisschen. Ein leichter Wind bewegte die Glyzine, die über die hintere Veranda rankte und aufs Dach kletterte. Auch dieser Aufgabe wollte Miranda sich beizeiten widmen: die Glyzine zähmen.

»Herb, anderes Thema: Sie haben Ihren Transporter bei ReNu abgeholt.«

»Endlich, ja. Das Sheriffrevier wollte erst jedes einzelne Fahrzeug auf dem Gelände überprüfen.«

»Sind Sie mit der Arbeit zufrieden?«

Er stellte sein Glas ab. »Ja, aber ich habe den Wagen eben erst zurückgekriegt. Hoffentlich gibt es keine weiteren Probleme.«

»Von Safe & Sound habe ich eine Liste mit anerkannten Reparaturwerkstätten bekommen. ReNu ist die einzige in unserer Gegend. Also, ich finde das nicht richtig. Ich bezahle doch nicht dafür, dass mein Outback nach Richmond geschleppt wird. Aber Latigo Bly sagt, ReNu macht gute Arbeit zu einem guten Preis.«

»Haben Sie eine ungefähre Ahnung, wie lange es dauert, bis Ihr Wagen repariert ist?«

»Wenn er erst mal an der Reihe ist, sollte es einen Tag dauern. Bei ReNu sichern sie sich freilich ab, indem sie mich unterschreiben lassen, dass sie, falls weitere Schäden entdeckt werden, die Arbeit nicht ausführen, bevor Safe & Sound sein Okay gibt. Herb, das zieht und zieht sich.«

»Ich weiß. Bei mir war es genauso. Alle wollen sich absichern.«

Sie wechselte das Thema. »Ich habe einen Dell gekauft. Gute Qualität zu einem vernünftigen Preis. Das ist vielleicht eine Firma. Wenn man von einem dieser Computerfuzzis bei Dell was repariert bekommen oder Hilfe haben will – ein Alptraum. Ich lerne dabei mehr als nur den Umgang mit Computern!«

»Ich habe gehört, die Betreuung bei Dell ist unmöglich.« Er fischte das Minzeblatt aus seinem Tee und kaute darauf herum. »Auf den Service kommt es an. Solange alles funktioniert, steht man gut da. Diese Online-Käufe geben einem das Gefühl, besonders schlau zu sein. Ich bezahle lieber mehr für ein Produkt und weiß, dass der, der es verkauft hat, auch dafür einsteht.« Er lächelte Miranda von der Seite an. »Sie wissen, dass ich für mein Produkt einstehe.«

Sie lachte. »So was Hinterlistiges. Sind Sie hierhergekommen, um mich zum Austritt aus der Kirche vom Heiligen Licht zu bewegen? Ich weiß, Sie halten mich für eine Fanatikerin im Glauben.«

»Habe ich das je gesagt, Miranda? Ein einziges Mal?«

»Sie mussten es gar nicht sagen. Ihr Hochkirchenleute könnt ja solche Snobs sein. Sie sind allerdings keiner.«

»Nun ja, ich bin und bleibe ein lutherischer Pastor, aber ich glaube, wir können alle zusammenwirken. Mein Problem ist es vermutlich, die Fanatiker zu erreichen, zumindest die, die ich dafür halte. Die Leute, die von einem Rachegott predigen.«

»Ja.« Sie seufzte. »Manchmal schlägt Reverend Paisly mit dem Feuer und Schwefel über die Stränge.« Ihre Miene hellte sich auf. »Ansonsten liebe ich meine Kirche. Ich spüre eine direkte Verbindung zu Gott, und die spüre ich nicht in meiner Vorstellung von den Hochkirchen.«

Er dachte darüber nach. »Ja. Ich weiß, was Sie meinen, Miranda, wirklich, aber ich glaube auch an die Liturgie. Sie wissen, wie ich empfinde, und ich weiß, wie Sie empfinden. Wir tun beide unser Bestes mit dem, was uns gegeben ist.«

»An manchen Tagen geht es mir besser, an anderen schlechter. Es gibt Tage, da bin ich verbittert, weil meine Schwester so leiden musste.«

Er nickte. »Aber nun ist sie heimgegangen.«

»Ja. Ich stelle mir gerne vor, dass Mama und Daddy und Yippy, Didees kleiner Zwergspitz, dort waren, um sie zu begrüßen. Oh, jetzt werde ich trübselig.«

»Miranda, dass Sie sich nicht scheuen, Ihre Gefühle zu zeigen, ist mit ein Grund, weswegen ich Sie schätze. Und weil wir gerade beim Thema Gefühle sind, Sie wissen ja, Harry hat heute Nachmittag ihre Nachuntersuchung.«

»Ja.« Miranda stieß sich fester mit dem linken Fuß ab. »Es ist bestimmt alles gut. Nach dieser Untersuchung muss sie ein Jahr lang nicht mehr hin.«

»Das Mädel hat Probleme mit Gefühlen. Versucht sie auszuschalten.« Herb stand auf und schenkte sich noch ein Glas Tee ein. Das wäre normalerweise ungehörig gewesen, aber sie kannten einander schon über vierzig Jahre.

»Das hätte ich doch machen können. Ich bin eine miserable Gastgeberin.«

Er setzte sich wieder. »Ich bin unerwartet hereingeschneit und hatte Glück, dass Sie mich empfangen haben.« Er zwinkerte ihr zu. »Sie schaukeln ganz schön heftig, meine Liebe. Dass Sie mir bloß keinen Unfall bauen.«

Sie lachten. Miranda verlangsamte ihren Schaukelrhythmus.

»Ein Unfall ist genug, und das ging so schnell.«

»Geht es immer. Hey, haben Sie gehört, was Franny passiert ist?«

»Sehr bedauerlich. Eine üble Sache nach der anderen in dieser Gegend. Aber ich habe auch eine gute Nachricht.«

»Ich höre.«

»Little Mim bekommt ein Baby.«

Er klatschte in die Hände. »Was Sie nicht sagen.«

»Big Mim hat mich heute angerufen. Sie und Jim sind völlig aus dem Häuschen. Tante Tally übernimmt bereits das Kommando – möge Gott Little Mim beistehen, wenn ihre Großtante sich einmischt –, und wie ich höre, hat Blair die Zigarrenläden leergekauft, den in Barracks Road und auch den bei Giant.«

»Das sind teure Zigarren.«

»Ob er mir wohl eine schenkt?« Miranda legte einen Finger auf die Lippen.

»Fragen Sie ihn.«

»Ich denke, wir sollten alle bei ihnen einfallen – ich meine natürlich, sie besuchen –, kleine Geschenke bringen und dann eine Zigarre rauchen. Na ja, eine ganze kann ich nicht rauchen, aber ich kann zur Feier des Tages einen Zug machen. Ich werde um eine billige Zigarre bitten. Es wäre sinnlos, eine gute zu verschwenden.«

»Wenn ein Mann Vater wird, ist der Zigarrenpreis Teil des Kitzels.« Herb klatschte wieder in die Hände. »So eine gute Nachricht. 'türlich muss er noch mehr kaufen, wenn das Baby da ist.«

»Er hat's überstürzt, wie? Trotzdem, es ist und bleibt eine gute Nachricht.«

12

Bist du da drin?« Susan stand in der Klinik vor der engen Umkleidekabine, deren fröhlich bunter Baumwollvorhang die Patientin vor den anderen Frauen im Mammographie-Zentrum abschirmte.

»Was machst du hier?« Harrys Stimme klang etwas erstaunt.

»Ich wollte dich unbedingt im schicken Krankenhaus-Look sehen.«

»Susan, ich hab dir gesagt, ich schaff das allein. Es ist bloß eine Untersuchung.«

»Du hast es mir gesagt, aber das heißt nicht, dass ich drauf gehört habe. Kann ich jetzt reinkommen oder nicht?«

Harry zog den Vorhang auf. »Na gut.«

Susan musterte ihre Freundin von Kopf bis Fuß. »Schätzchen, das braune Paisleymuster steht dir.«

»Ach hör auf.« Lachend plumpste Harry auf die Bank. Susan ließ sich neben sie fallen.

»Wenigstens hast du keine Hängetitten.«

»Immerhin.« Harry sah auf ihre Brüste hinunter, die durch das dünne Hemd zu sehen waren. »Ist dir schon mal klargeworden, was für eine Riesenplage diese Dinger sind?«

»Juli. Da ist es am schlimmsten. Für mich jedenfalls. Du hörst einfach nicht auf zu schwitzen. Du kannst dich mit der Bluse trockenwischen. Du gehst in einen Raum mit Klimaanlage, und die Nässe fühlt sich kalt an. Gehst wieder raus in die Hitze und schwitzt noch mehr. Uff. Schon jetzt im Mai fang ich ein bisschen an zu schwitzen.« Susan hielt inne. »Wann hattest du die Mammographie?«

»Vor fünfzehn, zwanzig Minuten. Ist echt nicht angenehm.«

»Ja, diese Quetscherei ist schmerzhaft. Du darfst dich nicht bewegen. Trotzdem, es ist ein großartiges Gerät. Wenn ich an die Freundinnen deiner Eltern zurückdenke, die an Brustkrebs gestorben sind, frage ich mich, ob sie gerettet worden wären, wenn man sie mammographiert hätte. Die technischen Möglichkeiten, die wir heute haben …«, sinnierte Susan laut.

»Viele wären bestimmt gerettet worden. Und heute in hundert Jahren werden selbst diese Verfahren rückständig wirken.« Harry schlug die Beine übereinander. »Sosehr uns der Tittenquetscher nervt, er ist nichts gegen eine Prostatauntersuchung.«

Sie lachten.

»Du warst noch mal bei ReNu?«, erkundigte Susan sich mit leicht vorwurfsvollem Ton.

»Wieso willst du das wissen?«, fragte Harry ihre langjährige Freundin argwöhnisch.

»Weil ich dich schon ewig kenne. Spuck's aus, Schwester.«

»Du stocherst bloß rum. Du weißt gar nichts.«

»Ich hab Nick Ashby bei Frisch! getroffen. Er sagt, er hat dich gesehen. Er hat ein gutes Gedächtnis; denn er hat sich von dem grässlichen Tag her an mein Gesicht erinnert.«

Auf Susans Eröffnung folgte eine kurze Pause. »Ich nehme

an, Nick hat dich mit seinem strahlenden Lächeln beglückt«, sagte Harry.

»Stimmt.«

»Manchmal hasse ich diese Stadt. Die Leute reden zu viel«, grummelte Harry.

»Sie reden zu viel in Istanbul, in Paris, Frankreich – und auch in Paris, Virginia. Das ist nur menschlich.«

»Jaja.« Harry lehnte sich an die Wand.

»Ich warte.«

»Ich auch. Ich hoffe, mein Röntgenbild muss kein zweites Mal gedeutet werden.«

»Hier ist heute Hochbetrieb. Freust du dich nicht, dass Ruth mich zu dir reingelassen hat?«

Ruth war die Oberschwester, die mit ihnen die Highschool besucht hatte.

»Muss ich mir noch überlegen.«

Susan knuffte sie in den Arm. »Warum bist du noch mal zu ReNu gegangen? Harry, du hast nicht mehr alle Tassen im Schrank. Woher weißt du, dass der Mörder nicht dort arbeitet?«

»Weiß ich nicht, aber ich seh dauernd die Leiche da liegen, mit dem Gesicht nach oben. Das lässt mir keine Ruhe. Wir müssen was übersehen haben. Der Sheriff muss was übersehen haben.«

»Es ist nicht dein Job, Walts Mörder zu finden.«

»Ich weiß, aber ...« Sie brach ab.

»Denk doch mal nach, Harry. Der Mann hatte keine Chance. Vielleicht hat er Geld gestohlen, oder er hat mit der Frau von einem anderen Mechaniker geschlafen – wer weiß? Dort rumschnüffeln ist echt nicht klug.«

»Das Motiv erklärt immer ein Verbrechen.«

»Eben.« Susans Stimme war fest. »Du kennst das Motiv nicht, aber sollte ein Kollege von Walt dahinterstecken, dann hat derjenige jetzt dein Gesicht wiedergesehen. Manchmal bist du echt von allen guten Geistern verlassen.«

Weil Harry Schritte nahen hörte, antwortete sie nicht.

Ruth rief: »Harry.«

Harry stand auf, zog den Vorhang beiseite und stand der Schwester gegenüber. »Wie sieht's aus mit mir?«

»Alles in Butter. Ich seh dich in einem halben Jahr wieder. Dich auch, Susan. Ich hab in euren Unterlagen nachgeguckt. Du, BoomBoom und Alicia – ihr und Harry hattet letzten Winter die Mammographie – ihr seid dann alle fällig. Ich behalte das im Auge.«

»Danke. Ein Glück, dass wir zur Mammographie gekommen sind. Harrys verdächtige Stelle wurde rechtzeitig entdeckt.«

Susan brachte es nicht über sich, »Krebs« zu sagen.

Als Ruth gegangen war, breitete sich Erleichterung auf Harrys Gesicht aus. »Ich hatte keine Angst.«

»Du lügst.«

»Na ja, ein bisschen«, gestand Harry.

»Komm, Mädel. Zieh deinen BH und dein Hemd wieder an. Das müssen wir feiern. Ich warte draußen.«

»Wo gehen wir hin?«

»Zu Starbucks. Ich spendier dir zur Feier des Tages einen doppelten Frappuccino mit extra viel Schokolade.«

Die Fahrt vom Krebszentrum des Central Virginia Hospitals zu Starbucks in Waynesboro dauerte ganze fünfzehn Minuten.

Harry, die sich nie um Kalorien kümmerte, vertilgte den Berg Schlagsahne, bevor sie den Kaffee durch den Strohhalm schlürfte.

»Immerhin hat die Frau hinterm Tresen nicht ›Sir‹ zu mir gesagt«, stellte Harry fest.

Susan lachte. »Die Leute achten nicht drauf, ob du mit einer schlammbedeckten Latzhose, einer Baseballkappe, ohne Ohrringe und mit einem Tuch um den Hals daherkommst. Vermutlich können sie sich nicht vorstellen, dass eine Frau eine Farm betreibt.«

»Erinnere mich dran, dass ich nächstes Mal beim Traktorfahren mein Diadem aufsetze.« Harry tat einen langen Zug mit dem Strohhalm.

»Prima Idee. Damit könntest du es aufs Titelblatt von *The Progressive Farmer* bringen.« Susan sprach von einer Farm-Zeitschrift, die sie beide lasen.

»Am besten zieh ich auch noch mein Abendkleid an.« Harry lächelte, beugte sich dann zu ihrer Freundin hinüber. »Es wäre leicht, Drogen in Kisten mit Autoteilen zu transportieren, zwischen Schläuchen oder Scheinwerfern. Wäre ausgesprochen leicht.«

»Was?«

»Drogen und Pornographie sind die zwei gewinnträchtigsten Gewerbezweige der Welt. Darauf kannst du wetten.«

»Wusste ich nicht.« Susan dachte über diese Information nach. »Aber ich weiß, dass du diese Besessenheit auf der Stelle ablegen musst.«

»Hmm …«

»Vergiss es einfach, Harry.«

»Okay. Wollen wir noch ein bisschen über Titten reden?«

Susan stellte ihren großen Becher ab und lachte, bis ihr die Tränen kamen. »Drogen und Titten. Das hat was, wie? Was haben sie dir denn in den Frappuccino getan?«

Harry lachte auch. »Nun, du willst nicht über den Mord reden, dann reden wir eben über Titten. Okay, Susan, was denkst du, wenn du eine Frau mit einem tollen Vorbau siehst?«

»Nichts. Wieso?«

»Geht mir genauso. Dann erklär mir bitte, warum man die Männer an ein Atemgerät anschließen muss, wenn eine Frau gut gebaut und einigermaßen attraktiv ist.«

»Ist Fair so?«

»Er vergisst zu atmen.«

Sie wurden immer alberner.

Als Susan ihr Gekicher endlich unter Kontrolle hatte, erwiderte sie: »Zu dem Tittenzeugs kann ich nicht viel sagen, aber es tut uns nicht weh. Unsere Dinger sind nützlich.«

»Ich werde nie dahinterkommen, warum Männer wegen Busen den Verstand verlieren, aber ich werde hinter den Mord kommen. Es mag lange dauern, aber ich kann das nicht einfach auf sich beruhen lassen.«

»Mädel, wenn du das nicht auf sich beruhen lässt, wirst du es am Ende noch bereuen. Lass dir das gesagt sein!«

13

Mrs. Murphy, Pewter und Tucker lagen im Schatten des Walnussbaums im Garten des mit weißen Schindeln verkleideten alten Farmhauses. Die schlichte hübsche Haustür wurde selten benutzt. Fast alle kamen durch die Hintertür, Hunde von Freunden eingeschlossen.

Simon schnarchte auf dem Heuboden. Plattgesicht, die große Ohreule, schlief in der mit Luftschlitzen versehenen Kuppel. Matilda hatte ihr Nest auf dem Heuboden, aber sie schlief keineswegs. Sie war auf dem Walnussbaum und vermisste ihre Heubodenmitbewohner nicht eine Minute.

Wie die meisten Tiere hatte sie ihren festen Jagdbereich und verteidigte ihn. Jede andere Kletternatter sah sich mit einem Zischen und großen Fangzähnen konfrontiert. Matilda ließ sich in der Paarungszeit wohl von einem Nattermann besuchen, aber bald danach nahm ihr Interesse am anderen Geschlecht rapide ab. Wie den meisten weiblichen Geschöpfen jeder Spezies konnte Mutterschaft ihr den letzten Nerv rauben. Andererseits musste man die herumwuselnden Kleinen einfach lieben.

An einem Ast des Walnussbaumes hängend, konzentrierte Matilda sich voll auf Pewter, die sie seit Jahren beleidigte. Die große Natter musste nichts tun, als zu warten. Der Katze neulich einen Schrecken einzujagen hatte sie sehr gefreut. Nicht dass sie Pewter beißen wollte. Die dicke graue Kanonenkugel verdiente einen großen Schreck, keinen angstmachenden Biss.

Matildas Glitzeraugen entging nichts, und ihr Geruchssinn war viel besser, als Menschen sich vorstellen konnten. Wenn sie ihre Gabelzunge herausschnellen ließ, holte sie Botschaften ein, aber das kapierten weder Menschen noch Pewter, die sich beschwerte, Matilda lasse es an Respekt fehlen, da sie die Zunge herausstreckte. Matilda konnte Temperatur und kommendes Wetter erfühlen, und auch ihre Geschmacksknospen funktionierten erstklassig.

Sie schlängelte sich ein Stück aufwärts, während Harry, die von ihrem John-Deere-Traktor, der über 80 PS verfügte, gestiegen war, wieder in den Stall ging. Die attraktive Frau war nicht froh. Matilda erkannte es an Harrys Haltung, und sie roch den Frust. Menschen stanken. Der unverkennbare Geruch ließ sich durch Reinlichkeit und Parfum mildern, was Matilda nicht eben erbaulich fand. Aber wenn Menschen verärgert, verängstigt oder gereizt waren, stanken sie. Komisch, sie selbst konnten es nicht riechen.

Matilda sah Harry mit den Händen in den Taschen in den Stall stampfen. Die Frau war in bester Laune von der Untersuchung nach Hause gekommen, doch die gute Stimmung war offensichtlich verflogen. Die Natter formte mit den kräftigen Muskeln ein großes »U«, wand den Oberleib um den Ast, ließ den Schwanz sinken und kletterte den Ast hoch. Dort streckte sie sich flach aus, ein höchst imposanter Anblick.

Pewter war völlig weggetreten und hörte nichts. Tucker schlief ebenfalls tief und fest. Sie hatten Vögel, Schmetterlinge und sogar ein großes Murmeltier gejagt, bis sie total erschöpft waren. Mrs. Murphy, die im Stall umhergestreift und weniger erledigt war, wurde wach, als sie die Schritte ihres Menschen hörte. Sie stand auf, streckte sich, trabte zum Stall und duckte sich in die Sattelkammer, wo sie Harry telefonieren hörte.

»Ja, ich weiß.« Harry setzte sich auf den Regiestuhl. »Öl ist überall rumgespritzt. Hydrauliköl.« Eine lange Pause folgte. »Ja, Sie haben mir gesagt, das Getriebe und die Schläuche müssen komplett überholt werden. Sie haben mir auch gesagt, das würde zehntausend Dollar kosten.« Wieder eine lange Pause. »Ich muss erst mit meinem Mann sprechen. Ich melde mich morgen wieder bei Ihnen.«

»Mom, gräm dich nicht. Tief durchatmen.« Die Tigerkatze rieb sich an Harrys Bein; der Staub, der die dünne alte Latzhose bedeckte, sprenkelte jetzt auch das Fell der Katze.

Harry kraulte Mrs. Murphys Kopf. »Ich wusste, dass das früher oder später passieren würde, aber ich dachte, ich kriege den ersten Schnitt noch getan. Das Gras ist ideal, einfach ideal. Verdammt. Verdammt und zugenäht.« Sie wählte Fairs Handynummer. »Schatz.«

»Hey, meine Schöne. Was ist los?« Er hörte die Bedrücktheit in der Stimme seiner Frau. »Ich denke, heute war ein Freudentag.«

»War's ja auch. Aber jetzt ist das Getriebe vom John Deere kaputt. Der Händler sagt, ein neues kostet zehntausend Dollar, außerdem muss ich sämtliche Schläuche ersetzen. So ein verdammter Mist, Fair. Immerhin haben sie gesagt, sie können den Traktor am Freitag, also am fünfundzwanzigsten Mai, abholen. Ein Wunder.«

»Ja.«

Freitag war übermorgen.

»Wir können keine zehntausend Dollar aufbringen.«

Ein tiefer Seufzer, dann sagte Fair: »Ich geh zur Bank.«

»Schatz, die gewähren keine Kredite. Und wenn, dann nur hohe. Dabei ist die Arbeit dieselbe, ob sie einen kleinen gewähren oder einen hohen. Wir sind aufgeschmissen.«

»Wer hat dir das von den Krediten gesagt?«

»Big Mim gestern Abend auf Little Mims Babyparty. Wir haben uns ein bisschen unterhalten.«

»Wenn sich da jemand auskennt, dann sie. Die Frau besitzt weiß Gott genug Aktienkapital. Hör zu, reg dich nicht auf. Lass mir etwas Zeit zum Überlegen.«

Sie wurde ruhiger. »Ich weiß nicht, warum ich solche Sachen immer so an mich ranlasse. Heute war wirklich ein Tag mit einer guten Nachricht.«

»Oh, Babydoll, manche Tage sind halt so: eine Achterbahn.«

Sie lächelte. »Recht hast du. Okay, Schatz, ich warte, bis du nach Hause kommst.« Sie legte auf und sah dann zu ihrer Freundin hinunter. »Ich weiß nicht, warum er es mit mir aushält.«

»Weil du es mit ihm aushältst.« Die Katze lachte. *»Und er liebt dich. Wir alle lieben dich.«*

Damit sprang die Katze auf Harrys Schoß.

Harry rief Franny Howard an. »Hey, ich weiß, du arbeitest. Ich halte dich nicht lange auf.«

»Das Geschäft läuft gut im Moment. Ich bin froh, abgesehen von dem Diebstahl natürlich. Victor Gatzembizi ist vorbeigekommen und hat gesagt, er hält die Augen auf, falls in seinen Werkstätten teure Reifen auftauchen. Wie nett von ihm, nach allem, was er gerade durchmacht.«

»Irgendwelche Hinweise?«

»Nein, aber Coop meint, das kann ein bisschen dauern. Sie muss andere Diebstähle überprüfen, um festzustellen, welche Artikel entwendet wurden und ob die Vorgehensweise ähnlich war. Sie sagt, es gibt da einen riesigen Schwarzmarkt.«

»Wer hätte an einen Schwarzmarkt für teure Reifen gedacht?« Harry wechselte das Thema. »Ich hab dich angerufen, um dir zu sagen, dass die Untersuchung glatt gelaufen ist. Danke, dass du in unserer Selbsthilfegruppe wegen der Mammographie hinter mir her warst. Ich bin dir wirklich dankbar.«

»Oh Harry, wir Mädels müssen in dieser Sache zusammenhalten. Ich hab die Fünf-Jahres-Grenze geschafft, aber ich nehm nichts für garantiert. Du hörst dich gut an.«

»Sag, brauchst du was? Mein Spargel ist reif. Der Kopfsalat auch. Alles, was ich früh gepflanzt habe.«

»Ich nehm, was du hast.« Frannys Ton war herzlich. »Du weißt ja, ich hab meine Essgewohnheiten total umgestellt, und ich denke, das ist mit ein Grund, warum ich noch lebe. Ich bin felsenfest davon überzeugt, dass Zucker Krebszellen nährt.«

»Da magst du recht haben. Ich hab den Zuckerkonsum stark eingeschränkt. Ist mir im ersten Monat schwergefallen, aber jetzt nicht mehr. Das heißt, eine kalte Coca-Cola trink ich noch, aber Plätzchen, Süßigkeiten, das ganze Zeugs lass ich weg.«

»Weiter so, Mädel.«

»Franny, ich bring dir das Grünzeug morgen vorbei.«

In dem Moment, als Harry auflegte, bellte Tucker eine Warnung. Harry lief aus der Sattelkammer, Mrs. Murphy hinterher.

Tucker verstummte, denn der Eindringling war Cooper im Streifenwagen. Tucker hatte eine Schwäche für Coop.

»Hey.« Harry ging nach draußen, fest entschlossen, nicht wegen des John Deere zu jammern. Der Traktor hatte über dreißig Jahre auf dem Buckel, was gab es da zu meckern?

»Ich möchte dir was zeigen.« Cooper nahm ihren Laptop aus dem Auto und ging zur Veranda.

Kurz darauf saßen sie mit kalten Getränken am Küchentisch, und Cooper rief am Monitor Bilder auf. Harry hatte ihr von der einwandfreien Mammographie erzählt, und Cooper freute sich für ihre Freundin.

»Guck dir das mal an. Du kennst dich doch bestens mit Autos aus.«

Erschrocken wiegelte Harry ab: »Schon, aber nicht mit allen.«

»Nur Geduld.« Cooper scrollte Foto um Foto von nackten Frauen in alten Automobilen hoch.

Die sehr reizvollen Frauen trugen vielleicht einen Werkzeuggürtel am Körper oder einen Schraubenschlüssel in der Hand. Einige beugten sich mit entblößtem Hinterteil über Motoren.

Ein Foto zeigte eine wirklich schöne, über eine offene Motorhaube gebeugte Frau; ihre Brüste baumelten direkt über einem imposanten Zwölf-Zylinder-Motor, der verchromt worden war.

»Da wollen wir bloß hoffen, dass der Motor nicht heiß war«, witzelte Harry. »Warum zeigst du mir nackte Frauen?«

»Okay. Das hier war in Walts Heimcomputer. Keine harten Pornos oder so was. Jede Menge technische Informationen – nicht überraschend, er hat sich in seinem Beruf auf dem Laufenden gehalten. Aber dann haben wir diese Bilder gefunden. Kannst du mir irgendwas dazu sagen? Hier, ich geh sie noch mal durch. Vergiss die Frauen. Schau auf die Fahrzeuge.«

Harry verschränkte die Hände, bemüht, die nackten Schönheiten auszublenden. Was ihr zum Glück leichter fiel als einem Mann.

Ein mintgrüner DeSoto mit prachtvoller weißer Lederausstattung glitt vorüber, dann ein restaurierter 1939er Buick. Bild um Bild mit schönen Frauen und schönen Autos erschien auf dem Monitor.

»Hmm.« Harry löste die Hände voneinander. »Geh mal eins zurück.« Sie zeigte auf einen goldfarbenen Studebaker Avanti, ein Design, das seiner Zeit weit voraus gewesen war. »Die meisten von diesen Wagen sind Waisenautos.«

»Was heißt das?«

»Sie werden nicht mehr produziert. Die Hersteller existieren nicht mehr. Packard. Nash. Franklin. Jetzt auch Pontiac und Oldsmobile, aber die meisten dieser Bilder zeigen alte großartige Autos. Verstehst du, wie Packard. Andererseits sehen die Autos alle fahrtüchtig aus. Transporter, Sportwagen sind nicht dabei. Was ich gesehen habe, reicht von der Zeit nach dem Ersten Weltkrieg bis Mitte der Fünfzigerjahre. Ein einziges Auto neueren Datums war dabei, ebenfalls gutes Design und kein Waisenauto: der Buick Riviera aus den frühen 1960er Jahren. Das hier ist eine tolle Sammlung von fabelhaften Restaurierungen und ein paar sehr hübschen Busen und Pos.« Sie lachte.

»Ein Auto wird nicht mehr produziert. Was passiert dann?«

Von Coopers Eifer angesteckt, erwiderte Harry: »Zunächst mal nichts. Die Leute fahren die Autos, bis sie veraltet sind. Wir in Amerika sind darauf gedrillt, Neuanschaffungen zu machen. Also verkaufen sie die Autos, die oft in den Händen von Jugendlichen landen, die sich nur einen uralten Hudson als erstes Auto leisten können. Danach werden sie abgewrackt oder zum Verschrotten verkauft, und ein paar haben das Glück, in Garagen zu überleben. Schöne Autos, dem Rost überlassen. Autos, die für ihre Zeit phantastische Motoren hatten. Oder ein tolles Design wie der Auburn.«

»Wenn man einen auftreibt, wie kriegt man ihn instand gesetzt?«

»Oh, Mann.« Harry lehnte sich auf dem Küchenstuhl zurück. »Man kriegt keine Ersatzteile. Große Hersteller sollen zwar immer Teile vorrätig halten für alles, was sie produziert haben, tun sie aber nicht. Ein nicht mehr existierendes Autofabrikat bedeutet nicht mehr existierende Ersatzteile. Stell dir bloß mal vor, was man braucht, um einen 1959er Edsel Corsair wieder flottzumachen.«

»War das nicht ein miserables Auto?«

»Eigentlich nicht. Der Corsair hatte ein recht gutes Design, aber Ford hatte den Markt falsch eingeschätzt. Deswegen gab es den Wagen nur etwa drei Jahre, bevor der Markt zusammenbrach.« Sie beugte sich wieder nach vorn. »Murphy, nicht.«

Die Katze schlug auf den Monitor ein.

»Lass sie nur.« Cooper streichelte die Katze.

»Es gibt Spezialfirmen, die mit Ersatzteilen für Waisenautos handeln. Andere sind nur auf eine einzige Marke spezialisiert –

sagen wir, Chevrolet, die natürlich noch existiert, aber versuch bloß mal, ein Lenkrad für einen 1957er Bel Air zu kriegen.«

»Verstehe. Kann man die Teile nachbauen?«

»Da müsste einer richtig gut sein. Man kann Motoren, Vergaser bauen, die Hochleistungsteile, aber man bräuchte Zugang zu … ich weiß nicht, einer kleinen Gießerei, und man bräuchte die technischen Daten – ein weiteres Problem.«

»Aber mit Computern wird das doch bestimmt einfacher sein. Ich meine, Bilder und Entwürfe zu erstellen.« Im Umgang mit einem Computer war Cooper nahezu unschlagbar.

»Schon, aber trotzdem bräuchte man das technische Knowhow. Man darf nicht mehr als ein tausendstel Zoll abweichen. Bei der Innenausstattung ist es einfacher, aber das ist alles schrecklich teuer.«

»Wenn jemand wie Walt mit so etwas zu tun gehabt hätte, wäre damit Gewinn zu machen?«

»Mit Sicherheit. Es wäre Schwarzarbeit, aber, Coop, es ist ein großer Sprung von nackten Frauen zum Restaurieren alter Autos als Nebengewerbe. Wenn man dann noch die nackten Frauen gratis dazugibt, ein Riesengewinn.« Harry lachte.

»Ich kann mir nicht vorstellen, mit irgendjemand zu schlafen, der einen Werkzeuggürtel umhat.« Cooper lachte laut.

»Die Menschen haben so ihre Eigenheiten. Solange sie niemandem weh tun …«

»Ich wusste, du würdest Dinge sehen, die ich nicht gesehen habe. Könnte sein, dass der Mann einfach von den Mechanikern aufgegeilt worden ist. Wir stoßen in diesem Fall auf eine Mauer. Ich versuche, mir alles Mögliche vorzustellen. Wie ich schon zu Rick gesagt habe, ich muss noch irgendwen befragen, der um Walt trauert. Er war ein Einzelgänger. Das ist an sich nichts Schlechtes, aber er war eindeutig kein Mensch mit hochentwickelten sozialen Kompetenzen. Alle sagen, er war ein erstklassiger Mechaniker, und Victor Gatzembizi schwört, er war unglaublich.«

»Victor ist ein Drag-Racing-Freak. Das kann so teuer kommen wie restaurieren. Ein Top-Fuel-Dragster kann um die zweihunderttausend Dollar kosten. Man muss die Viertelmeile in 4,9 Sekunden schaffen. Das sind annähernd dreihundertzwanzig Stundenkilometer.«

»Was hältst du von Victor?«

Harry zuckte die Achseln. »Ich weiß nicht. So ein reicher Typ mit Vorzeigefrau, dicken Autos, dickem Ego. Er spendet großzügig an Wohlfahrtsorganisationen. Er hat dreißigtausend Dollar für unseren 5K-Lauf lockergemacht, mit dem wir Gelder zugunsten der Brustkrebsforschung gesammelt haben. Er war immer nett zu mir, vermutlich, weil ich Autos liebe.«

Cooper schaltete den Computer aus. »Meine Aufgabe ist es, keine voreiligen Schlüsse zu ziehen. Sondern wachsam zu sein und vielleicht, nur vielleicht, immer auch ein bisschen misstrauisch.«

»Und?«

»Mein Bauchgefühl sagt mir, dass Walt jemanden bedroht hat. Ja, es war ein besonders gewaltsames Verbrechen, daher könnte auch ein gewisses Maß an Leidenschaft mitgespielt haben, aber dieser Kerl hat uns einen Stolperdraht gespannt.«

14

Harry bemerkte den erdigen Geruch, als sie durch die schmale Gasse hinter Frisch!Frisch!Frisch! ging. Vor ihr luden drei Lastwagen Waren aus. Das Gemüse war sorgsam in solide Holzkisten gepackt und mit dünnen Deckeln aus Balsamfichte mit Luftschlitzen zugedeckt – die Quelle des erdigen Geruchs.

Kiste um Kiste mit Schotenerbsen, Frühkohl und Kopfsalat, der die schweren Regenfälle überlebt hatte, wurden auf ein Förderband geladen, auf dem die Produkte direkt in den hinteren Bereich des Lebensmittelmarktes transportiert wurden.

Ein LKW hatte Apfelsinen geladen, deren verblüffende Farbe einem aus den Kistenschlitzen entgegensprang. Harry konnte nicht glauben, dass das die natürliche Farbe war. Der unverkennbare Duft von Apfelsinen drang zu ihr – nicht so stark wie der von Orangenblüten im Hain, aber ein Hauch von dem köstlichen Zitrusduft war erkennbar.

In dieser Jahreszeit waren Apfelsinen nicht pflückreif. Als Harry die Kisten auf dem Förderband vorbeigleiten sah, fragte sie sich, woher Yancy im Mai frische Apfelsinen bekam. Sie sagte sich, nur weil sie in den Vereinigten Staaten keine Saison hatten, musste das nicht heißen, dass sie nicht in Südamerika oder wo man sie sonst geerntet haben mochte, biologisch angebaut worden waren.

Dennoch …

Sie sah Evan Gruber, einen entfernten Bekannten, einen Kühllaster rückwärts vor das zweite offene Tor setzen.

Evan winkte, als er Harry sah. Sie winkte zurück, drehte sich dann um und nahm denselben Weg durch die Gasse. Alles, was sie sah, wies auf sorgsam behandelte frische Produkte hin. Sie hatte keine Ahnung, wo Yancys Waren genau herkamen, aber die Beobachtung seines Betriebs gab ihr ein Gefühl dafür, wie man mit ihren Sonnenblumenkernen und ihrem Ginseng umgehen dürfte. Sie würde ihre Erzeugnisse natürlich selbst anliefern. Warum Geld für einen Mittelsmann ausgeben, damit er die Waren ablieferte, wenn sie es selbst tun konnte? Sie hatte die Zeit dafür, seit sie nicht mehr Posthalterin war.

Sie vermisste das regelmäßige Gehalt. Was die Vergünstigungen betraf, die man als Staatsangestellte hatte, so war sie kaum in deren Genuss gekommen. Harry glaubte, dass kein Geld in der Kasse gewesen war. Ihre Generation war diejenige, die diesen traurigen Umstand erleben musste. Immerhin hatte Harry früher einmal über so gut wie alles Bescheid gewusst, was sich in Crozet tat.

Das Gute daran war, dass sie jetzt ihre ganze Zeit der Farmarbeit widmen konnte, ihrer wahren Liebe. Es gab keine Vorgesetzten oder Vorschriften oder Bestimmungen, die ihr und ihren Tieren sagten, wie sie ihre Arbeit zu machen hatten.

Was Harry jetzt nervte, waren die unzähligen Schreiben vom Landwirtschaftsministerium mit ellenlangen Formularen, die ausgefüllt werden mussten. Auch der Staat Virginia schickte einen Berg Papierkram. Sie war der Ansicht, dass sie ihre Zeit entweder mit dem Ausfüllen von Formularen oder mit Farmarbeit verbringen konnte, und sie zog die Farmarbeit vor.

Während sie zusah, wie mit den Lebensmitteln verfahren wurde, fragte sie sich, wie weit Yancy sich verbiegen musste, um sein Geschäft am Laufen zu halten. Harry vertraute den Menschen größtenteils, aber aus einem unerfindlichen Grund misstraute sie Yancy. Vielleicht, weil er sich gar so untadelig gab.

Als sie auf dem Parkplatz zu ihrem alten Transporter kam, wurde ihr bewusst, dass sie nicht leben wollte, ohne ihren Mitmenschen zu trauen, auch dann nicht, wenn sie einen Mord vor Augen hatte. Sie musste wachsam sein, auf Charakterzüge achten, aber sie wollte keine Zynikerin werden, obwohl sie in zynischen Zeiten lebte.

Um sich aufzumuntern, fuhr sie zu Keller & George, dem eleganten Juweliergeschäft, das seit 1875 in Charlottesville ansässig war.

Sie stieß die Glastür auf. Gayle Lowe und Bill Liebenrood sahen auf.

»Hallo, ich bin gekommen, um meine Perlen zu besuchen«, begrüßte Harry die zwei.

Bill lächelte. »Ich habe meiner Enkelin ihre ersten Perlen gekauft, als sie noch keine Woche alt war. Da hast du einiges aufzuholen, Mädel.«

Gayle trat hinter die beleuchtete Vitrine, in der eine doppelte 9-mm-Perlenkette lag, nach der es Harry seit zwei Jahrzehnten gelüstete. Jedes Mal, wenn die Kette verkauft wurde, rief Bill an, um ihr die traurige Nachricht mitzuteilen. Innerhalb von etwa sechs Wochen traf dann eine neue Doppelkette mit herrlichen Perlen ein.

»Deine Perlen sind heute gekommen. Sie sind phantastisch«, frotzelte Gayle dann am Telefon.

Die Ellenbogen auf die Vitrine gestützt, betrachtete Harry liebevoll ihren Traumschmuck. Die prachtvollen Perlen erinnerten sie an den Spruch ihrer Mutter: »Trage das Beste, das du dir leisten kannst, und mache nicht auf dich aufmerksam. Protzen tun nur Neureiche.«

Es bestand herzlich wenig Aussicht, dass Harry je zum alten oder neuen Geldadel gehören würde, aber die Ermahnung ihrer Mutter, ja nicht anzugeben, war haften geblieben.

Ehe Bill auf Harry zukommen und sie auffordern konnte, die Perlen anzuprobieren, ging die Tür auf.

»Harry«, begrüßte Victor Gatzembizi sie lächelnd. »Ich fass es nicht.«

»Oh«, gab sie mit dünner Stimme zurück.

Bill verschwand kurz in seinem kleinen Büro und kam mit einem Päckchen zurück. Er öffnete eine grüne Keller & George-Schachtel, nahm eine Halskette heraus, die einen blenden konnte, und legte sie auf ein Tuch aus schwarzem Samt.

Victor strahlte. »Harry, kommen Sie, seien Sie mein Modell.«

Harry trat zu ihm, betrachtete den birnenförmigen Diamanten an der Platinkette, und es verschlug ihr den Atem. »Oh mein Gott. Ich habe noch nie einen so großen Diamanten gesehen.«

Bill kam hinter dem Ladentisch hervor und legte Harry geschickt die Kette um. »Göttlich.«

Die Hand am Kinn, murmelte Victor: »Wenn Sie auch bloß ein T-Shirt anhaben, Harry, der Diamant sieht toll an Ihnen aus. Ich kann's nicht erwarten, ihn meiner Frau zu schenken und ihn direkt auf ihrem Busen zu sehen.«

Gayle, Harry und Bill lächelten stumm. Natürlich würde der Diamant dort grandios aussehen, und natürlich war das die Stelle, an der eine Frau ihn haben wollte, aber das behielt man am besten für sich.

Victor scherte sich nicht um solcherlei Feinheiten. Er war dermaßen begeistert von dem Diamanten, dass er noch überschwänglicher wurde. »Ich habe mir vorgenommen, ihren vierzigsten Geburtstag zum tollsten Geburtstag ihres Lebens zu machen. ›Du bist schön‹, werde ich zu ihr sagen. ›Vierzig, das ist gar nichts.‹« Er betrachtete die Kette noch einmal, nickte, und Bill nahm sie Harry ab, die sich an den Hals griff.

»Für zwei Minuten war ich eine Diva!«, sagte sie schwärmerisch.

Bill legte den Diamanten in die grüne Schachtel zurück. »Soll ich ihn als Geschenk verpacken?«

»Nein. Ich will sie damit überraschen und ihn ihr um den Hals legen, wenn sie sich heute Abend schminkt, um zum Essen auszugehen. Ihr habt mich nicht enttäuscht. Der Diamant ist eine perfekte Birne.«

Als Victor mit dem Geschenk in der Hand die Tür öffnete, rief Gayle ihm nach: »Bitte warnen Sie Ihre Frau, dass sie Autounfälle verursachen wird, wenn sie ihn tagsüber trägt.«

Er blieb in der Tür stehen. »Gayle, sie wird den Verkehr so oder so zum Erliegen bringen.«

Als die Tür zufiel, meinte Harry: »Das ist wahre Liebe.«

»Und Geld.« Bill blinzelte. »Könnte aber auch als Wiedergutmachung für frühere Sünden gedacht sein.«

»Also wirklich, Bill.« Gayle verdrehte in gespielter Entrüstung die Augen.

»Habt ihr wirklich vierzig für so eine große Sache gehalten? Für mich war's das nicht.« Bill verschränkte die Hände auf dem Ladentisch.

»Woher weißt du, dass ich vierzig bin?« Gayle zog eine Schulter hoch.

»Du hast dein erstes Kind mit fünf gekriegt, was?«, zog er sie auf.

Howard Hyde, der exzellente Mann für Schmuckreparaturen, stieß die Tür seiner Werkstatt auf, hörte und sah seine zwei Arbeitskollegen, lächelte Harry zu und verschwand wieder nach hinten.

»Bill, ich kenn dich zu gut.« Gayle nickte Harry zu.

»Lasst euch durch mich nicht abhalten. Ich bin gerne bereit, mir alle eure Sünden anzuhören und euch zu vergeben.« Harry liebte es durchaus, wenn ihre Freunde sich ein bisschen kabbelten.

Blair Bainbridge kam durch die Ladentür. »Harry, bist du's wirklich?«, fragte er.

Harry hob die Hände. »Warum sind alle so erstaunt, mich bei Keller & George anzutreffen?«

»Äh …«, stammelte Blair.

Gayle sprang ihr bei. »Sie ist bloß mal so vorbeigekommen.«

»Ach so.« Blair zog teure Zigarren aus der Tasche. »Howard!«, rief er.

»Er ist hinten.« Gayle zeigte auf die Tür.

Bevor Blair hinter den Ladentisch ging, um die Tür zur Werkstatt zu öffnen, gab er Bill eine Zigarre. Dann hielt er Gayle eine hin.

Die Blondine lächelte. »Nein danke.«

Harry rief zu ihm hinüber: »Miranda möchte eine, sagt zumindest Herb.«

»Kriegt sie.« Blair verschwand in der Werkstatt.

»Ich gehe wohl besser, ehe noch jemand reinkommt und erstaunt ist, mich hier anzutreffen.«

»Deine Perlen werden auf dich warten«, sagte Gayle.

Harry sah von Gayle zu Bill. »Wie viel Karat hat der Birnendiamant?«

»Acht«, antwortete Bill prompt.

»Circa zweiundzwanzigtausend pro Karat«, sagte Gayle.

»Der Diamantenpreis ist gestiegen.« Sie fand den birnenförmigen Diamanten absolut vollkommen.

»Oh mein Gott«, flüsterte Harry.

»Und die Kette ist aus Platin.« Bill lächelte. »Etwas über zweihunderttausend, alles in allem.«

»Ich fall in Ohnmacht. Ich hatte eine Zweihunderttausend-Dollar-Kette um.« Harry wurde blass.

Der stets galante Bill erwiderte: »Du bist ihr gerecht geworden.«

»Absolut«, bestätigte Gayle.

»Wollen wir annehmen, dass es in Charlottesville eine Menge Autos zu reparieren geben wird?« Lachend verließ Harry das Geschäft, die rechte Hand noch am Hals.

15

In seinem bescheidenen Wohnzimmer senkte Herb den Kopf zum Gebet. Sharon und Artie Meola, die auf dem Sofa dicht beieinandersaßen, taten desgleichen. Die Eheleute hielten sich an den Händen.

»Himmlischer Vater, gewähre diesen deinen Dienern die Wärme deiner Liebe. Geleite sie durch diese kummervolle Prüfung. Lasse sie wissen, dass ihre Tochter jetzt bei dir im Schoße des Himmels weilt. Die Zeit wird kommen, da sie unter großem Frohlocken wieder mit Tara vereint sein werden.

Gewähre ihnen die Kenntnis, dass Taras Seele mit deinem Sohn vereint ist. Schenke ihnen Frieden und zeige uns allen den Weg, wie wir Sharon und Artie helfen können, um ihren Schmerz in tiefste Liebe zu verwandeln.

Im Namen des Vaters, des Sohnes und des Heiligen Geistes.« Tränen liefen ihm über die roten Wangen.

Sharon schluchzte. Artie legte seinen Arm um seine Frau,

mit der er seit zweiunddreißig Jahren verheiratet war. Auch er weinte.

Schließlich sagte Artie mit rauer Stimme: »Reverend, ich weiß nicht, ob ich es je verstehen werde. Freunde haben mir beim Begräbnis gesagt, dies ist Gottes Wille. Wie kann es Gottes Wille sein, uns unser Mädchen auf so grausame Weise zu nehmen?«

Tara war in ihrem alten, aber robusten Ford Explorer auf der zweispurigen Schnellstraße von Crozet nach Whitehall unterwegs gewesen und bei einem außergewöhnlichen Unfall ums Leben gekommen. Die alte Straße hatte zahlreiche unübersichtliche Kurven. Als sie vor Jahren asphaltiert wurde, sahen der Staatsvertreter und viele Einwohner dies als großen Sieg. Andere sahen es anders. Bei zu hoher Geschwindigkeit konnte man zwar auf einer Lehmstraße ins Rutschen kommen, das Heck würde seitwärts ausbrechen, und man konnte von der Straße abkommen. Oder aber man ging mit dem Tempo runter. Es gab selten Tote, obgleich gewiss viele Autos durch Holzzäune krachten und auf den Weiden zum Stehen kamen. Die asphaltierte Straße dagegen brachte die Entwicklung voran, was wiederum mehr Verkehr mit größerer Geschwindigkeit zur Folge hatte.

Die Leute, die den tödlichen Unfall untersuchten, waren zu dem Ergebnis gekommen, dass Tara die erlaubte Höchstgeschwindigkeit eingehalten hatte. Sie war von Whitehall in südlicher Richtung auf dem Heimweg nach Crozet gewesen. Als sie gleich hinter Chuck Pinells Lederbetrieb – ehemals ein großer Schuppen, der als Apfellagerstätte diente – auf eine Kurve zufuhr, kam ein Reh hervorgesprungen und krachte auf der Fahrerseite durch die Windschutzscheibe. Tara riss den Explorer herum und stieß auf der Gegenfahrbahn mit einem schweren Range Rover zusammen, der gut fünfzehn Stundenkilometer schneller als erlaubt angerast kam.

Bis die Rettungsmannschaft eintraf, war Tara verblutet. Der

Fahrer des Range Rover hatte einen Schock fürs Leben davongetragen. Sein einziger Fehler war die Geschwindigkeit gewesen, aber einen solchen Ausgang hatte niemand voraussehen können.

Tara, gerade mal fünfundzwanzig Jahre alt, verheißungsvoll und sehr hübsch, war das einzige Kind der Meolas gewesen.

Nachdem sie eine halbe Stunde miteinander gesprochen und gebetet und sich dabei näher kennengelernt hatten, lud Sharon Herb zu einem kleinen Mittagessen ein.

Manche Menschen würden abgelehnt haben aus Furcht, der verzweifelten Mutter Umstände zu machen, aber Herb, ein erfahrener Menschenkenner und besonders erfahren im Verhalten virginischer Damen, nahm sogleich an. Die Zubereitung der Mahlzeit gab Sharon etwas zu tun, etwas, worauf sie sich vorzüglich verstand.

Sie und Artie sprachen während des gesamten leichten, leckeren Mittagessens von Taras Träumen, ihren Bekanntschaften und davon, was für eine gute Volleyball-Spielerin sie auf der Highschool und auf dem College gewesen war. Auf diese Weise behielten sie sie bei sich. Mit der Zeit würden die Geschichten über ihre Tochter abklingen, ebenso der Schmerz. Die Fragen nach Gottes Plan würden dagegen nie abklingen.

Anders als viele Priester, Seelsorger und Pastoren hatte Herb keinen Vorrat an fertigen Antworten parat. Er verstand nicht, welchen einleuchtenden Zweck es haben sollte, ein reizendes, braves Mädchen aus der Blüte seines Lebens zu reißen.

Er hatte Tara aufwachsen gesehen. Er hatte ihr zwei Jahre lang Katechismus-Unterricht erteilt, für den Tara wenig Begeisterung bekundete. Sie brachte ihn zum Lachen, weil es ihn daran erinnerte, dass es auch ihm in ihrem Alter an Begeisterung für den Katechismus gefehlt hatte. Als sie nach der schlichten Konfirmationsfeier ihr erstes Abendmahl empfing und zu ihm in seinem Ornat hochschaute, musste er die Anwandlung bekämpfen, ihr zuzuzwinkern.

Während Herb zu St. Lukas zurückfuhr – sein Chevy lief nach der Reparatur erstklassig –, stellte auch er Gott unbequeme Fragen. Die Antworten, die er bekam, waren dieselben, die er immer bekam: Glaube. Vertrauen. Liebe. Diese Weisung hatte er zum ersten Mal als junger Soldat in Vietnam gehört. Wieder in den Staaten, voll von entsetzlichen Erinnerungen an die Schrecken der Kämpfe, besuchte er das Priesterseminar. Jahrzehnte später: Glaube, Vertrauen und Liebe. Wie die meisten von uns in diesem Leben hatte er keine Gewähr, dass seine Anstrengungen wirklich jemandem halfen, dennoch bemühte er sich. Er betete für Tara und ihre Eltern und würde weiterhin oft für sie beten.

Mit schwerem Herzen betrat er den schönen Verwaltungstrakt auf dem St.-Lukas-Anwesen. Er ging an seiner Sekretärin Lenore Siebert vorbei, die ungefähr gleich alt war wie Tara. Lenore machte den Mund auf, doch ehe sie etwas hervorbrachte, kam Big Mim aus dem Wohnzimmer, das eigentlich ein Begegnungsraum war. Drei Katzen und Miranda folgten ihr.

Big Mim nahm seine Hand, Miranda nahm die andere. Sie führten ihn ins Zimmer, dessen Fenster weit offen standen, und hießen ihn, sich zu setzen.

Big Mim übernahm wie stets das Kommando. »Es gibt nichts, was es besser machen kann, aber wir haben etwas, das den Meolas vielleicht zeigen kann, wie sehr wir Anteil nehmen.«

Miranda reichte Herb ein Couvert. »Dies ist ein Anfang. Big Mim hat alle im Pfarrbezirk angerufen, und wir beide haben die Runde gemacht.«

Big Mim lächelte. »Machen Sie auf.«

In dem Couvert war ein Scheck über fünftausend Dollar, ausgestellt auf die Tara-Meola-Stipendien-Stiftung.

»Mädels.« Herbs Augen wurden wieder feucht.

»Jedes Jahr werden wir diese Summe aufbringen, vielleicht auch mehr. Wir bitten Sharon und Artie, eine junge Person zu bestimmen, die das College besucht und von der sie meinen, dass etwas von den wunderbaren Eigenschaften ihrer Tochter in ihr steckt.« Big Mim, nicht immer die gefühlvollste unter den Menschen, lächelte.

»Mädels«, wiederholte Herb.

Er war über Big Mims Mitgefühl ebenso gerührt wie über den Scheck. Das alte Mädchen war dabei, sich zu verändern.

Eloquenz, die spürte, dass ihr Mensch überwältigt war, sprang auf die Rückenlehne des Sofas, legte ihm eine Pfote auf die Schulter und gab ihm mit ihrer rauen Zunge ein Küsschen. *»Alles gut, Poppy.«*

»Miranda ist jeden Schritt des Weges mit mir gegangen, obwohl sie keine Lutheranerin ist.« Big Mim nahm Mirandas Hand. »Und Victor Gatzembizi auch. Katholisch, wie Sie wissen. So viele haben mitgemacht.«

Herb betrachtete den Scheck in seiner Hand, sah dann die zwei langjährigen Freundinnen an. »›Gottes Wege sind wunderbar.‹«

16

Harry stand in dem Geräteschuppen, wo der große Traktor sowie das kleinere 30-PS-Gerät untergebracht waren. Sie nahm ihre Schirmmütze ab und warf sie auf den Kiesboden. »Ich bin stinksauer!«

Fair brach in Lachen aus. Er konnte nicht anders.

»Mannomann, jetzt wird sie echt wütend.« Tucker rückte ein Stück von den Menschen ab.

Mrs. Murphy und Pewter hockten auf dem hohen Sitz des John-Deere-Traktors und sahen mit großen Augen zu.

»Was ist so lustig? Was ist daran so verdammt lustig?« Harry, die eigentlich nicht zum Fluchen neigte, verlor die Fassung.

»Baby, du führst dich genauso auf wie dein Vater.« Fair schob die Hände in die Taschen.

Es folgte eine lange Pause, dann musste sogar Harry lachen. »Daddy hat auch immer seine Mütze hingeschmissen, nicht wahr?«

»Hey, wenn seine Orioles-Mütze auf dem Boden landete, hast du dich schleunigst verzogen.« Fair lachte wieder. »Der Apfel fällt nicht weit vom Stamm.«

Ihr Ton wurde leichter. »Ich bin nun mal wütend. Ich sollte deswegen nicht fluchen, aber du hättest den Schwachkopf mal hören sollen, Fair. So ein heuchlerischer Schwachkopf.«

»Er ist kein Kumpel von mir, aber ich sehe Yancy Hampton ja auch nur im Vorbeigehen.«

»Fair, er hat mir einen anständigen Zentnerpreis für die Sonnenblumen genannt. Aber ich weiß einfach nicht, ob ich mit ihm Geschäfte machen kann. Ich weiß es wirklich nicht.«

»Willst du nicht ein paar Tage abwarten, bevor du dich entscheidest? Ein zeitiger Kauf ist eine Absicherung gegen sinkende Preise. Andererseits hat man einen Verlust, wenn die Preise steigen – aber das weißt du so gut wie ich, Schatz. Mutter Natur kann einem so manchen Streich spielen. Und mit Hamptons Geld könntest du die Reparaturrechnung für den Traktor bezahlen.«

»Ich weiß.« Sie lehnte sich an den großen Traktor, ohne zu merken, dass die zwei Katzen auf dem Sitz zu ihr hinuntersahen. »Ich habe das Abholen des Traktors rückgängig gemacht. Zu teuer. Ich will versuchen, ihn von Dabney Farnese reparieren zu lassen. Es wird länger dauern, dafür ist es billiger.«

Fair hob ihre ausgeblichene, abgetragene rote Mütze auf und gab sie ihr. Sie stülpte sie sich wieder auf den Kopf. »Ich sollte mich deswegen nicht so aufregen. Ich bin wohl müde und vielleicht noch durcheinander wegen des Leichenfundes. Die Trauerfeier für Tara Meola ist mir auch sehr nahegegangen.«

»Uns allen. Man weiß nie.«

»Nein.« Sie sah ihn an und fragte sich, was sein würde, wenn er vor ihr stürbe.

Trotz aller früheren Schwierigkeiten konnte Harry sich ein Leben ohne Fair nicht vorstellen. Er ließ Emotionen mehr zu als sie. Sie blockte Gefühle ab, obwohl ihr bewusst war, dass die aufgestauten Schmerzen und Probleme sich früher oder später unabwendbar bemerkbar machen würden.

»Hört sich an, als wäre er von deinen Sonnenblumen und dem Ginseng angetan.«

»Es ist noch früh in der Saison, aber so weit, so gut, und ich hab alles ordentlich hingekriegt.«

»Du bist gut in dem, was du machst, Schatz.«

Sie lächelte ihn an, erfreut über das Lob. »Jetzt kommt das Gute. Hampton hat mich gefragt, wann und wie ich dünge. Ich hab gesagt, ich nehme Truthahn- und Hühnermist und bringe ihn gewöhnlich im Herbst aus. Ich lese aber immer *The Farmer's Almanac*, und wenn die für den Herbst eine Dürre voraussagen, warte ich bis zum Frühjahr.«

»Und?«

»Man hätte meinen können, ich hätte behauptet, dass die Erde flach ist. *The Farmer's Almanac*. Er nannte alle Studien, die ich lesen sollte, alle computergenerierten Statistiken, und dann – also das hat meinen zwei restlichen Gehirnzellen wirklich den Rest gegeben – hat er mich scharf kritisiert, weil ich mit Truthahn- und Hühnermist dünge; denn wer weiß, welche Parasiten in dem Mist gedeihen? Ich hätte mich fast vergessen.«

Fair stieß einen gespielten Seufzer der Erleichterung aus. »Hast du aber nicht, drum sind seine Vorderzähne gottlob noch drin. Du hast einen gemeinen rechten Haken, Süße.«

»Ich hab bis zehn gezählt. Mehrmals. Ich hab geantwortet, dass mein Vater Naturdünger genommen hat, und der hat uns gut gedient. Als ich klein war, hat Opa immer Schlamm aus dem Chesapeake und zerkleinerte Seemuscheln besorgt. Das geht heute nicht mehr, aber Opa und Dad haben jedes Jahr variiert, was auf welches Feld kam. Also, davon wollte Yancy nichts hören. Er hat mich über die richtige Anwendung von Nitrogen, Phosphor und Selen und was noch alles belehrt, über einen ausgeglichenen Boden, je nach Pflanzungen, und warum handelsübliche Dünger besser sind. Ja, und die kosten obendrein heute pro Tonne dreihundert Dollar mehr als letztes Jahr. Darauf hab ich gesagt, ich nehme weiterhin Naturdünger, was meine Abhängigkeit von auswärtigem Öl reduziert.«

Fair klopfte sich auf die Schenkel und lachte. »Gut gemacht.«

»Hey, ist doch wahr. Das ganze Zeug enthält eine Menge Dreck, ein besseres Wort fällt mir nicht ein. Yancy als der Typ, der Energiesparlampen benutzt und sich uns übrigen überlegen fühlt, soll bloß still sein. Arschloch.«

Fair lachte wieder, ging zum Traktor, nahm seine Frau in die Arme und gab ihr einen Kuss. »Hab ich dir heute schon gesagt, dass ich dich liebe? Ich weiß nie, was du tun und sagen wirst, aber mir ist niemals langweilig.«

Sie gab ihm auch einen Kuss.

Als es heftiger wurde, beugte Mrs. Murphy sich weit hinunter und versuchte, Harry die Mütze vom Kopf zu reißen.

Pewter, deren Leibesumfang ihr im Weg war, gab Anweisungen: *»Bisschen weiter nach links. Jetzt hast du sie.«*

Mrs. Murphy krallte sich die Mütze und warf sie auf den Boden.

Harry merkte es nicht einmal.

Die drei Freundinnen beobachteten die zwei selbstvergessenen Menschen.

»Sind sie nicht seltsame Wesen?«, bemerkte Tucker. *»Erst ist sie bereit, Yancy Hampton zu killen, und im nächsten Moment liebt sie ihren Mann wie verrückt. Von einem Extrem ins andere.«*

17

Nick Ashby war ganz auf seinen 2009er Subaru Impreza WRX STI konzentriert. Er hatte 70 Prozent der Leistung eines Porsche für ein Drittel des Preises bekommen. Bei seiner Größe von fast eins neunzig musste Nick sich vornüberbeugen, um in die Taschenrakete einzusteigen. Zum Glück hatte er kein bisschen Fett am Leib, sonst hätte das Lenkrad ihm den Bauch eingedrückt.

Die phantastische Beschleunigung und tolle Aufhängung entschädigten für die einigermaßen strapaziöse Fahrt. Nick war zufrieden. Er wollte keine Luxuskarosse. Sein schwarzes Coupé raste durch die Nacht, wand sich die Route 22 bei Cismont Manor hinauf. Nach der Arbeit hatte Nick sich die geeignetsten Straßen herausgesucht, um sein Auto und sich selbst auf Touren zu bringen – Nebenstraßen wie die alte Route 635 in Nelson County oder die alten Straßen von Albemarle nach Greenfield. Er hatte die Fenster unten, um den Motor zu hören, aus dem er dank seines Mechanikergeschicks mehr PS herausgeholt hatte. Die 305 PS waren um weitere zwanzig PS aufgemotzt und mit dem 6-Gang-Schaltgetriebe verbunden.

Am Mittwoch, dem 30. Mai, musste er sein ganzes Können aufbieten. Hinter ihm donnerte der neue gelbe Chevy Camaro mit seinem starken V8-Motor, verkauft mit 426 PS, frisiert auf 444. Nick kannte den Wagen und den Fahrer gut. Schweiß lief ihm übers Gesicht. Sein ganzer Körper wurde heiß, als er versuchte, den größeren Wagen abzuhängen. Seine einzige Hoffnung war, dass sich sein STI als wendiger erwies; außerdem hatte der Camaro schrecklich hohe Fensterlinien. Nick konnte hoffen, dass der große Wagen ins Schleudern geriet und von der Straße abkommen würde, was bisher nicht passiert war. Chevrolet hatte mit dem Camaro ins Schwarze getroffen, wenn man Muskelautos liebte. Von den Fensterlinien abgesehen, war das verdammte Ding nahezu perfekt.

Muskelautos feierten mit dem Dodge Charger, dem ewig coolen Ford Mustang und dem Camaro ein spektakuläres Comeback. Wer als Amerikaner Autos liebte, der liebte starke, schnelle Autos, und keine noch so hohen Benzinpreise konnten dieser Liebe etwas anhaben.

Der STI hing in einer Kurve – das Heck brach nicht aus, das Lenkrad zitterte nicht. Nick hörte den Camaro leicht bremsen, dann das Aufbrausen des Motors, da der Fahrer die kleine Verlangsamung aufholte. Auch dieser Mann kannte die Fähigkeiten des STI. Sosehr der Verfolger auch über alles spottete, was die Japaner fabrizierten, er wusste zu schätzen, was der Motor leisten konnte.

Nick kannte diese Gegend des Bezirks gut. Vierhundert Meter weiter vorn, direkt nach einer scharfen Rechtskurve, hinter einer kleinen Erhebung in der Straße, gab es eine unbefestigte Straße. Sie war gut verborgen. Wenn er auf die gelangen konnte, könnte er mit abgeschalteten Scheinwerfern weiterfahren, weil er den Computerchip deaktiviert hatte, der bewirkte, dass nachts das Licht anblieb, ob man es wollte oder nicht. Wenn der Camaro die Erhebung hinauffuhr, würden seine Scheinwerfer Nick vielleicht nicht erfassen. Nick trat das Gaspedal durch, flog förmlich über die Erhebung – die Räder in der Luft – und schlug trotz der guten Aufhängung mit einem dumpfen Geräusch auf. Er schaltete die Scheinwerfer aus, bog scharf nach rechts ab, spähte ins Dunkel, verlangsamte, hielt an und lauschte. Er hörte den starken Motor des Camaro vorbeiheulen.

Den Kopf in die schweißnassen Hände gestützt, sank er auf dem Sitz zurück. Er stieß ein kurzes trockenes Lachen aus. Wenn dem Mistkerl in dem Camaro sonst nichts klargeworden war, eins hatte er gelernt: Dass Nick Ashby es mit den besten Fahrern aufnehmen konnte. Auch auf der Dragsterbahn war ihm mit Schleichen nicht gedient. Er wartete, bis er das Dröhnen des Camaro nicht mehr hörte, ließ den Motor an, schaltete die Scheinwerfer ein und fuhr mit sechzig Sachen auf der unbefestigten Straße weiter. Die führte zur Black Cat Road, wo seine neue Freundin Hilary Larson wohnte.

Er fuhr im Kriechtempo auf die asphaltierte Black Cat Road und bog nach drei Kilometern links in ihre Kieszufahrt ein. Er hatte früher vorbeikommen wollen, und nachdem er sein Auto hinter ihrem Haus versteckt geparkt hatte, erklärte er, dass er in Schwierigkeiten geraten war. Was für Schwierigkeiten, sagte er nicht. Er entschuldigte sich für die Verspätung und fürs Parken hinter dem Haus.

Ein Schrecken, ein sportliches Ereignis, alles, was den Adrenalinspiegel erhöht, verstärkt auch den Sexualtrieb. Sie verzieh ihm, wirkte nicht sonderlich verstimmt, und Nick hatte eine phantastische Nacht. Wegen morgen wollte er sich morgen Gedanken machen. Er glaubte, am Arbeitsplatz würde er sicher sein. Zugegeben, Walt Richardson war am Arbeitsplatz nicht sicher gewesen, doch Nick dachte sich, Walt habe sich eben ein zu großes Stück vom Kuchen einverleibt.

Am nächsten Morgen machte Hilary ein schnelles Frühstück und ging vor Nick zur Arbeit. Sie musste in den Westen von Charlottesville.

Gestärkt ging Nick nach draußen, sprang in seinen tollen kleinen Wagen und fuhr die gewundene Zufahrt hinab. Der Camaro versperrte ihm die Ausfahrt. Nick sah das bekannte Gesicht hinterm Steuer.

Er schaltete in den Rückwärtsgang, aber zu spät. Eine Kugel knallte durch die Windschutzscheibe und traf ihn in die Brust. Der Schmerz ließ ihn langsamer werden, der Camaro kam ganz nah heran, und der Fahrer vollendete sein Werk mit einem zweiten Schuss, der durchs Herz ging.

18

Die Ambulanz transportierte Nicks Leiche ab, während Cooper, Rick und das Tatort-Team sorgfältig Hilarys Grundstück durchkämmten.

»Eiskalt.« Rick besah sich die Kieszufahrt neben dem STI.

»Eiskalt, und der zweite Mord innerhalb von zwei Wochen an einem Mann, der bei ReNu gearbeitet hat.« Cooper kniete sich auf den Boden. »Der Mörder hat sich Zeit gelassen.«

»Ja.« Rick trat ein Stückchen von dem STI zurück. »Wir haben es mit jemand zu tun, der vorausdenkt, einen kühlen Kopf behält und notfalls rasch handeln kann. Es ist viel leichter, einen Mörder zu fassen, der in einem Wutanfall tötet.«

»Stimmt.« Cooper strich vorsichtig mit den Händen über die Steine. »Wer Ashby erschossen hat, hat hier gründlich geharkt, und zwar die ganze Strecke bis zur Black Cat Road. Wir haben null Chance für einen Reifenabdruck.« Sie stand auf. »Und die Harke in Hilarys kleinem Gartenschuppen wurde abgewaschen. Keine Fingerabdrücke.«

Rick lächelte gequält. »Hey, vielleicht ist der Kerl Gärtner von Beruf und führt sein Werkzeug immer mit sich.«

»Klar.« Coop lächelte zurück, dann schwand ihr Lächeln. »Wohin zuerst? Hilary Larson oder Nicks Mom?«

»Ich schicke Jarrod zu Mrs. Ashby. Er ist gut in solchen Situationen. Sie und ich finden heraus, wo Miss Larson arbeitet, und fahren hin.« Er seufzte. »Seit Jahrzehnten muss ich Menschen mitteilen, dass jemand, den sie lieben, auf der Straße ums Leben gekommen ist oder bei einer Schlägerei getötet wurde. Es wird nie leichter.«

»Nein. Es ist der Schock der Leute, der Sekundenbruchteil der Fassungslosigkeit, was mich jedes Mal fertigmacht. Dieser Mord war so kalt, so kalkuliert.« Sie schüttelte den Kopf.

Rick ging zum Streifenwagen und rief im Büro an, damit

dort jemand in Erfahrung brachte, wo Hilary Larson arbeitete. »Kommen Sie.«

Coop sprang zu ihm ins Auto. »Versuchen wir's bei den Nachbarn, okay?«

Er bog von der Zufahrt auf die Straße, und sie fuhren langsam die Black Cat Road entlang. Sie hielten bei drei Häusern an, die abseits der ziemlich stark befahrenen Hauptstraße lagen. Niemand war zu Hause; alle waren bei der Arbeit.

Danach bogen sie in die Mechunk Road ein. Obwohl diese Straße weiter entfernt von Hilarys Wohnung lag, war es möglich, dass jemand die junge Frau kannte. Dasselbe Ergebnis.

»Erinnern Sie sich noch, dass diese Straße mal die Route One war?« Rick verlangsamte, als sie ans Ende der Straße kamen.

»Dann hat die Post alles in Namen geändert. Ich erinnere mich noch an Straßennummern und Postfachnummern. Ein Name ist vermutlich ein Fortschritt.«

»Kommt auf den Namen an.« Rick lächelte.

Der diensthabende Beamte rief zurück. »Old Navy. Hilary Larson arbeitet bei Old Navy im Barracks-Road-Einkaufszentrum.«

Rick fragte: »Wie haben Sie sie aufgespürt?«

»Im Computer hab ich nur ihre Adresse und ihre Zulassungsnummer gefunden, drum hab ich rumgefragt, und tatsächlich, Sherry vorne am Schalter kennt sie. Die Welt ist klein.«

»Wahrhaftig. Danke, Marcie«, sagte Rick zu dem Beamten und steuerte die Route 64 an. Er schaltete die Sirene nicht ein. Nicht nötig.

Die zwei fuhren schweigend westwärts, bis Cooper schließlich meinte: »ReNu erweist sich als gefährlicher Arbeitsplatz.«

»Könnte sein, dass Walt und Nick in irgendwas außerhalb des Betriebs verwickelt waren. Heutzutage weiß man ja nie. Bloß weil jemand bei Bluttests – wie sie die Firma spontan durchführt, sagt Victor – nicht auffällig wird, muss das nicht heißen, dass er keine Drogen *verkauft*.«

»Stimmt. Sieht aber nicht danach aus, wie?«

»Nein.«

»Dann haben wir die pikanten Bilder in Walts Computer. Es könnte sich um einen Sexring handeln. Vor ein paar Jahren, als ich neu bei der Polizei war, hat man junge Mädchen an der Privatschule und an der Uni angeworben, erinnern Sie sich?«

»Hmm-hmm. Wir werden das nie ganz stoppen. Solange niemand auspackt, ist das eins der leichtesten und lukrativsten Gewerbe. Man braucht nur ein Telefon und eine verlässliche Truppe. Ist schon wahr, so ein Skandal wäre bald mal wieder fällig.«

»Aber um so was geht's hier nicht. Keins der Opfer war der Typ, der einen Edelnuttenring organisieren und betreiben könnte. Himmel, diese Stadt saugt solche Vorkommnisse geradezu auf.« Cooper verzog das Gesicht.

»Das tun doch alle. Und wenn man bedenkt, was für Karrieretypen nach Charlottesville kommen und wieder gehen …« Er zuckte die Achseln. »Leichte Beute.«

»Ich hab nie verstanden, warum Karrierefrauen nicht dieselben Leistungen in Anspruch nehmen.« Coop blickte zu den schon voll belaubten Bäumen hinaus.

»Und Sie?«

»Guter Gott, nein. Ich würde eher sterben, als für Sex zu bezahlen.«

»Darin liegt der Unterschied. Beim Sex steht die Frau seit eh und je im Mittelpunkt. Der Mann muss sie finden, umwerben, ihr mit Geschenken den Hof machen oder im Fall von Edelnutten die Kohle rausrücken. Ihr Frauen müsst nichts tun als atmen.«

»Kann schon sein, aber das ist so … Ich weiß nicht. Keiner von uns beiden ist prüde. Wir wissen, wie es zugeht auf der Welt, aber für eine Frau bezahlen, selbst für eine diskrete, die von einem diskreten Service kommt, das hat was schrecklich Beklemmendes. Für mich jedenfalls.«

»Als Mann kann ich es verstehen, trotzdem finde auch ich es etwas beklemmend.« Er fuhr auf den Parkplatz vor Old Navy. Als sie in das ziemlich große Geschäft gingen, wurden sie von Kunden bemerkt.

Coop winkte eine Verkäuferin heran. »Können wir bitte den Geschäftsführer sprechen?«

»Gerne.« Die junge Frau führte sie zu einer Frau mittleren Alters, die mit einem Mitarbeiter einen Kleiderständer schob.

So leise Rick konnte, erklärte er, sie müssten ungestört mit Hilary Larson sprechen. Rücksichtsvoll wie stets, fragte Rick, ob eine gute Freundin oder die Geschäftsführerin selbst Hilary nach Hause bringen und jemand anders ihr Auto fahren könne. Er erklärte, er habe eine sehr bestürzende Nachricht für die junge Frau.

Crystal Hines, die Geschäftsführerin, nickte und war so vernünftig, keine Fragen zu stellen. Sie führte sie in ihr kleines, aber behagliches Büro.

»Ich hole Hilary her. Kann ich Ihnen etwas anbieten? Cola, Kaffee?«

»Nein danke.« Rick setzte sich auf einen Stuhl.

Coop blieb stehen, weil es außer dem Schreibtischsessel nur zwei Stühle gab.

Mrs. Hines brachte die junge, hübsche Frau ins Büro und sagte zu Coop: »Setzen Sie sich an meinen Schreibtisch. Er ist unaufgeräumt. Sie können das Durcheinander nicht schlimmer machen.«

Mrs. Hines ging hinaus, Coop setzte sich an den Schreibtisch und zog ihr Notizbuch hervor.

Ricks Stimme war ruhig. »Miss Larson, ich bin Sheriff Shaw, und das ist Deputy Cooper. Bitte nehmen Sie Platz. Wir haben eine traurige Nachricht für Sie.«

Die Augen der hübschen Rothaarigen wurden weit und blickten ängstlich. »Es ist nichts mit Dadddy, nein? Er hatte doch keinen Unfall?«

»Nein. Es ist Nick Ashby. Er wurde in Ihrer Zufahrt tot in seinem Auto aufgefunden.«

Sie setzte sich aufrecht. »Nicky? Was ist passiert?«

»Er wurde erschossen. Er ist tot, Miss Larson. Es tut mir leid.«

»Erschossen? Warum?« Ihre Augen wurden feucht, ihre Hände zitterten.

»Deputy Cooper und ich hatten gehofft, Sie könnten uns vielleicht weiterhelfen.«

Sie schüttelte den Kopf, den sie in die Hände gestützt hatte.

Cooper stand auf, trat zu der jungen Frau und legte ihr eine Hand auf die Schulter. »Wenn es zu viel für Sie ist, kommen wir später wieder. Jemand wird Sie nach Hause fahren.«

Hilary sah die großgewachsene Frau mit tränenerfüllten Augen an und rief schluchzend: »Ich will alles tun, um zu helfen. Alles.«

Coop warf einen Blick auf den Schreibtisch, entdeckte eine Schachtel Papiertaschentücher, zog mehrere heraus und gab sie Hilary. Dann setzte sie sich wieder an den Schreibtisch und nahm ihren Stift zur Hand.

Rick fragte leise: »Hat Mr. Ashby je davon gesprochen, dass er Angst hatte?«

»Nein.«

»Womit hat er sich beschäftigt? Gab es etwas Illegales? Drogen, auf Rezept oder verboten?«

»Mit so etwas hatte er nichts zu tun. Er hat am Wochenende schon mal was getrunken, aber für Drogen hatte er nicht viel übrig.«

»Wie lange waren Sie mit ihm zusammen?«

»Hm, zwei Monate. Er war ein guter Mensch.«

»Haben Sie seine Freunde kennengelernt?«

»Die haben alle am Wochenende Autorennen gefahren. Die Jungs – Nick genauso – haben jeden Penny in ihre Wagen gesteckt. Auch deswegen hat Nick keine Drogen genommen.

Und wenn er getrunken hat, dann nur an einem Wochenende, an dem er kein Rennen gefahren ist.«

»Dragsterrennen?«

»Genau.«

»Haben Sie mal bei ihm im Wagen gesessen?«

Die Frage rief ein Lächeln hervor. »Oh ja. War toll.«

»Die anderen Männer. Hatten Sie je das Gefühl, einer hatte was gegen Nick?«

Sie überlegte. »Nein, aber keiner gibt sich gerne geschlagen, und Nicks STI schlägt jeden Wagen seiner Klasse. Erst neulich ist er einem Mitsubishi Evo glatt davongefahren. Der Mann war nicht froh darüber, aber die meisten Jungs wissen, mal gewinnt man, mal verliert man. Sie bringen den Wagen zurück in ihre Werkstatt und basteln wieder dran rum.«

»Verstehe.« Dann fragte Rick: »Haben Sie seine Mutter kennengelernt?«

»Ja. Sein Vater ist tot.«

»Haben Sie sich mit ihr verstanden?«

»Also, ich kenne sie nicht sehr gut, aber sie mochte mich anscheinend. Sie hat gelacht und gemeint, wenn ich mit ihrem Sohn zusammen bin, soll ich mich darauf gefasst machen, dass er Geld für seinen Wagen ausgibt und nicht für mich. Das war's dann auch schon.«

»Hat er die letzte Nacht mit Ihnen verbracht?«

»Ja.«

»Was für einen Eindruck machte er?«

»Er hat sich verspätet. Er sagte, er war aufgehalten worden, aber er wirkte irgendwie aufgedreht, vielleicht auch ein bisschen abwesend. Aber dann hat er sich beruhigt. So war er immer, wenn er Rennen fuhr.«

»Verstehe.« Rick beugte sich zu Hilary hinüber. »Wenn Ihnen noch etwas einfällt, egal, wie unwichtig es Ihnen erscheint, rufen Sie mich an oder schicken Sie mir eine SMS. Mir oder Deputy Cooper.«

Er gab ihr seine Karte. Cooper stand auf, gab ihr ihre, dann ging sie hinaus.

Sie kam mit Crystal Hines zurück. Beim Anblick ihrer Chefin brach Hilary wieder in Tränen aus. Mrs. Hines legte ihren Arm um die junge Frau.

Rick sagte: »Miss Larson, Mrs. Hines lässt Sie nach Hause bringen.« Dann wandte er sich an die Geschäftsführerin. »Vielen Dank für Ihre Unterstützung.«

Wieder im Streifenwagen, fuhren die zwei auf die Route 29.

»ReNu?«, fragte Coop.

»Ja. Was ist Ihr Eindruck?«

»Dass sie wirklich nichts weiß.«

»Das denke ich auch. Wollen wir hoffen, dass jemand bei ReNu zum Nachdenken gebracht wird. Sie haben zwei Mitarbeiter verloren. Man sollte meinen, das bringt etwas oder jemand zum Überlaufen.«

Tat es aber nicht.

19

Lange Schatten lagen über dem üppig grünen Rasen des Farmington Golf Clubs. Der 1927 von einem Schotten namens Findlay angelegte Platz prunkte mit langen Fairways und schönen Wegen zu kleinen, schnellen Grüns, die den Golfspielern viel abverlangten. In der damaligen Zeit waren Grundstücke nicht so teuer wie heute, daher hatte der Platzgestalter eine große Fläche zur Verfügung gehabt.

Welcher Golfspieler wurde es je leid, sich von hinten dem Club zu nähern, der von Thomas Jefferson ursprünglich als Arbeitsplantage konzipiert worden war, wofür man ihm eine Architektenprovision gezahlt hatte? Vor sich hatte man die sanften Hügel der Blue Ridge Mountains, hinter sich einen der schönsten Kolonialbauten Amerikas aus rotem Backstein, der im Laufe der Zeit Patina angesetzt hatte.

Nachdem an diesem Nachmittag der Spielerandrang nachließ, hatten Dr. Nelson Yarbrough, Latigo Bly und Susan Tucker dem Ball am vierzehnten Loch das Letzte abverlangt. Eine Spottdrossel auf einer hohen Sumpfeiche sah gebannt zu, ruckte den Kopf zuerst zur einen Seite, dann zur anderen. Manche Vögel warteten darauf, dass ein rollender Ball Insekten aufstörte. Der Spottdrossel hingegen missfiel der Ball; der Vogel breitete die Flügel aus, flog von seinem Ast und segelte über dem Ball, um seine Bewegung zu überwachen. Er hatte zahllose Golfbälle auf dem Fairway oder Rough beobachtet, und aus irgendeinem Grund sah er sich dazu bemüßigt, über einem jeden zu fliegen, sei er weiß, gelb oder orange. Die orangefarbenen Bälle ärgerten ihn am meisten, und sobald er einen sichtete, entfuhr seinem grazilen Körper ein lauter Rabenschrei. Der Vogel konnte jedes Geräusch nachahmen, das er hörte. Krächzende Rabenschreie störten oft andere Vögel und auch Menschen. Warum die Golfbälle eine solche Reaktion auslösten – tja, bei Spottdrosseln konnte man halt nie wissen.

»Guckt euch diesen dämlichen Vogel an.« Latigo Bly zeigte mit seinem Schläger zu dem Vogel hinauf.

Dr. Yarbrough lächelte. Der ehemalige Quarterback in der UVA-Footballmannschaft war kräftig und hochintelligent. »Vielleicht sieht er etwas, das wir nicht sehen.«

»Etwa eine Schlange im Gras«, überlegte der große, schlanke Latigo laut.

»Nein, das ist der Tanz des Zumbavogels. Er hat alle unsere Bälle verfolgt. Denkt nur mal an das Training.« Wie Harry machte es auch Susan Freude, Vögel zu beobachten.

Wohl spielten Herren und Damen gemeinsam Golf, doch die typische Gruppe bestand aus Freunden gleichen Geschlechts. Diverse Erklärungen dafür wurden anscheinend von Herren

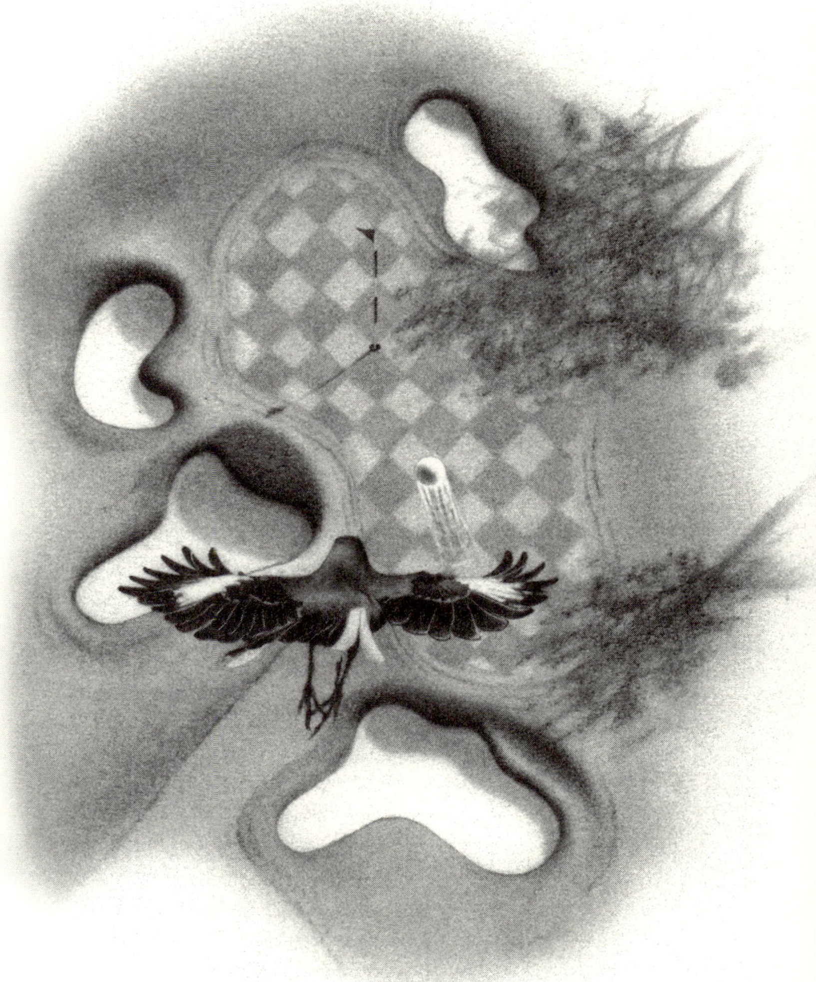

wie Damen akzeptiert – die Herren fühlten sich natürlich überlegen, weil sie vom Herrenabschlag starteten.

Susan Tucker hatte dreimal die Clubmeisterschaften gewonnen. Vor sieben Jahren hatte sie bei den Damenmeisterschaften von Virginia gesiegt. Bei fast jedem Turnier war sie unter den ersten zehn platziert.

Susan, die sehr beliebt war bei den Herren – sie beobachteten sie still, stets darauf aus dahinterzukommen, wie eine so feminine Frau den Ball derart weit über den Fairway schmettern konnte –, behielt ihre Gedanken für sich. Sie wusste, sie würde nie an den Rekord der verstorbenen Mary Patton Janssen heranreichen, der vermutlich besten Amateurgolfspielerin, die der FCC-Golfverband im zwanzigsten Jahrhundert hervorgebracht hatte, und möglicherweise die beste Amateurgolfspielerin, die es in Virginia je gab. Sie hatte sechs Mal hintereinander, von 1957 bis 1962, die Landesmeisterschaften gewonnen, eine nie wieder erreichte Leistung. Sie spielte 1956 bei der britischen Amateurfrauenmannschaft im ersten gesamtamerikanischen Finale. Dies waren einige ihrer zahlreichen Leistungen, zu denen außerdem gehörte, dass sie auf einem Pferd über stabile Hindernisse setzte und Hunde auf Ausstellungen präsentierte.

Der Schlüssel zu Susans Spiel war ihr kurzes Spiel. War es das nicht immer? In ihrer Jugend war sie mit Mary Pat herumgezogen und hatte jede Bewegung der attraktiven dynamischen Frau studiert. Als dieses Energiebündel am 20. Mai 2011 starb, war Susan klar, wie allen Golfern, die Mary Pat spielen gesehen hatten, dass eine Ära zu Ende war. Zu der Zeit, als Mary Pat das Spiel erlernte, beging man den Platz zu Fuß und trug seine Taschen selbst oder spielte einfach nur mit sechs, sieben Schlägern. Wenn möglich, heuerte man einen Caddie an, der immer hilfreich war. Als Jugendliche konnte Susan sich keinen leisten, also bezahlte Mary Pat ihn ihr dankenswerterweise und riet ihr, auf den Caddie zu hören, der den Platz öfter begangen hatte als es irgendein Golfer, Mary Pat eingeschlossen, jemals konnte.

Nach dem Tod der großen Dame war Susan entschlossen, ihr Spiel weiter zu verbessern und Jugendliche zu trainieren. Susan war es völlig egal, ob es Jungen oder Mädchen waren, egal ob reich oder arm. Natürlich kamen diese Jugendlichen beim FCC-Verband aus einem privilegierten Milieu, wenngleich nicht allen ein glückliches Zuhause beschieden war. Susan arbeitete außerdem einmal die Woche auf dem städtischen Golfplatz mit jungen Menschen, die keinen Cent in der Tasche hatten.

Die Fürsorge für andere hatte Susan und Dr. Yarbrough zusammengeführt. Beide hatten in ihrem jeweiligen Sport Berühmtheit erlangt, was ihnen den Respekt der Jugend eintrug und es ihnen ermöglichte, Zugang zu so manchen jungen Menschen zu finden, die andere für unzugänglich hielten. Das Interessante an dem kräftig gebauten Zahnarzt und der grazil gebauten Susan war, dass sie nicht über das sprachen, was sie taten, auch nicht miteinander. Sie taten es einfach.

Latigo Bly war das genaue Gegenteil. Mit seinem Reichtum unterstützte er die Krebsgesellschaft, die Multiple-Sklerose-Stiftung und die Heilsarmee. Sein Name, oft auch sein Foto, wurden an prominenter Stelle präsentiert. Er scheute sich durchaus nicht, auf seine Wohltätigkeit aufmerksam zu machen.

Diese drei Golfer lebten auf ihre Art ein gutes Leben, aber Latigo lebte seins mit Sicherheit mehr aus: flotte Autos, flottere Frauen, verstimmte Exgattinnen. In seiner Garage standen ein Porsche 911, ein Camaro, ein Mustang-Cabriolet, sogar ein Lamborghini. In seinem Bett lagen die weiblichen Pendants, hübsch anzuschauen und kostspielig. Seine Frau Vivien, die zu seinem Erfolg beigetragen hatte, schaute weg. Er liebte sie, aber er nutzte sie aus. Manche mochten ihn als narzisstisch charakterisieren, andere als einen, den es zum Sieg, zum Profit trieb.

Auf der Hälfte des schwierigen Fairways gelang Dr. Yarbrough mit dem Achter-Eisen ein unglaublicher Schlag. Der Ball flog einen Bogen wie aus der Kanone geschossen und landete fast senkrecht neben der Fahne. Ein breites Lächeln ging über sein zerfurchtes Gesicht.

»Gib nicht so an«, rief Susan neckend über den Fairway.

Sie griff sich ihr Siebener-Eisen und verpasste dem Ball einen Drall. Er landete auf dem Grün, knapp fünf Meter von der Fahne, aber dann rollte er von dort zurück und blieb einen guten Meter vom Loch liegen. Und wenn Susan etwas konnte, dann dies: das Grün lesen.

Latigo hatte keinen so kräftigen Abschlag wie Dr. Yarbrough oder Susan. Er traf den Ball, der gut zwanzig Meter hinter ihren Abschlägen landete. Es war ein guter, sauberer Schlag; der Ball landete direkt in dem Ring aus höherem Gras – um etwa sechs Millimeter höher –, der das Grün umgab. Diese sechs Millimeter genügten, um den Mann zu veranlassen, sich auf seinen Ball und dann auf die ferne Fahne zu konzentrieren.

Das Golfspiel erforderte keinen Mut wie zum Beispiel die Fuchsjagd, aber es konnte einem echt das Herz brechen.

Die letzten vier Löcher waren schnell. Nachdem die drei, die die gegenseitige Gesellschaft und den angenehmen leichten Wind genossen, die Partie am achtzehnten Loch beendeten, hatten sie folgende Runden gespielt: Susan lag mit 72 vorn, Dr. Yarbrough schaffte die Runde mit 75, und Latigo erreichte mit 85 ein respektables Ergebnis. Die drei säuberten ihre Schuhe und Schläger, gingen auf der Außentreppe zum Clubrestaurant und setzten sich noch auf ein Erfrischungsgetränk zusammen.

»Die Spottdrossel hat meinen Ball verhext.«

»Latigo, in Florida hättest du gesagt, es war ein Alligator.« Susan trank zufrieden einen Schluck gesüßten Eistee.

»Die können schneller rennen als wir«, bemerkte Dr. Yarbrough. »Das würde man nicht meinen, wenn man sie so sieht.«

»Wenn man von Alligatoren spricht …« Latigo sah angestrengt auf sein Glas hinunter, da eine verflossene Liebste vorbeischwirrte, ihm naserümpfend einen stahlharten Blick zuwarf und weiterging.

»Latigo, allein schon der Lippenstift und der Nagellack müssten dich abschrecken.« Susan zwinkerte ihm zu.

»Wie bitte?« Latigos Augen wurden weit.

»Schwarzer Nagellack und dunkel-lila Lippenstift. »Was hast du dir gedacht?«

»Er hat gar nicht gedacht«, sagte Dr. Yarbrough lachend, und die zwei lachten mit ihm.

»Lila.« Susan schüttelte den Kopf. »Ich werde die Männer nie verstehen.«

Latigo strich ihr mit dem Zeigefinger über die Hand. »Ich denke, du verstehst uns ganz gut.«

»Das denke ich manchmal auch, bis mein über alles geliebter Mann in eine Eisenwarenhandlung geht. Du meine Güte! Mehrere hundert Dollar später wankt er schwerbeladen mit Schraubenschlüsseln und Schraubenziehern wieder raus.«

Dr. Yarbrough nahm die Speisekarte zur Hand. »Habt ihr Hunger? Geht auf mich.«

Susan und Latigo bedankten sich artig und bestellten Salat.

Harry musste auf Susan abgefärbt haben, denn sie fragte Latigo: »Du hast Kunden zu ReNu geschickt. Was meinst du, was da los ist?«

»Ich weiß es nicht. Victor weiß es auch nicht. Es ist ziemlich beunruhigend.«

»Warum empfiehlst du Kunden an ReNu?«

»Gute Arbeit, gute Preise. Unfallreparaturbetriebe geben Gewährleistung für ihre Arbeit.«

»Das heißt, du bist nicht außen vor?«, entfuhr es Susan.

»Das heißt, wenn sie schludrig arbeiten, kann ich sie rankriegen. Auch die besten Werkstätten können mal einen miesen Tag haben. Das Versicherungswesen ist komplexer, als du vielleicht denkst. Im Kodex von Hammurabi werden schon im Jahre 1750 vor Christus Versicherungen erwähnt.«

Susan, die spürte, dass er im Begriff war, zu seinem Lieblingsthema Versicherungsgeschichte auszuholen, lenkte ihn ab. »Ist dir schon mal in den Sinn gekommen, dass Liebe ein Feuer ist, gegen das es keine Versicherung gibt? Selbst wenn man zusammenbricht und verbrennt.«

Dr. Yarbrough lachte, zum einen über diesen Gedanken, zum anderen, weil Susan den ihnen drohenden langweiligen Vortrag abgewendet hatte.

20

Am Freitag, dem 1. Juni, erfrischte die kühle Morgenluft Harry, die den schier endlosen Rasen von St. Lukas mähte. Um zehn Uhr war der türkisblaue Himmel gesprenkelt mit sahnigweißen Kumuluswolken, die über dem smaragdgrünen Gras schwebten. Als Harry sich erst mal an den Nullwendermäher gewöhnt hatte – ihr alter Aufsitzrasenmäher hatte nach fünfundzwanzig Jahren schließlich den Geist aufgegeben –, fragte sie sich, wie sie ohne den neuartigen Mäher hatte leben können. Statt eines Lenkrades gab es zwei lange Griffe, die sich vorwärts und rückwärts bewegen ließen. So kam sie viel näher an die Ecken heran als mit einem herkömmlichen Mäher. Zwar musste sie entlang den Pfaden trotzdem einen Kantenschneider benutzen, dennoch sparte der Nullwender sehr viel Zeit.

Pfingstrosen, die jetzt in voller Blüte standen, säumten die langen, mit Ziegeln gepflasterten Pfade. Der kirchliche Gartenverein – dem neuerdings auch viele Männer angehörten, seit einige beim Gärtnern ebenso miteinander konkurrierten wie beim Grillen – hatte mit den Pfingstrosen eine Farbenpracht aus Weiß, Rosa und Fuchsienrot geschaffen. Harry bewunderte, wie schön die Anlage aussah, egal zu welcher Jahreszeit. Im Winter leuchteten die roten Beeren der Stechpalmen, und neben

Herbs Garage schuf Feuerdorn eine Fülle von Orangerot, das besonders bei Schnee gut zur Geltung kam. Harry liebte Gartenarbeit, aber ihr fehlte die Zeit, um sich ihr zu widmen. Sie konzentrierte sich auf ihre Ernte, auf die Fohlen und die Arbeit mit den Pferden. Versonnen schaute sie zu dem niedriger gelegenen Friedhof hinunter, über dessen Mauern sich alte cremefarbene Kletterrosen ergossen. Hätte sie doch nur mehr Zeit.

Der Duft von frisch gemähtem Gras munterte sie auf. Frisch gemähtes Gras machte Harry froh, am Leben zu sein.

Hin und wieder blickte Herb von seinem Schreibtisch auf, um zuzusehen, wie eines seiner Lieblingspfarrmitglieder draußen drauflosmähte.

Kichernd sagte er zu Eloquenz auf seinem Schoß: »Siehst du das Muster? Sie mäht in einer Richtung, dann in der anderen zurück. Dauert länger, aber Harry möchte ein hübsches Muster. Ihre Mutter war genauso. Sie hat den Schönheitssinn ihrer Mutter und die praktische Seite ihres Vaters geerbt. Keine schlechte Kombination.«

Ein Rumms veranlasste Harry, den Motor abzustellen. Sie ging auf alle viere und sah, dass ein Stein, der teils aus der Erde ragte, aber vom Gras verdeckt war, einen Bolzen unter dem Mähwerk abgerissen hatte. Wenn sie weitermähte, würde sie über das Gras scharren, und der Schnitt würde ungleichmäßig. Das durfte nicht sein.

»Verflucht«, murmelte sie vor sich hin, dann sagte sie laut: »Das kann ich reparieren.«

Sie ging zum Verwaltungstrakt auf dem Anwesen. Herb beugte sich aus dem Fenster.

»Was ist los?«

»Hab ’nen Bolzen abgerissen. Sie haben nicht zufällig Ersatzteile da?«

»Nein. Wir haben keinen Nullwender.«

»Stimmt. Dann muss ich mal eben zum Händler.«

»Fahren Sie nach Waynesboro. Ist preiswerter.«

»Unbedingt. Wenn man in Charlottesville einkauft, muss man mit zehn Prozent mehr rechnen. Herb, ich muss hinfahren und einen Bolzen besorgen. Ich werde vor Sonntag fertig, versprochen. Ich denke aber, ich schaff's heute noch.«

»Ich fahre Sie hin«, bot Herb ihr an. »Heute ist so ein schöner Tag. Im Arbeitszimmer werde ich ganz zappelig.«

»Okay.« Harry betrat den Verwaltungstrakt durch den Hintereingang, wusch sich die Schmiere von den Händen, ging dann vorne zu Herb hinaus, der schon mit seinem Transporter vorgefahren war.

»Steigen Sie ein, Mädel. Ist Zeit für einen Ausflug, vor allem nach Ihrer einwandfreien Mammographie.« Der ältere Herr grinste.

»So was spricht sich rum.« Harry lächelte.

»Ihre Freunde sind sehr, sehr froh.«

Reverend Jones, ein stattlicher übergewichtiger Mann mit breitem Brustkasten, war nicht groß, aber imposant. Während seiner Highschool- und Collegezeit hatten die Football-Trainer ihn bewegen wollen, als Linesman in der Mannschaft zu spielen. Er spielte hingegen lieber den Fänger beim Baseball, wo sein ausgezeichnetes Gedächtnis den Pitchern zugutekam. Seine Knie waren in besserer Verfassung, als wenn er Football gespielt hätte, aber sie knackten. Er fragte sich zuweilen, wie oft er wohl in die Hocke gegangen, aufgestanden und wieder in die Hocke gegangen war.

Nach zwanzig Minuten hielt Herb beim Händler. Es herrschte wenig Verkehr, aber obwohl die Strecke länger war, ging es schneller, in Waynesboro einzukaufen, als auf der Route 29 dahinzuschleichen.

Harry nahm noch ein paar Ersatzteile mehr mit, für alle Fälle. Sie griff in ihre Jeanstasche, um ihr Portemonnaie herauszuziehen.

Herb fasste sie am Handgelenk. »Das geht auf die Kirche.«

»Ich möchte bezahlen. Es ist mein Rasenmäher und meine kleine Spende.«

»Ihre Arbeit ist die Spende.« Er zog eine silberfarbene Kreditkarte hervor und gab sie dem Mann hinter der Theke.

»Ich mach das gerne.«

»Sieht schön aus. Mein Arbeitszimmer hat so eine herrliche Aussicht, egal, bei welchem Wetter und zu welcher Jahreszeit. Die besten Ideen für die Predigten kommen mir meistens, wenn ich nur aus dem Fenster schaue.«

Nachdem Herb bezahlt hatte, stiegen sie wieder in den Transporter.

»Sind Sie für unsere nächste Vorstandssitzung vorbereitet?«, fragte Harry.

»Wir haben so einen guten Vorstand. Das macht es einfacher. Allein der Unterhalt der baulichen Anlagen erfordert viel Geld und Mühe, wie Sie wissen. Trotzdem möchte ich in keinem modernen Bau sein, nicht für allen Tee in China.«

»Bauen die Chinesen Tee an?«

»Keine Ahnung, jedenfalls trinken sie ihn.« Herb grinste diabolisch. »Wir sind nicht weit von Wayne's Motorradgeschäft.«

»Ja und?« Sie zog eine Augenbraue hoch.

»Denken Sie mal, was St. Lukas an Benzin sparen könnte, wenn ich Motorrad fahren würde.«

Harry lachte fröhlich. »Und der halbe Vorstand würde Zustände kriegen, die sich gewaschen haben.«

Jetzt lachten beide über diesen alten Ausdruck.

»Schon mal ein Motorrad gehabt?«, fragte er.

»Nein. Ich hätte gern eins. Ich wäre ganz außer mir, würde überallhin fahren. Die eigentliche Entscheidung wäre natürlich, soll ich eine Geländemaschine kaufen oder ein Straßenmotorrad. Ich liebe das Geräusch der großen Maschinen.«

»Ich auch. Die alten V8 s aus den Fünfziger- und Sechzigerjahren. Dieses Rattern.«

»Wenn Fair und mir nicht eine Rechnung für das Hydrauliksystem des alten John Deere ins Haus stünde, würde ich's mir überlegen. Man spart wirklich Benzingeld. Unsere Ausgaben für Benzin haben sich verdoppelt, und Himmel, das geht ins Geld. Der John-Deere-Händler – um auf den Traktor zurückzukommen – veranschlagt zehntausend Dollar für ein neues Hydrauliksystem, neue Schläuche, das ganze Drum und Dran. Wir lassen die Arbeit von wem anders machen, nicht beim Händler, denke ich. Es wird länger dauern. Und trotzdem einiges kosten.«

Herb stieß einen Pfiff aus. »Das ruft nach einem ernsthaften Gebet und vielleicht einem Gewinnlos der Lotterie.«

Die zwei Menschen, die sich sehr mochten, fuhren plaudernd nach St. Lukas zurück.

Als Herb in die Garagenzufahrt einbog, gab es eine Fehlzündung, und der Transporter blieb ruckartig stehen.

Nachdem Herb von innen die Motorhaube aufgeklappt hatte, stieg Harry aus. »Starten Sie den Motor.«

Er tat wie geheißen. Nichts.

Da dieser Wagen noch einen Ölmessstab hatte, nahm Harry ihn heraus und sagte: »Okay, versuchen Sie's noch mal.«

Ein Klicken ertönte und noch eins. *Klick*, *klick*, *klick*. Keine Zündung.

»Ich hab die verdammte Karre doch eben erst abgeholt.«

»Ich glaube, es ist die Lichtmaschine. Aber es könnte noch mehr sein. Rufen Sie am besten ReNu an. Die müssen Sie abschleppen.«

Er stieg aus und schlug die Tür zu. »Ich brauche einen neuen Wagen. Oder ein Motorrad. Aber die Kirche kann sich kein neues Fahrzeug leisten. Bei der Schlepperei und allem Möglichen, das wir brauchen, benutzt die halbe Pfarrgemeinde den Kirchentransporter. Es muss ein Transporter sein.«

»Ja.« Sie verschränkte die Arme. »Ich rufe bei ReNu an. Haben Sie die Nummer?«

Herb wusste die Telefonnummer auswendig, weil er sie so oft gewählt hatte.

Bis Harry den neuen Bolzen an dem Rasenmäher montiert hatte – ein leichtes Unterfangen, nachdem sie einen Holzklotz gefunden hatte, um den Mäher zu stabilisieren, und nachdem sie den kaputten Bolzen hatte abmontieren können –, war der Abschleppwagen von ReNu eingetroffen. Zu ihrer Verwunderung stieg Victor Gatzembizi auf der Beifahrerseite aus; Terry Schreiber, der Fahrer, war fast so voll Schmiere wie sie.

Harry wischte sich die Hände an ihrer Jeans ab und schlenderte zu den beiden hin; Herb kam aus seinem Arbeitszimmer.

Victor sah ihn an. »Reverend Jones, wir wollen hoffen, dass dies noch mit Ihrem letzten Schaden zusammenhängt.«

»Wieso?«

»Weil Sie und die Versicherung sonst draufzahlen würden.«

Herb erklärte, was passiert war, dann meldete sich Harry: »Ich denke, es ist die Lichtmaschine.«

Victor hörte zu. Terry, der Harry nicht kannte, nahm nicht ernst, was die attraktive Frau sagte.

»Wenn Harry nicht Farmerin wäre, würde sie bei Ihnen arbeiten, Victor.« Herb lächelte.

»Nach dem, was uns passiert ist, könnte ich einen guten Mechaniker gebrauchen.« Victor schüttelte den Kopf.

»Es muss ein Schock und eine Belastung für Sie sein, Victor. Es tut mir leid.«

»Danke, Reverend. Das Beste für mich ist jetzt die Arbeit. Ich bin wenigstens einmal die Woche in jedem meiner Betriebe. Es tut gut, hier wegzukommen. Terry kann das nicht. Ich glaube, für die Jungs ist es schwerer.«

»Ich will wissen, was der Sheriff tut«, murrte Terry.

»Er tut sein Bestes«, verteidigte Harry eilends Rick und Cooper gleich mit.

»Sie haben recht, Harry«, pflichtete Victor ihr bei. »Es dauert seine Zeit, und auch wenn sie wissen, wer es war, oder einen begründeten Verdacht haben, brauchen sie erst einmal genügend Beweise, um ihn verhaften zu können.«

Harry sah Terry an, der einen Schmierfleck an der Stirn hatte. »Ich nehme an, ihr Jungs seid alle befreundet.«

»Wir trinken mal ein Bier zusammen. Wir fahren Rennen.« Terry zuckte die Achseln.

Harry kam eine Idee. Wie die meisten ihrer Ideen, die mit Neugierde in puncto anderer Menschen zu tun hatten, sollte diese zu einem schlimmen Ende führen.

Am gleichen Abend rief sie Cooper an, berichtete ihr von Herbs Wagen und fragte sie, ob sie die Fahrzeugidentifikationsnummer überprüfen könne.

»Schon, aber das sagt dir nichts«, erklärte Cooper.

»Warum nicht?«

»Sie sagt mir und einem Gebrauchtwagenhändler wie CarMax zum Beispiel, ob der Wagen einen Unfall hatte. Sie sagt mir nichts über Reparaturen, und da bist du doch drauf aus, weil der Wagen eben erst repariert wurde, stimmt's?«

»Stimmt. Aber es gibt doch sicher Reparaturberichte.«

»Zu denen haben nur Versicherungen Zugang.« Cooper hielt kurz inne. »Aus polizeilicher Sicht interessieren uns Reparaturen nicht. Wir wollen wissen, ob es mit dem Eigentümer und dem Kraftfahrzeugbrief seine Richtigkeit hat, ob die Zulassung gültig oder ungültig ist und so weiter, und wir möchten einen Unfallbericht.«

»Aber wenn der Unfall durch einen Fehler im Fahrzeug verursacht wurde?«

»Damit hab ich nichts zu tun.«

»Hmm.«

»Harry.« Cooper hob die Stimme. »Ich weiß nicht, was du vorhast. Irgendwie hab ich Angst, es rauszufinden.«

21

Würdest du so was machen wollen?« Harry saß mit BoomBoom, ihrer Kindheitsfreundin, Konkurrentin, zuweilen Feindin und wieder Freundin, auf der leeren Tribüne. Sie waren allein auf der Central-Virginia-Dragsterbahn in Augusta County, einem Nachbarbezirk von Albemarle County.

»Für mein Leben gern. Aber Alicia würde einen Schlaganfall kriegen, wenn ich Dragsterrennen fahren würde.«

Alicia Palmer, ein ehemaliger Filmstar, war BoomBooms Lebensgefährtin – was für beide eine Riesenüberraschung gewesen war, aber bestens funktionierte.

»Du könntest ihren Mustang nehmen.«

»Harry, sie würde mich umbringen.« BoomBoom lachte. »Der Mustang ist ihr Baby. Komisch, sie hat das Geld, um sich jedes Auto der Welt zu kaufen, sogar einen sagenhaften Bentley, aber es musste unbedingt dieser Mustang in Liebesapfelrot metallic sein.«

»Cooler Wagen. Wenn du das Baby aufmotzt, würdest du mit Sicherheit ein paar Rennen gewinnen. Fahrer von Top-Fuel-Dragstern geben mehr als zweihundert Riesen für die Dinger aus. Du würdest bei dieser Klasse allerdings nicht so viel ausgeben müssen. Müsstest ihn bloß zu 'nem Doorslammer auffrisieren.«

BoomBoom wunderte sich, wie die Dragsterfahrer die Kosten für Amateurrennen aufbrachten. »Selbst wenn's ein Doorslammer ist, sie stecken jeden Penny in ihr Gefährt. Die Jungs bei ReNu waren nicht reich.«

»Dasselbe hat Cooper von Nick Ashby gesagt. Er hat sein ganzes Geld in seinen STI gesteckt. Fuhr ihn als Sport Compact. Nach der Durchsuchung hat die Polizei seinen Wagen seiner Mutter übergeben. Ein richtiges Kleinod, dieses Auto. Ein Kraftpaket, springt bei jedem Wetter an, liegt auch bei Schnee gut auf der Straße und hält ewig, weil's ein Subaru ist.«

»Vielleicht verkauft Nicks Mutter ihn dir.«

Harrys Augen leuchteten auf. »Oh Gott, in einem Torpedo mit vier Rädern rumzukreuzen. Hast du dich schon mal gefragt, warum wir zwei solche Autofreaks geworden sind?«

BoomBoom zuckte die Achseln. »Nö. Weißt du noch, in der elften Klasse, wie die Jungs auf der geraden Strecke von der alten DelMonte-Plantage zum Eisenbahndepot Wettrennen gefahren sind? Um zwei Uhr nachts standen wir alle Wache und haben aufgepasst, ob die Polizei kommt.«

»Toll.« Harry feixte.

»Richtig toll war, als sie sich verausgabt hatten, hab ich den alten Trans Am rausgeholt und hab sie einfach abgehängt. Ha.« Sie schlug sich auf den Schenkel.

»Die schwelgen in Erinnerungen.« Pewter, die mit Mrs. Murphy und Tucker auf der Tribüne war, rümpfte die Nase.

»Das erheitert sie.« Tucker legte sich hin, mit dem Kopf auf den Pfoten.

»Muss wohl, aber sie reden immer über so blödes Zeug: Dragsterrennen, wer sich Ohrlöcher stechen ließ …«

»Im alten Ägypten hatten Katzen Ohrlöcher und trugen goldene Ohrringe«, unterbrach Mrs. Murphy.

»Das hast du dir ausgedacht«, entgegnete Pewter. *»Obwohl, wir waren Götter – und sind es noch.«*

»Hab ich mir nicht ausgedacht. In einem alten Geschichtsbuch von Mom sind Bilder von einer Katzenstatue mit Ohrringen.« Mrs. Murphy schaute über die Viertelmeilenbahn.

»Ich möchte kein Gott sein«, bemerkte die kluge Corgidame. *»Man wäre nie ein richtiges Rudelmitglied. Ich will zu meinem Rudel gehören, und das«*, hierauf folgte ein langer Seufzer, *»sind Harry, Fair und«*, wieder eine lange Pause, *»ihr zwei.«*

Mrs. Murphy gab dem Hund ein Nasenküsschen.

»Katzen gehören zu keinem Rudel.« Pewter blähte die Brust.

»Schön, dann bleibst du eben allein«, versetzte die Tigerkatze und schoss die Tribüne hinunter, um den zwei Frauen zu folgen, die jetzt die Bahn entlanggingen.

»Hast du gewusst, dass das hier so gut organisiert ist?«, fragte Harrry die schöne BoomBoom.

»Nein. Ich dachte, es wäre nichts weiter als ein Asphaltstreifen, eine Viertelmeile lang. Der Betreiber hat da offenbar einiges an Kohle reingesteckt.«

Die zwei Frauen betrachteten die Christbaumlichter für jede Fahrspur. Die oberen zwei waren kleine gelbliche Lichter; darunter waren in gerader Reihe drei große bernsteinfarbene Lichter angeordnet, dann folgten ein grünes und zuletzt ein rotes Licht. Es war ein regelrechter Lichterwust. Ein hoher Kontrollturm an der Seite ermöglichte eine klare Sicht auf alles. Er glich einem kleinen Kontrollturm auf einem Flughafen, nur dass der hier aus Holz gebaut war.

»Komm mit nach oben, wir werfen einen Blick in den Turm.« Harry lief zur Treppe, nahm immer zwei Stufen auf einmal. Sie legte die Hände seitlich an die Augen und spähte durch das Türfenster. Der obere Teil des Turms bestand rundum aus Fenstern.

BoomBoom stürmte hinter ihr nach oben. »Da ist eine Instrumententafel, so was wie eine große Computer-Tastatur – Kopfhörer mit einem kleinen Lautsprecher an einer Seite, jede Menge Schalter. Zwei Stühle, folglich arbeiten hier zwei Personen. Die Rennbahnbeleuchtung muss automatisch sein, also wird sie wohl von hier aus gesteuert.«

»Gute Lautsprecheranlage. Und die riesige christbaumförmige Nachtbeleuchtung wie bei Baseballspielen muss ein Vermögen gekostet haben!«, rief Harry aus. »Alles, was elektrisch und computergesteuert ist, ist nicht billig.«

»Und wie sieht's mit den Gehältern aus? Ich vermute, es gibt Bodenpersonal, das mit dem Turm verbunden ist. Hier liegt so viel Gefahrenpotential – lass nur mal auf der Bahn einen Reifen platzen. Kannst du dir vorstellen, wie hoch die Versicherungspolice ist?« BoomBoom schüttelte den Kopf.

»Als wir in die Grundschule gingen, bevor diese ganze Technologie aufkam, gab es da hier nicht mal einen Todesfall?«

»Das war nicht auf dieser Bahn, sondern auf der alten stillgelegten Straße, da, wo jetzt die Augusta-County-Behörden sind. Der Wagen ist explodiert; sie konnten den Fahrer nicht rausholen.« BoomBoom verzog das Gesicht. »Die Polizei hatte sie gewähren lassen, weil sie keine Verkehrsprobleme verursachten und die Straße nicht mehr benutzt wurde.« Sie überlegte kurz. »Klar, das hat dann doch Probleme verursacht. Da man die Straße verrotten ließ, hatten sich Risse und Schlaglöcher gebildet. Ich glaube, deswegen haben die Rennfahrer sie schließlich aufgegeben. Ich weiß nicht, wer die Rennstrecke gebaut hat. Muss sich aber rentieren – sonst gäb es sie nicht mehr.«

»Coop untersucht die Bahn, weil Nick hier Rennen gefahren ist. So wie andere Mechaniker von ReNu auch. Sie versteht nicht so viel von Autos, deswegen stellt sie mir Fragen. Weißt du, was merkwürdig ist? Walt, der erste Mann, der umgebracht wurde, hatte Fotos von Waisenautos mit ewig langen Motorhauben. Und über Motoren, Hauben, Kofferräume oder in der herrlichen Lederausstattung – oben ohne natürlich – waren Frauen drapiert, äh, auch oben ohne.«

BoomBoom brach in schallendes Gelächter aus. »Du machst Witze. Autopornos?«

»Na ja, das waren keine richtigen Pornos. Denk es dir eher als tiefe Verehrung für metallene und weibliche Kurven.«

Sie gingen wieder hinunter, wobei ihre Schritte auf den Holzstufen nachhallten. Mrs. Murphy und Tucker warteten auf sie.

»Würde ein Kalender mit nackten Männern und tollen alten Autos dich anmachen?« BoomBoom boxte ihre langjährige Freundin in den Arm.

»Ich weiß nicht. Kommt auf den Mann an. Kommt auf das

Auto an. Ein sexy Kerl, der über die Motorhaube eines 1961er Corvette gespreizt ist, wäre schon ein Blickfang für mich.«

»Siebenundfünfziger Thunderbird«, konterte BoomBoom wie aus der Pistole geschossen.

»Pervers.«

»Das musst ausgerechnet du sagen.« BoomBoom lachte, wurde dann ernst. »Harry, die Neugier war der Katze Tod.« Die Blondine sah zu der Tigerkatze hinunter. »Verzeihung, Murphy. Harry, du hast Walts Leiche gefunden, und der andere Mann hat mit ihm gearbeitet.« Harry nickte, und BoomBoom fuhr fort: »Ich frage mich, ob Nicks Tod nicht mit Dragsterrennen zusammenhängt. Bei Walt weiß ich es nicht – du hast gesagt, er hat keine Rennen gefahren. Aber mir scheint, alle Mechaniker bei ReNu kennen sich mit Rennen aus. Das hier ist eine kleine, lokale Dragsterbahn, aber sieh mal, wie viel Geld man da reingesteckt hat.«

»Was meinst du damit?«

»Man sucht nach Zusammenhängen, nach Verbindungen. Die erste Verbindung ist, beide Männer haben bei ReNu gearbeitet, beides gute Mechaniker. Die zweite ist diese Anlage hier. Und wenn man in Nicks Computer über Autos hingegossene schöne Frauen findet, dann ist das die dritte Verbindung, aber daraus lässt sich nicht unbedingt folgern, dass diese Verbindungen entscheidend sind. Vielleicht sind sie es, vielleicht nicht, aber was ich dir eigentlich sagen will, sei vorsichtig. Zwei Männer sind tot. Lass nicht eine Frau dazukommen.«

»Ich pass auf sie auf«, bellte Tucker.

Pewter war auf der Tribüne geblieben. Sie genoss es, auf die anderen hinunterzublicken.

»Ja.« Harry machte eine lange Pause. »Vor Jahren wärst du einmal meinetwegen fast getötet worden. Ich werde brav sein.«

Die zwei Frauen hatten damals einen Mörder in einem Gebäude gestellt. Obwohl der Mann eine Waffe hatte und um sich schoss, waren die zwei gefasst geblieben.

»Na hoffentlich. Die nächste Frage ist jetzt, wann willst du dir das Dragsterrennen anschauen? Ich weiß, dass du hingehst, und ich komm lieber mit.«

»Freitag.«

22

Harry, die mit weit offenem Mund zu Dr. Nelson Yarbroughs unglaublichem Silberhaar hochsah, war heilfroh, dass der ehemalige UVA-Quarterback Zahnmedizin als Beruf gewählt hatte. Er war ganz vorsichtig, als er sie behandelte. Bei dem Versuch, die Hydraulikpumpe ihres John Deere 2750 auszubauen, war ihr ein Stück von einem Zahn abgesplittert.

Während der Zahnarzt geduldig arbeitete, meinte er mit seiner Brummstimme: »Ich habe ein Menge Zähne gesehen, Harry, und Sie haben gute, aber mir ist noch niemand untergekommen, dem an einem Traktor ein Zahn abgesplittert ist.«

Sobald er seine Hände aus ihrem Mund nahm, erwiderte sie: »John Deere. Prima Stahl.«

»Hmm-hmm.« Er lächelte und machte sich wieder an die Arbeit. Beverly, seine Assistentin, reichte ihm das Bindemittel.

Nelson und Sandra, seine Frau, ebenfalls Zahnärztin, waren in ihrer Jugend eines der schönsten Paare von Albemarle County gewesen. Die Jahre hatten ihnen ihr gutes Aussehen nicht genommen; heute jedoch schimmerte die Liebenswürdigkeit durch. Das Ehepaar hielt mit der tüchtigen Assistenz von Alice Hill und JoAnne Burkholder – einer ehemaligen Bezirksbeauftragten von Greene County – die Patienten bei Laune. Amy Doss und Holly Cox waren für die Zahnreinigung zuständig. Das Verhalten der Leute, die in einem Betrieb arbeiteten, sagte viel über das Betriebsklima aus. Dies war die einzige

Zahnarztpraxis, die Harry je betreten hatte, wo ausgelassenes Lachen das Erste war, was man hörte.

Einmal war sie in Larry Hunds Praxis gewesen und hatte miterlebt, wie eine hübsche Teenagerin beim Anblick des Zahnarztes, der wie ein Filmstar aussah, aus dem Häuschen geriet. Charlottesville war offenbar auf interessante Zahnärzte spezialisiert.

Harry verließ die Praxis – ihr Zahn sah so gut wie neu aus – und stapfte die hölzerne Außentreppe zur Blue-Ridge-Stickerei hinauf. Evan Gruber kam gerade herunter.

»Morgen, Evan. Schön, Sie wieder mal zu sehen.«

»Harry, was führt Sie hierher?«

»Ich hol die T-Shirts für St. Lukas ab. Für den Flaggentag. Wird jedes Jahr groß gefeiert. Die Kinder freuen sich drauf; ich mich auch.«

Evan rieb sich das Kinn, das ein modischer Zweitagebart zierte. So modisch der auch sein mochte, Evans Freundin rieb sich bestimmt wund daran.

»Ist das nicht der Tag, an dem man Flaggen auf den Friedhof bringt?«

Harry nickte. »Das machen alle. In ganz Amerika.«

Nachdem seine Frage beantwortet war, zeigte Evan stolz an Harry vorbei. »Ich hab einen neuen LKW.«

Harry drehte sich um. Ein Kühllaster aus Edelstahl mit Strukturmuster funkelte im Sonnenschein.

»Toll.«

»Fordmotor. Die Karosserie ist in Richmond gebaut. Ich sag Ihnen, das Dingen kann Frostschäden verursachen.« Er strahlte. »Voll mit bratfertigen Freilandhühnern. Muss ich zu Frisch! liefern.«

»Ich hab Sie vor ein paar Tagen ausladen gesehen. Wusste gar nicht, dass Sie im Geflügelgeschäft sind.«

»Bin ich nicht. Ich erledige bloß Aufträge. Alles, was übrig ist, spende ich für die Heilsarmee.«

»Da tun Sie gut dran.«

»Meistenteils Säufer. Trotzdem.« Er zuckte die Achseln.

Harry wusste nicht, ob diejenigen, die sich an die bewundernswerten Organisationen wendeten, Säufer waren. Sie wusste aber, dass vierundfünfzig Millionen Amerikaner jeden Tag hungerten. Diese Zahl erschütterte sie dermaßen, dass sie immer hoffte, sie möge nicht stimmen; sie befürchtete aber, dass dem doch so war.

»Bin jahrelang nicht dort gewesen.«

»Ich bin jeden Tag dort. Manchmal schleppe ich mit meinem alten Lieferwagen auch Möbel hin.«

»Das ist lieb von Ihnen, Evan.« Sie zögerte kurz. »Wie lange liefern Sie schon an Frisch?«

»Ungefähr zwei Jahre. Ich fahr rüber ins Tal, da gibt es noch ein paar Geflügelfarmen. Ich bleib bei Vögeln. Rindfleisch, Lammfleisch oder Schweinefleisch kommt mir alles nicht in den Wagen. Das Zeug stinkt nicht direkt, aber der Geruch bleibt hängen. Alles, was man danach geladen hat, nimmt den Geruch an.«

»So was ist mir nie in den Sinn gekommen.« War es wirklich nicht. Sie fuhr fort: »Wie erkennen Sie Freilandhühner?«

»Gar nicht. Ich hol sie bloß ab, wenn die Geflügelfarm anruft. Für mich sehen die alle gleich aus.« Dann legte er los. »Sie haben Walt Richardson gefunden. Er hat an meinen LKWs gearbeitet.« Evan, der sich keine Gelegenheit entgehen ließ, seine Ansichten zu äußern, kam auf die Morde an den zwei Mechanikern bei ReNu zu sprechen: »Ich möchte wetten, es ging um Drogen. Wenn ein Mann eine Frau umbringt, kann es um alles Mögliche gehen, aber wenn Männer Männer umbringen, dann sind es Drogen.«

»Da ist was dran.«

Er beugte sich zu ihr hinunter und flüsterte: »Die sind alle drauf. Harry, der Scheiß zieht sich bis ins Weiße Haus. Insiderhandel, Börsenmanipulation, Schneeballsysteme, Drogen. Sie glauben doch nicht, dass der halbe Kongress nicht mit Drogengeld gekauft ist?«

»Darüber hab ich nie nachgedacht.«

»Sollten Sie aber. Solange Drogen illegal sind, sind sie steuerfrei. Profit pur. Jeder, der die Hand aufhält, hat allen Grund, das Zeug nicht zu legalisieren.«

»Ja, verstehe.« Harry wollte unbedingt weiter, die T-Shirts abholen.

»Ich sag Ihnen noch was. Diese Stadt ist reich. Gutes Gras, guter Koks die Menge, dazu die Pillen, für die Ärzte Rezepte ausstellen. Hier wimmelt es von Drogensüchtigen, oder?«

»Vermutlich.«

»Meth. Draußen auf dem Land. Massenhaft Meth. Das ist keine Stadtdroge. Hatten die zwei Toten schlechte Zähne? Meth. Ansonsten Gras oder Hasch. Warten Sie's ab.« Mit selbstzufriedenem Grinsen tippte er an seine Baseballkappe und ging zu seinem silberfarbenen LKW hinunter.

Seufzend stieß Harry die Tür zur Blue-Ridge-Stickerei auf.

Greg, der Inhaber, dessen rotblondes Haar im Licht schimmerte, sah auf.

»Hab alles gehört. Dachte schon, ich muss Sie vielleicht retten. Evan hat geredet wie ein Wasserfall, oder?«

»Tut er doch immer, aber hey, wenigstens hat er mich nicht darüber belehrt, dass wir von Aliens abstammen.«

»Vielleicht stammt er von denen ab.« Lachend faltete Greg ein T-Shirt auseinander, damit Harry es begutachtete.

»Perfekt. Einfach perfekt.«

»Rote T-Shirts, weiße, blaue. Die Flagge sieht an jedermann gut aus.«

»Es war eine geniale Idee von Herb, eine kleine Flagge aufs Herz sticken zu lassen. St. Lukas ist älter als die Revolution.«

»Eine sehr, sehr schöne Kirche. Ich helfe Ihnen, die Sachen die Treppe runterzutragen.«

Harry bezahlte mit einem Scheck von St. Lukas, und sie

schleppten die Kartons nach unten. »Wo ist Ihre Frau?«, fragte sie.

»In der Stickerei.«

»Läuft das Geschäft gut?«

Greg lächelte zögernd. »Geht langsam aufwärts. Wir hatten zweieinhalb schlechte Jahre.«

»Hatten wir alle. Sie sind nicht untergegangen. Wir auch nicht. Sie würden staunen, wie viele Leute den Tierarzt nicht rufen, wenn die Zeiten hart sind. Fair würde die Pferde behandeln und mit der Bezahlung Aufschub gewähren, aber die Leute meinen, das Pferd wird von selbst gesund.«

»Irgendwie brutal.«

»Ist es«, bestätigte Harry lakonisch. »Manchmal denke ich, ich verstehe die Menschen überhaupt nicht.«

»Ich weiß, was Sie meinen«, stimmte der sympathisch aussehende Mann ihr zu. »Evans Auslegung der ReNu-Morde macht einem das bewusst. Man glaubt jemanden zu kennen, einen Nachbarn, einen Bekannten. Dann kommt man dahinter, dass er seine Frau schlägt, oder in diesem Fall, dass er zwei Männer ermordet hat. Es ist fast immer ein Mann.«

»Greg, ich denke, Sie haben recht, trotzdem bin ich der Überzeugung, dass mehr Frauen morden, als uns bekannt ist. Sie stellen es bloß schlauer an.«

Er lachte. »Hey, das wusste ich, als ich geheiratet habe. Nicht dass sie eine Mörderin ist«, fügte er hastig hinzu. »Aber meine Frau sieht so viel, was mir entgeht. Ich konzentriere mich ganz auf die Arbeit.«

»Greg, Sie unterschätzen sich.« Harry hielt ihn für einen guten Geschäftsmann. »Aber ich verstehe, was Sie meinen, von wegen sich in Menschen täuschen. Klar, man kann sich auch positiv täuschen.«

»Stimmt. Dann wollen wir uns darauf konzentrieren.«

23

Der unangenehme Gestank nach Methanol, Abgasen und Gummiabrieb drang Harry in die Nase. Das Heulen der Motoren dagegen begeisterte sie, ganz so wie Beethoven Musikliebhaber begeistert.

Die Auspuffrohre stießen heiße Schwaden über den Asphalt. Es war Freitagabend, sieben Uhr, und hier in Waynesboro waren es noch zwei Stunden bis Sonnenuntergang. Die Hitze des Tages wirkte nach, die Temperatur betrug noch an die 26 Grad.

Das ganze Wochenende wurden Rennen gefahren, doch freitagabends kamen die Jungs direkt von der Arbeit, begierig darauf loszubrausen, und mit zu wenig Geld in der Tasche, um mit den Samstagstypen konkurrieren zu können. Die Halbprofis nahmen samstags und sonntags die Virginia-Dragsterbahn in Beschlag. Diese großen Nummern verstanden sich auf Burn-outs, das heißt darauf, ihre Reifen aufzuheizen, bevor sie sich aufstellten und gegeneinander antraten. Aufgeheizte Reifen hafteten besser. Aber auch die Jungs mit dünneren Brieftaschen wussten ihre Vorderreifen auf Vordermann zu bringen. Die Tribünenlichter gingen an, dann die großen bernsteinfarbenen, dann das grüne, und *brumm!* Manchmal legte ein Fahrer einen Fehlstart hin, und das Vorderteil ging hoch: eine todsichere Art, das Rennen zu verlieren. Die Top-Fuel-Dragster schafften eine Viertelmeile in 4,9 Sekunden bei einer Endgeschwindigkeit von fast 500 Stundenkilometern. Aber auch bei einem geringeren Tempo war der Fahrer annähernd der 4,9-fachen Kraft der Erdbeschleunigung ausgesetzt. Das machte einen richtig high.

BoomBoom hatte Wort gehalten und begleitete Harry. Alicia war zu einer Spendengala für die historische Gesellschaft nach Richmond gefahren und verzichtete nur zu gern auf den Lärm und den Gestank der Rennbahn. Fair begleitete Alicia, denn auch er liebte Geschichte und las alles über die Geschichte Virginias. So traf es sich gut für beide Paare; ein jeder hatte eine Begleitung, und ein jeder tat, wozu er Lust hatte.

Die zwei Frauen saßen weit oben auf der Tribüne.

Umwerfend wie immer, zog BoomBoom so manchen bewundernden Blick auf sich. Dann aber schauten die Männer zu Harry, die viel natürlicher aussah. Zwei hübsche Frauen, die in den Zuschauerreihen bislang nie gesehen wurden, heizten die Stimmung an. Die zwei Schulkameradinnen trugen kurzärmelige dünne Blusen, Bermudashorts und Espadrilles. BoomBoom fächelte sich mit einem altmodischen Palmblattfächer von der Art, wie man sie im Sommer in der Kirche verteilte.

»Wie teuer mag so eine Lackierung wohl sein, was meinst du?« Harry zeigte auf einen flammend orangefarbenen Camaro mit einer schwarzen 15 auf den Seiten.

»Metallic ist teurer, und die Farbe ist ungewöhnlich.« BoomBoom blinzelte. »Ich schätze mal, viertausend für den Anfang. Um diese Farbe hinzukriegen, muss man sie unzählige Male ganz dünn auftragen.«

»Da magst du recht haben. Gott, wenn man an das Geld denkt, das in diese Wagen gesteckt wird, ist man direkt überwältigt.«

»Schon, aber mich bekümmern die Menschen, die keine Leidenschaft haben. Die sich immer wegen Geld sorgen und für die alles Sinn und Verstand haben muss.«

»Kritisierst du etwa mich damit?«

»Nein. Du machst dir zu viele Sorgen um Geld, aber du bist nicht ohne Leidenschaft. Du liebst deine Pferde, deine Farm. Ich muss sagen, du liebst sogar deine Kreppmyrte.« BoomBoom lachte.

Ehe Harry etwas erwidern konnte, erzitterte die Luft von einem aufgemotzten Dragster, der auf der Bahn angedonnert kam. Victor Gatzembizi stürmte schwitzend mit Latigo Bly die Tribüne hinauf.

»Harry, mein Model. Nie hat diese bescheidene Bahn solche Schönheit gesehen.« Victor riss die Arme hoch, berichtete dann BoomBoom und Latigo, wie er sich von Harry das Geschenk zum vierzigsten Geburtstag seiner Frau hatte vorführen lassen.

Nach Victors Schilderung des märchenhaften Schmuckstücks fragte der weniger enthusiastische Latigo nur: »Und was führt die Damen über den Berg?«

»Wir wohnen so nah, da haben wir endlich mal beschlossen, uns das Treiben anzugucken.« Harry lächelte, als Victor sich neben ihr niederließ und Latigo sich zu BoomBoom setzte.

»Sind 'n paar gute Mechaniker dabei. Was noch wichtiger ist, 'n paar gute Fahrer.« Victor schlug nach einer Mücke. »Meine Mannschaft ist vollzählig hier, und das sind alles gute Fahrer, wenn ich das mal so sagen darf.«

Latigo nickte. »Manch einer von seinen Jungs hätte eine Rennkarriere hinlegen können, aber das ist ein zähes Leben. Dafür muss einer die richtige Persönlichkeit haben; es geht nicht bloß ums Können.«

»Was genau meinen Sie damit?« Harrys stets dicht unter der Oberfläche schlummernde Neugierde war geweckt.

Latigo, der sich diskrete Korrekturen durch die Hand eines Schönheitschirurgen gegönnt hatte, verschränkte die Arme vor der muskulösen Brust. »Ein Mann – eine Frau natürlich auch – muss wirklich siegen wollen. Mehr noch, sie müssen es hassen zu verlieren. Shirley Shahan war 1966 die erste Frau, die einen Landestitel holte, und ihr Siegeswille war so stark wie der der Jungs.«

»Echt?« BoomBoom sah ihm direkt ins Gesicht, was zur Folge hatte, dass er sich sogleich aufrichtete und ein breites Lächeln aufsetzte.

Victor pflichtete ihm bei: »Er hat recht. Den Profis, die von einem Rennen zum anderen reisen, ist Siegen wichtiger als Essen. Es verschafft ein irres Hochgefühl. Muss so sein. Ich hab das nicht. Bin ein paar Rennen gefahren, hat richtig Spaß gemacht, aber es war mir schnuppe, ob ich im Mittelpunkt stand.«

»Performance-Persönlichkeit«, sagte Latigo voller Überzeugung. »Sicher, ein paar Fahrer der NASCAR-Strecke sind introvertiert, aber die meisten spielen sich gern auf. Sie lieben die Kameras, die Interviews. Das ist bei Dragsterfahrern nicht anders.«

»Und wie sieht's mit Frauen aus?«, meinte Harry scharfsinnig. »Groupies.«

»Es gibt Groupies, aber sie kommen nicht ganz an das Niveau der Groupies von Rockstars heran. Komisch dabei ist, eine ganze Reihe von den großen Nummern stammt aus Verhältnissen, wo Frauen auf ein Podest gestellt werden. Sie schlafen wohl mit Groupies, aber früher oder später wünschen sie sich eine richtige Partnerin. Ein Blick auf die Mutter eines Mannes gibt immer Aufschluss.«

»Wenn das mal nicht die reine Wahrheit ist.« BoomBoom dachte an ihren verstorbenen Ehemann, der vermutlich unter Schlägen seiner Mutter gelitten hatte, bis er Anfang vierzig war. Kelly Craycroft, der ein paar Jahre älter als BoomBoom gewesen war, hatte für ihren Geschmack nicht genug Rückgrat gehabt. Nach seinem Tod hatte sie ihr Leben mit einer Reihe von Liebhabern gefüllt. Am Ende war sie mit der Erkenntnis aufgewacht, dass die stete Umtriebigkeit sie davon abhielt, sich mit seinem Tod und auch mit ihren eigenen Ausflüchten auseinanderzusetzen.

Harry dagegen beobachtete die emotionale Untermauerung menschlichen Verhaltens genau, konnte es aber selten entschlüsseln.

»Apropos Rockstars, wo ist Ihr Gefolge?«, zog Victor Harry auf.

»Zu Hause. Die Abgase und der Lärm würden die Tiere nervös machen. Ist sogar für uns ziemlich erdrückend.«

Latigo sagte vergnügt: »Bobby Foltz, Victor.«

»Ah.« Victor konzentrierte sich wieder auf die Bahn, wo Bobby zur Startlinie fuhr. »Bobby Foltz, einer von meinen Jungs.«

Harry und BoomBoom sahen schweigend zu, wie Bobbys vier Jahre alter Dodge Charger sich neben einem richtig aufgemotzten neuen Charger aufstellte. Sie konnten die Helme der Fahrer erkennen, aber nicht deren Gesichter.

Das grüne Licht blinkte, die Beschleunigung war atemberaubend.

»Oh mein Gott«, stieß Harry hervor. »Sie brauchen Fallschirme zum Bremsen.«

Bobby gewann den Vorlauf.

»Fallschirme werden bei Wagen benutzt, die schneller als zweihundertvierzig Sachen fahren. Diese Klasse ist nah dran, aber knapp daneben ist auch vorbei.« Victor stand strahlend auf. »Entschuldigen Sie mich, meine Damen.«

Latigo blieb. »Vic gibt seinen Leuten volle Unterstützung. Er ist ein kluger Chef. Aber er liebt Dragsterrennen ja auch.«

»War Nick Ashby gut?«

Latigo antwortete ein wenig betrübt: »Ja, und ein guter Junge war er obendrein. Die Sache hat Victor schwer mitgenommen. Hat sie alle schwer mitgenommen. Sie fahren allesamt Rennen und arbeiten zusammen. Eine enge Clique.«

»Inklusive Walt Richardson?«

Latigo lachte verhalten. »Harry, Sie sind unmöglich.«

Sie lächelte verlegen. »Ich bin eben so. Komme ins Grübeln.«

»Ich könnte ihr den Mund mit Kreppband zukleben.« BoomBoom tat so, als suchte sie in ihrer Pierre-Deux-Stofftasche nach Klebeband.

Latigo hatte Spaß an BoomBooms Frotzelei. »Harry, Walt war ein Außenseiter. Hin und wieder war er hier draußen. Er hat an den Autos der anderen Jungs rumgeschraubt, aber er ist keine Rennen gefahren. Walt hat sich mehr für Oldtimer interessiert.«

Harry hätte gern »ich weiß« gesagt, war aber so klug, den Mund zu halten.

»Man hat noch keine Fortschritte gemacht, glaub ich – in puncto Morde, meine ich«, sagte BoomBoom.

»Ich hatte gedacht, es würde Vics Geschäft schaden, hat es aber nicht. Sicher, seine Werkstatt ist diejenige, die wir unseren Kunden, die einen Unfall hatten, immer empfehlen. Niemand macht so gute Arbeit zu so vernünftigen Preisen.«

»ReNu arbeitet anscheinend günstiger.« BoomBoom beteiligte sich halbherzig an dem Gespräch, während sie sich auf das nächste Rennen konzentrierte. Sie war richtig fasziniert davon.

Das war Harry auch, aber sie ließ sich leicht ablenken. »Dann haben die Morde Vics Geschäft also überhaupt nicht geschadet?«

»Nein. Vic hat die Jungs ermutigt, zur Erinnerung an Nick weiter Rennen zu fahren. Er hat dem Oldtimer Club von Virginia in Walts Namen einen Betrag gespendet. Er hält die Moral aufrecht.«

BoomBoom, die sich infolge der Hitze und der Abgase schneller fächelte, fragte: »Latigo, warum haben Sie keine Lebensversicherung gegründet? Warum Autos?«

Geschmeichelt, weil er nach seinen Lebensentscheidungen gefragt wurde, antwortete Latigo mit seiner hellen, dennoch angenehmen Stimme: »Tod, also wirklich. Als ich mit Safe & Sound anfing, war es ein ganz kleiner Betrieb – außer mir drei Leute, einschließlich meiner ersten Frau. Ich wollte Menschen nicht aufsuchen, wenn jemand gestorben war, und Nola wollte das auch nicht.« Nola, seine erste Frau, war nach ihrer Scheidung viel reicher als zu Beginn ihrer Ehe.

Latigo rechnete es Nola hoch an, dass sie geholfen hatte, die Firma aufzubauen. Er leugnete nicht, dass er es mit seinen Affären zu weit getrieben hatte. Nola war es leid geworden und hatte klugerweise von Vergeltungsmaßnahmen in Gestalt eigener Affären Abstand genommen. Sie wartete damit bis nach der Scheidung. Nola war ja nicht blöd.

Harry legte los: »Müssen Sie Menschen nicht aufsuchen, wenn ein Auto zu einer Ziehharmonika zusammengeschoben und der Fahrer zu Tode gequetscht wurde?«

»Das schon, aber wir warten, bis das Schlimmste vorüber ist. Das heißt, wenn die Lebensversicherung einen Besuch abgestattet hat, die Formalitäten eingeleitet sind, die Beerdigung vorbei ist. Dann gehen wir hin. Ich kann das Leid nicht ertragen. Jetzt, wo die Firma groß ist, muss ich solche Besuche nicht mehr machen. Manchmal denke ich, es wäre besser, wenn wir uns auflösen und verschwinden würden. Dann gäb's weniger Schmerz und Dramatik.«

BoomBoom, die vor Jahren ihren Mann verloren hatte, entgegnete mit fester Stimme: »Latigo, dass man den Leichnam nicht sieht, heißt nicht, dass man den Schmerz nicht fühlt. Das ist, wie wenn einem ein Medizinball in die Eingeweide knallt, und der Schmerz geht nicht weg. Jahrelang nicht.«

Latigo hatte das mit Kelly ganz vergessen, und als es ihm jetzt einfiel, entschuldigte er sich. »Sie haben recht. Ich hatte vergessen, dass Sie Ihren Mann verloren haben.«

»Ich bin nicht gekränkt.« Sie lächelte ihn an. »Ich habe nur eine Feststellung gemacht. Offen gestanden, ich denke, wir hätten uns am Ende scheiden lassen. Er hat sich so fürs Geschäft aufgerieben, morgens, mittags und abends. Für mich blieb keine Zeit, und ich bin egoistisch. Ich will an erster Stelle stehen.«

»Oh, BoomBoom, du stehst immer an erster Stelle.« Harry hob die Schultern. »Aber es geht fast immer um Sex.«

Latigo quollen beinahe die Augen aus dem Kopf. Er konnte nicht fassen, dass Harry das gesagt hatte. Sicher, die Frauen kannten sich fast ihr ganzes Leben, aber trotzdem …

BoomBoom lachte – ein helles, bezauberndes Lachen. »Es ist an dir, mit der Wahrheit rauszurücken.«

Verlegen sagte Harry: »BoomBoom, irgendwas geht mit Männern vor, wenn sie dich ansehen. Ihr Verstand fliegt prompt zum Fenster raus.«

Latigo lächelte. »Sie hat recht, BoomBoom.«

»Um meiner selbst geliebt werden, das war alles, was ich immer wollte. Das ist nicht so leicht, wie es sich anhört.«

Latigo nickte. »Vielleicht nicht für jeden.«

Die zwei Frauen konnten seine Exehefrauen nicht mehr zählen. Er schon, musste er doch Unterhalt für sie und die Kinder zahlen.

»Sprechen wir nicht von mir.« BoomBoom schaute auf die Rennbahn. »Ich sehe Reifen qualmen. Ist das nicht gefährlich?«

»Eigentlich nicht. Gefährlich ist es, die Reifen nicht zu wechseln, wenn es nötig ist. Diese Spezialreifen können bis zu fünfhundert Dollar pro Stück kosten, und man hat sie schnell abgefahren.«

»Was ist mit den teuren Reifen, die Franny Howard verkauft? Pirelli PZeros und solche?«, wollte Harry wissen.

»Woher kennen Sie PZeros?«

»Autofreak.« BoomBoom zeigte auf Harry.

»Autofreak.« Harry zeigte auf BoomBoom.

»Ah. Victor hat mir erzählt, dass Sie beide Autofreaks sind. Da gibt es nicht viele Frauen. Ist eher selten.«

»Tja, denen entgeht eine Menge«, sagte Harry bestimmt. Sie hatte es seit langem satt, die Absonderliche unter den Mädels mit Krallenfingernägeln zu sein. »Aber ich bin mit Franny befreundet. Sie war so froh, dass die nächste Ladung Yokohamas erst nach dem Diebstahl ankam. Aber warum nicht die berühmten Markenreifen?«

»Beim Dragsterrennen braucht man hochspezialisierte Reifen. Einfach ausgedrückt, man braucht eine Menge Gummi auf der Straße. Man braucht Griffigkeit, aber nicht das Profil, das bei Matsch, Schnee und heftigem Regen nötig ist. Zudem wiegen diese Wagen gewöhnlich weniger als normale Serienfahrzeuge. Am Gewicht wird gespart, wo es nur geht. Zum Beispiel werden manche Karosseriereparaturen mit Kunststoff ausgeführt. Nicht besonders klug, löst aber das Gewichtsproblem. Wie gesagt, ein Dragsterfahrer braucht Spezialreifen. Gewöhnlich denkt man beim Reifenkauf nicht an das Gewicht des Wagens.« Er wedelte mit der Hand. »Ich habe so gut wie alle Zusammenstöße gesehen, die man sich nur vorstellen kann. Zum Glück lassen sich die meisten Wagen leicht reparieren. Andere sind nur noch Altmetall, und deswegen braucht man wirklich gute Leute vor Ort. Aber ich kann Ihnen sagen – und das ist bloß eine grobe Schätzung, nicht statistisch belegt –, ungefähr fünfundzwanzig Prozent der Unfälle hätten vermieden werden können, wenn der Fahrzeughalter die Profile geprüft und die Reifen ersetzt hätte. Jeder will tausend Kilometer mehr aus den Reifen rausholen. Das ist wirklich schwachsinnig.«

»Geld«, stellte BoomBoom lakonisch fest.

»Alles scheint darauf rauszulaufen, aber hey, ich meine, das eigene Leben und das Leben der Familie sollte einem doch den Preis für vier neue Reifen wert sein.«

»Sie sollten für Franny arbeiten.« Harry mochte Franny sehr.

»Kluge Person. Ob sie Rennreifen verkaufen könnte? Ich meine richtige Rennreifen, nicht einfach ein Satz Reifen an einem Ferrari, der zum Angeben gefahren wird. Könnte sie, aber der Markt ist so klein. Diese Frau hat ganz allein eine große Firma aufgebaut.«

»Sie aber auch«, schmeichelte Harry ihm.

»Die Versicherungsbranche hat sich stark verändert. Es ist heutzutage viel schwieriger – Vorschriften, die Verteufelung durch die Medien.« Er zuckte die Achseln. »Wir sind nicht der einzige Geschäftszweig, der unfairerweise Kritik einstecken muss.« Er lachte. »Könnte auch einer Bank passieren.«

Victor kam schwitzend zurück.

»Wie geht's Bobby?« Latigo fasste in einen kleinen Kühlrucksack und reichte Victor ein heißersehntes Bier.

Er offerierte auch den Damen Getränke, beide nahmen an.

»Ist aufgekratzt.«

»Guter Vorlauf«, bemerkte Latigo.

»Er macht sich. Meine einzige Sorge ist, dass Bobby den Motor auseinandernehmen und den Zylinder ein kleines bisschen weiter ausbohren will. Am Ende hat er papierdünne Zylinder.«

»Gibt ihm mehr Wumms«, bemerkte Harry trocken.

Victor, der vom Hörensagen wusste, dass Harry von Autos fasziniert war, überlegte kurz, dann redete er ihr zu: »Ich nehme an, Nicks WRX STI ist für seine Mutter kein angenehmer Anblick. Ich bin mir ziemlich sicher, dass sie ihn nicht behalten will. Ich stehe ständig in Verbindung mit ihr; wenn Sie wollen, kann ich ihr diskret empfehlen, ihn zu verkaufen. Vermutlich hat sie selbst schon daran gedacht.«

»Echt?« Harrys Herz schlug ein bisschen schneller. »Der ist bestimmt viel zu teuer.«

BoomBoom kicherte. »Harry findet auch einen Laib Brot zu teuer.«

»Du bist gemein.« Harry schloss einen Moment lang die Augen, aber sie lächelte.

»Der Listenpreis für das Baujahr und Modell«, Latigo kannte viele solcher Zahlen auswendig, »beträgt um die 30 500 Dollar.«

»Mehr, mein Guter. Nick hat so viel in den Wagen gesteckt.« Victor sah seinen Freund an.

»Schon, aber so viel kriegt seine Mutter nur dafür, wenn ein anderer Rennfahrer ihn kauft, und die Jungs, die hier fahren, haben einfach nicht das Geld, um einen anderen oder einen zweiten Wagen zu kaufen. Sie haben alles an Auto, das sie sich leisten können. Wenn Mrs. Ashby das Geld braucht oder den Wagen einfach nicht sehen will – eine zu lebhafte Erinnerung –, wird sie den normalen Preis nehmen.«

»Der dürfte auf circa 24 500 Dollar hinauslaufen.« Latigo verschränkte die Arme.

Harry machte ein langes Gesicht. »Wir müssen einen John Deere 2750 reparieren lassen.«

»Gib nicht gleich auf.« BoomBoom berührte Harrys Hand. »Behalt's im Hinterkopf, es sei denn«, sie wandte sich an Victor, »Sie denken, der Wagen wird schnell verkauft.«

»Nein. Mrs. Ashby hat im Moment so viel um die Ohren. Die Ärmste ist tief bekümmert. Überlassen Sie mir die Sache, okay?«

»Hören Sie, Victor, ich gehe keine Verpflichtung ein.« Panik ergriff Harry.

»Ich weiß.«

24

Es gab vieles, um das Cooper Miranda beneidete: ihren Garten, ihren grünen Daumen, ihren Sinn für Farben. Am Samstag, dem 9. Juni, waren die Blue Ridge Mountains so klar, dass Coop meinte, jedes einzelne Blatt an jedem Baum sehen zu können. Das schöne Wetter hob ihre Stimmung, was auch dringend nötig war. Bislang hatte die Untersuchung der Ermordung von zwei ReNu-Beschäftigten nichts ergeben.

Während sie auf allen vieren versuchte, eine Klettenwurzel herauszuziehen – ein elendes Unterfangen, weil die Wurzel bestimmt bis nach China reichte –, ließ Coop den Fall Revue passieren.

Wieder und wieder kam sie auf die gleichlautenden Aussagen der Mechaniker zurück: Bobby Foltz, Lawrence Pingrey, genannt Lodi, Jason Brundige und Sammy Collona. Man sollte meinen, der Schock, ihren Kollegen mit herausgespritztem Gehirn gesehen zu haben, würde sie emotional aufgewühlt haben, wenn schon nicht wegen des Verlustes, dann aus Angst. Mitnichten.

Nachdem Nick erschossen aufgefunden wurde, war Cooper wieder zu ReNu gegangen. Auch diesmal waren die Aussagen der Mechaniker zwar nicht gleichlautend, aber beunruhigend indifferent – trübsinnig, das ja, dennoch indifferent. Nick war beliebt gewesen. Obwohl er wegen seines Talents als Walts Schützling galt, verstand er sich bestens mit den anderen Jungs. Sie alle fuhren Rennen, und überdies besaß Nick einen ansteckenden Charme.

Die vier verbliebenen Mechaniker wussten ein wenig über das Privatleben der jeweils anderen, doch was sie eigentlich verband, waren Autos. Alle sprachen davon, wie gut Hilary Larson aussah, und sie erwähnten die äußerst reizvolle Tatsache, dass sie Autos mochte. Keinem war bekannt, dass Nick eine Anzahlung auf einen Verlobungsring geleistet hatte. In Anbetracht der erst kurzen Dauer der Beziehung hatte Nick impulsiv gehandelt – nicht immer das Schlechteste, wenn es um romantische Liebe geht.

Die Mechaniker der Werkstatt kannten Nicks Mutter und mochten sie. Victor und alle Arbeiter im Karosseriebetrieb hatten ihr einen Besuch abgestattet und an Nicks Begräbnis teilgenommen.

Coop hatte auch die Männer des Karosseriebetriebs befragt. Diese Männer und die Mechaniker arbeiteten in getrennten Gebäuden. Jede Gruppe blieb unter sich. Weil laufend gearbeitet wurde, manchmal unter Druck, war das sinnvoll. Die Jungs vom Karosseriebetrieb hatten Nick gern gehabt. Er war umgänglich gewesen. Anscheinend hatten alle den Jungen gemocht.

Nachdem Cooper die Erde gelockert hatte, stand sie auf, bückte sich, packte die Klette mit beiden Händen und zog mit aller Kraft. Die große, kräftige Polizistin schwitzte, fluchte, ruckelte an der unnachgiebigen Pflanze und fluchte wieder, diesmal lauter. Endlich gab die Wurzel nach und tauchte aus dem Boden auf wie ein schmutziger Riesenwurm. Cooper fiel rücklings um.

Sie musste lachen. Da lag sie, flach auf dem Rücken, just als Harry und Susan die Zufahrt entlangkamen. Cooper rollte sich herum, stand auf und hob resigniert die Hände, als die zwei aus Susans kleinem grünem Wrangler stiegen, ihrem Zweitwagen, den sie nur zum Vergnügen fuhr. Die zwei Katzen sowie Tucker und Owen – Susans Corgi und Tuckers Bruder – stiegen ebenfalls aus.

»Hast du dir weh getan?« Tucker, ein gutmütiges Tier, leckte Coops Hand.

Cooper bückte sich, tätschelte den glänzenden Kopf, dann hob sie die lange, riesige Wurzel auf und hielt sie hoch. »Getötet in Ausübung meiner Pflicht.«

Harry nahm Coop die Wurzel aus der Hand. »Ein wahres Monstrum.«

Susan blickte nach Westen auf das große Waldgebiet, das an das alte Jones-Anwesen grenzte, bevor sie sich der bezwungenen Wurzel zuwandte. »Die solltest du für Miranda aufheben. Vielleicht könnt ihr sie mit Bronze überziehen, für die Nachwelt.«

»Ich hab dir was mitgebracht.« Harry ging zum Auto und kam mit einem Schraubglas zurück, das eine klare Flüssigkeit enthielt. »Ist gut gegen alles, was weh tut.«

»Schwarzgebrannter, zweifellos.« Lächelnd nahm Coop den Schnaps, den sie in dieser Gegend »Landschaftswasser« nannten.

»Es gibt vielleicht zu viele Einschränkungen für Vergnügen und Profit«, meinte Susan.

»Sag das mal deinem Mann«, stichelte Harry.

»Ned hat nie irgendwelche Gesetzesentwürfe gegen Betätigungen eingebracht, die unserem Land Einkünfte bescheren«, konterte Susan.

»Schätzchen, Ned hat überhaupt noch nicht viele Gesetzesentwürfe eingebracht.« Harrys Augenbrauen schnellten in die Höhe.

»Wen kümmert's?«, sagte Susan. »Kommt, trinken wir einen Schluck unterm Hickorybaum.«

Die Menschen gingen zu den Segeltuchstühlen unter dem zweihundertjährigen Baum. Coop lief in die Küche und kam mit einem Krug Limonade und einer Dose Butterkekse zurück.

Pewter sah die Keksdose. *»Ich könnte einen Keks vertragen.«*

»Wir sind pflichtgemäße Fleischfresser«, bemerkte Mrs. Murphy.

»Was nicht heißt, dass ich keinen Keks futtern kann.«

Murphy und Tucker beachteten Pewter nicht weiter und nahmen bei den Stühlen Aufstellung für den Fall, dass ein Mensch so nett war, ihnen einen Keks zuzuwerfen.

»Limonade für einen Longdrink. Mädels, ich hab aber fast nichts zu essen im Haus, und ich mag nicht zum Supermarkt, drum müssen wir uns mit Keksen begnügen.«

»Hey, hört sich gut an.«

Die drei setzten sich, ließen das Schraubglas herumgehen und nahmen kleine Schlückchen. Sie hüteten sich, zu viel davon zu trinken.

»Mild.« Cooper schloss anerkennend die Augen.

Harry nickte. »Die alten Knaben verstehen ihr Handwerk.«

»Woher hast du das Zeug?«, fragte Cooper.

»Verrate ich nicht.«

»Schon gut.« Die Blondine zuckte die Achseln.

»Ich verrat's auch nicht, ich sag bloß, das Wasser kommt aus klaren Bergbächen«, ergänzte Susan. »Das ist das Gute am schwarzgebrannten Virginia-Schnaps – echtes Landschaftswasser. Manche Leute tun Pfirsiche rein, andere Pflaumen, Kirschen, ist vermutlich so was wie ein Markenzeichen. Aber wenn ich einen Schluck nehme, will ich das Zeug klar, so klar wie die Bäche in den Blue Ridge Mountains.«

»Susan, ich wusste gar nicht, dass du so verrückt danach bist.« Cooper nahm die Limonade zum Nachspülen, sehr erfrischend.

»Ich bin voller Überraschungen, allerdings nicht so vielen, wie mir lieb wäre.«

»Das könnte wohl auf uns alle zutreffen. Wenn ich den Fernseher einschalte, sehe ich die Fehltritte von Politikern, Fernsehstars, Filmstars, und mir wird klar, ich bin eine olle Spießerin.« Harry lachte über sich selbst.

»Wisst ihr was, diese Leute können nicht glücklich sein. Wer sich so aufführt, mit ganzen Bataillonen von Männern oder Frauen schläft, wer Fotos von seinen Genitalien rumschickt – ich kann nicht glauben, dass jemand, der sich so benimmt, richtig glücklich ist«, meinte Susan nachdenklich.

»Da werde ich nie hinterkommen.« Cooper grinste.

»Hey, Mädels, dafür ist noch Zeit genug«, sagte Harry vergnügt.

Sie lachten, schwatzten, besprachen, was es noch für die Flaggentagsfeier von St. Lukas zu tun gab, die am kommenden Samstag, dem 16. Juni, stattfinden sollte, und zwar schon um zehn Uhr für den Fall, dass es heiß werden würde. Harry sagte ihnen, dass die T-Shirts toll aussahen.

»Coop, du brauchst ein anderes Hobby als das Ausrupfen von Klettenwurzeln. Ich würde dich gerne mal mit zum Driving Range im Club nehmen«, bot Susan an. »Golf kann dich der Welt entrücken.«

»Das sagst du. Gibt es da nicht ein Buch über Golf, *A Good Walk Spoiled*?« Harry nahm ein letztes Schlückchen aus dem Schraubglas.

»Danke, Susan«, sagte Coop mit ihrer Mezzosopranstimme. »Ich sehe nicht, woher ich die Zeit nehmen soll. Wir machen eh schon Überstunden, weil wir keine neuen Mitarbeiter einstellen können. Das Sheriffrevier kann nur dann jemanden anheuern, wenn jemand ausscheidet. Ich will den Bezirk nicht kritisieren. Die Finanzkrise hat sich auf den Polizeidienst und die Feuerwehren im ganzen Land ausgewirkt. Ich hatte Glück, dass ich heute frei habe, aber ich hab ja auch zwei Wochen lang durchgearbeitet. Und Rick arbeitet zu hart. Viel zu hart. Ich mach mir Sorgen um ihn. Das ständige Drängeln der Medien wegen der zwei Morde tut ihm nicht gut. Mein Chef ist ein guter Sheriff und ein guter Mensch. Er will den Täter finden, das wollen wir alle, aber dies ist ein ganz sonderbarer Fall. Aber wie die meisten Fälle wird er früher oder später gelöst.«

»Das will ich hoffen«, sagte Susan freimütig. »Aber Ned behauptet, Mord ist das leichteste Verbrechen, wenn man sorgfältig plant.«

»Ja und nein.« Die Polizistin streckte die langen Beine aus. »In neun von zehn Fällen hat man den Täter direkt vor der Nase. Die meisten Morde sind nicht geplant. Werden stümperhaft ausgeführt. Hm, vielleicht sollte ich das nicht sagen, aber es gibt da Profis wie bei jeder anderen Beschäftigung auch. Die wissen wirklich, wie man jemanden tötet. Menschen mit dickem Ego können einen Mord planen, aber wer kein Profi ist, wird wahrscheinlich einen Fehler machen.«

»Meinst du, die ReNu-Morde fallen in diese Kategorie?«, fragte Harry. »Profimäßig?«

»Nein, nein.« Cooper setzte sich aufrecht. »Aber sie wurden von jemand Intelligentem begangen.«

»Dann glaubst du, dass die zwei Morde zusammenhängen?« Susan aß einen Keks. Krümel fielen auf ihr dünnes sommerliches Sporthemd.

»Ich halte es für unwahrscheinlich, dass zwei Mechaniker aus derselben Firma ermordet wurden, ohne dass es da einen Zusammenhang gibt.«

»BoomBoom und ich waren gestern Abend beim Dragsterrennen. Ich wollte das immer schon mal sehen, aber ich war auch ein bisschen neugierig«, gestand Harry.

»Ein bisschen?« Susans perfekt gezupfte Augenbrauen wölbten sich aufwärts.

»Wir sind Autofreaks.« Harry schob die Unterlippe ein wenig vor. »Warst du schon mal da?«, fragte Harry Coop.

»Rick und ich sind am Tag nach Nicks Ermordung hingefahren, haben mit dem Betreiber gesprochen, sind die Bahn abgeschritten. Wir haben keinerlei Verbindung entdeckt.«

»Warum sollten Morde auch mit Dragsterrennen in Verbindung stehen?«, fragte Susan verwundert.

»Werbeverträge. Jemand will Castrol-Öl und jemand ist sein Konkurrent?«, mutmaßte Harry.

»Harry, nicht in dieser Rennklasse. Sicher, es kann immer um persönlichen Hass irgendwelcher Art gehen, und ich erinnere dich daran, dass Walt selbst keine Rennen gefahren ist. Der einzige Gedanke, der mir und Rick in den Sinn kam, ist die Möglichkeit eines Glücksspiel-Rings.«

»Unter Rennfahrern?« Susan fand das hochinteressant.

»Vielleicht. Oder der Ring könnte mit größeren Rennveranstaltungen oder NASCAR verknüpft sein. Glücksspiel bringt Millionen, nur nicht den Spielern.«

»Sogar auf der Central-Virginia-Rennbahn?« Susan zog die Stirn kraus.

»Kommt auf den Kundenkreis an. Ja, sogar in Waynesboro könnte ein Glücksspiel-Ring einen sechs- bis siebenstelligen Gewinn machen. Sobald man seine Leute bezahlt und die Aufbaukosten beglichen hat, bringt ein illegales Unternehmen hundert Prozent Reingewinn.« Coop hob das Schraubglas.

»Genau.« Harry saß lange Zeit stumm da.

25

An diesem Mittwoch, dem 13. Juni, nahmen rosa, weiße und gelbe Rosensträucher die halbe Ladefläche von Harrys Transporter ein. Der restliche Platz war mit Feuerdorn gefüllt. Sobald diese Pflanzen in der Erde wären, wollte Harry zurückfahren und ihren und die anderen Transporter mit voll erblühten Hortensien beladen.

Sie parkte beim Friedhof von St. Lukas, zog ihre Ziegenleder-Gartenhandschuhe an und lud die Sträucher geschwind ab.

Dr. phil. Dee Phillips hatte die Bepflanzung des friedlichen, schönen Anwesens geplant. Harry und ihren Freundinnen blieb die Pflanzarbeit überlassen, und das war Harry ganz recht.

Miranda Hogendobber hatte mit Hilfe eines Maßbands den richtigen Abstand zwischen den Sträuchern markiert. Normalerweise machte Miranda so etwas nach Augenmaß, doch weil diese Rosen und der Feuerdorn an der Kirche gesetzt wurden, wollte sie die Pflanzung exakt haben.

Susan, BoomBoom und Alicia gruben die Löcher. Ein Sack Dünger, drei Gießkannen und drei Messbecher lagen im Gras. Der Schlauch aus Herbs Garage war zur vollen Länge ausgerollt.

Tucker flitzte zum Friedhof. Die Katzen sprangen auf die Mauer und sahen zu, wie der Hund an Grabsteinen schnüffelte.

»Und?«, fragte Pewter.

»Hier war niemand.« Damit meinte Tucker, dass keine Hunde an die Grabsteine gepinkelt hatten.

»Gut. Man soll die Toten respektieren.« Mrs. Murphy sah Eloquenz, Cazenovia und Lucy Fur über das smaragdene Grün stürmen; der Grasteppich ließ die Farben ihres glänzenden Fells noch lebhafter wirken.

»Hurra!«, jubelten die Katzen, als sie bei der Mauer ankamen. Alle drei sprangen hinauf, bereit für ein Katzenschwätzchen.

»Dieses Rosa ist so zart.« Miranda bewunderte die Farbe, während sie einen Strauch einpflanzte.

»Dabei ist mir eine Idee für zu Hause gekommen«, sagte

Harry. »Ich könnte den ganzen Zaun zwischen Stall und Weiden mit Rosen bepflanzen. Ich würde dicht beim Stall mit dem tiefsten Rosa anfangen, und jede folgende Rose wäre ein bisschen heller, und am Schluss wäre es ein ganz blasses Rosa, fast weiß.«

Miranda und die anderen hielten einen Moment mit der Arbeit inne.

»Ich glaube, so etwas habe ich noch nie gesehen«, sagte Alicia, die schon überall in der Welt gewesen war. Jetzt kniete sie auf der Erde und setzte einen gelben Strauch ein.

»Ich denke, wenn es mir so nicht gefällt, kann ich die Sträucher jederzeit umsetzen und nach einem geläufigeren Farbschema anordnen. Ich weiß nicht. Ist mir einfach so eingefallen.«

»Tolle Idee.« Susan dachte, sie könnte das zu Hause ebenfalls versuchen, aber sie wollte weiße Rosen nehmen, deren innere Blütenblätter leicht unterschiedlich gefärbt waren.

»Wohin setzen wir den Feuerdorn?«, fragte BoomBoom.

»Dees Plan – er liegt in meinem Wagen, falls du die Zeichnungen sehen willst – sieht vor, ihn an die Hauswände zu pflanzen, die Herb aus seinem Arbeitszimmerfenster sehen kann. Ein paar Sträucher sind da schon. Wir müssen sie an einem, hm, Dingen ziehen – wie heißt das noch mal?«

»Spalier. Kommt vom französischen *espalier*. Wickeldraht und ein Gitter«, erklärte Alicia lachend die Methode, mit der die wachsenden Äste unterstützt wurden.

»Genau. Ich war nicht so gut in Französisch«, erinnerte Harry sich wehmütig.

»Weil du die Lehrerin gehasst hast.« Susan lachte.

»Immer wenn Mademoiselle Suchet«, BoomBoom imitierte die helle Stimme ihrer Highschool-Lehrerin, »›*ouvrez la porte*‹ gesagt hat, ist Harry aufgestanden und hat die Tür aufgemacht, bloß um sie zu ärgern.«

»Harry!«, schalt Miranda sie, »wie konnten Sie das der armen alten Mademoiselle Suchet antun? Die Ärmste konnte kaum gehen, Gott sei ihrer Seele gnädig.«

»Diese Nervensäge!« Harry rümpfte die Nase. »Immerhin hab ich genug gelernt, um in einem französischen Restaurant die Speisekarte zu verstehen.«

Während Menschen und Katzen plauderten und lachten, folgte Tucker, die Nase am Boden, auf dem ummauerten Friedhof den verschiedenen Menschengerüchen. Sie folgte mal dieser, mal jener Spur und landete unausweichlich an einem Grab mit Blumen am Grabstein. Der unerschrockene Hund staunte, wie viele Leute an den letzten zwei Tagen den Friedhof besucht hatten.

Sie hob den hübschen Corgikopf und sagte: *»Viel Betrieb hier.«*

Eloquenz erwiderte: *»Die ganze Familie Petrus kommt einmal die Woche her, seit Georgette Petrus gestorben ist.«*

»Die muss hundert Jahre alt gewesen sein.« Cazenovia kicherte.

»Sie sah jedenfalls wie hundert aus«, vermeldete Lucy Fur.

»Menschen haben strenge Regeln, wenn es um ihre Toten geht. Sogar wenn einer auf See stirbt, gibt es diese Regeln und Gebete und Zeremonien.« Eloquenz kannte sich da aus, weil Herb Trauerfeiern abhalten musste – allerdings nicht auf See.

Pewter warf keck den Kopf zurück. *»Verschwendung. Denkt bloß an all die Tiere, die diese Leichen verspeisen könnten. Was nützt das viele schöne Protein, wenn es in einem Sarg vermodert?«*

Mrs. Murphy meinte nachdenklich: *»Wohl wahr, aber nur, wenn die Leichen relativ jung sind. Die alte Georgette war vollgestopft mit Medikamenten. Jedes Tier, das sie fräße, würde vermutlich daran sterben.«*

Sie kicherten, dann erklärte Lucy Fur: *»Poppy liest viel über andere Religionen. Er hat uns einen Aufsatz über die Parsen in Indien vorgelesen. Ich glaube, so nennt man die. Sie bahren ihre Toten auf einer Art Zeltbahn auf hohen Gestellen auf, und dann kommen die Geier und fressen sie. Ihre Religion verlangt es so. Geier sterben* *wohl an einer seltenen Vogelkrankheit, aber nicht an den Menschenleichen, die sie seit Jahrhunderten fressen. Jedenfalls werden die Parsen ihr Ritual nicht ändern, und ohne die Geier lägen die verwesten Leichen in der heißen indischen Sonne über den Köpfen der Menschen. Abartig.«*

Pewter rümpfte die Nase. *»Widerlich.«* Ihre Augen leuchteten auf. *»Wollt ihr mal was richtig Widerliches hören?«*

»Kann's kaum erwarten«, erwiderte Tucker trocken.

»Vor Jahren hab ich in einem Halloween-Kürbis einen abgetrennten Kopf gefunden. Er war noch nicht richtig vergammelt, aber die Haare waren voll Kürbismatsche, und aus dem Mund sind Kürbiskerne gerieselt.«

»Ich war dabei.« Mrs. Murphy hatte es nicht ganz so in Erinnerung wie Pewter, aber Pewter rückte sich ja auch wieder mal in den Mittelpunkt.

»Ich war auch dabei«, fiel Tucker ein. *»Der Kopf war krass.«*

»Ich verpass aber auch alles«, jammerte Eloquenz.

»Du warst da noch gar nicht auf der Welt.« Cazenovia rümpfte die Nase.

Reverend Jones kam aus dem Verwaltungstrakt und schlenderte über den Rasen.

»Er muss abnehmen.« Cazenovia schüttelte den Kopf.

»Viel Glück.« Lucy Fur senkte kurz die Schnurrhaare. *»Der Mann nascht einfach zu gern. Er kann sich hinsetzen und eine ganze Literpackung Eis auf einmal futtern.«*

»Er ist sehr groß«, verteidigte Tucker den geliebten Pastor galant.

»Er muss aber nicht so dick sein«, sagte Eloquenz.

»Oh, ihr schönen Rosen.« Reverend Jones deutete auf die Gärtnerinnen statt auf die Rosen.

Miranda lächelte. »So eine Schmeichelzunge, aber ich hör's gern.«

Die anderen stimmten ihr zu.

Harry sagte: »Wir werden heute hiermit fertig und setzen

die Hortensien morgen ein, dann ist es schön bunt für die Flaggentagsfeier. Eigentlich ist ja morgen der 14. Juni, aber wir müssen die Flagge am Wochenende ehren. Nur so kriegt St. Lukas das für alle hin.«

»Es wird schön.«

»Wenn der Flaggentag später wäre, würden die herrlichen Kreppmyrten voll aufgeblüht sein«, bemerkte BoomBoom.

»Dann nehmen wir uns eben eine weitere Feier für den Juli vor.« Herb lächelte.

»Hat Craig Newby die Flaggen besorgt?«, erkundigte Susan sich über ihren Kollegen im Kirchenvorstand.

Ein breites Lächeln ging über Reverend Jones' sympathisches Gesicht. »Er hat jede Flagge aufgetrieben, die wir jemals hatten, angefangen beim Sternenbanner Old Glory. Die großen will er von den Dächern rund um den Innenhof herunterhängen lassen. Er schwört, er kriegt das hin, ohne die Regenrinnen zu beschädigen. Es dürfte sensationell aussehen. Und er hat natürlich Fähnchen für alle Teilnehmer gekauft. Die Flaggen für den Friedhof für diejenigen, die in unseren Kriegen gekämpft haben, werden von den Töchtern der Amerikanischen Revolution und vom Kriegsveteranenverein zur Verfügung gestellt. Ihr wisst ja, unsere Pfarrmitglieder, die diesen Vereinen angehören, überschlagen sich geradezu.«

»Imponierend.« Miranda nickte. »Und nicht zu vergessen die Veteranen der Konföderierten.«

»Die bekommen auch ihre Flaggen.« Darauf wandte Reverend Jones sich an Harry und Susan. »Latigo sagt, er gibt mir achttausend Dollar für meinen alten Transporter. Victor meint, er könnte ihn wieder zum Laufen bringen, aber bei dem Alter des Wagens würde ich am Ende mit einem Totalverlust dastehen. Latigo hat das organisiert. Ich nehme an, als Chef einer großen Versicherungsgesellschaft kann man alles machen. Achttausend Dollar sind viel mehr, als der Wagen wert ist.«

»Predigerbonus.« Alicia stand auf und klopfte den Staub von ihren Handschuhen.

»Sondervergütungen für gute Werke«, zog Harry ihn auf.

»Dann müsstet ihr allesamt Vergünstigungen erhalten, bei dem, was ihr leistet. Und Harry, Sie sagten, Sie kommen Freitag noch mal zum Mähen, dann ist ja für Samstag alles perfekt.«

»Ich komme mit meinem Null-Wendekreis-Wundermäher.«

»Was für einen Wagen wollen Sie sich denn kaufen?« BoomBoom wollte über Autos reden.

»Einen, der groß genug ist, dass Sie noch mehr Pflanzen transportieren können«, meinte er lachend.

»Ach, kommen Sie.« BoomBoom lächelte und zwinkerte ihm zu. »Was für einen möchten Sie?«

»Hm, ich muss das langsam angehen. Muss mich umsehen, ausrechnen, was ich monatlich zahlen kann. Der neue Dodge gefällt mir. Vor allem die Innenausstattung. Ich weiß nicht. Ihr Mädels könnt mir helfen, wenn die Dinge geregelt sind.«

Susan sah die Katzen von der Mauer springen, um Schmetterlinge und sich gegenseitig zu jagen. »Wann kriegt man in Crozet jemals was geregelt?«

26

Der Samstag, um sechs Uhr früh noch frisch, verhieß im Laufe des Vormittags heiß und feucht zu werden. Harry, die wie üblich um fünf Uhr aufgestanden war, klopfte sich auf die Schulter, weil sie auf dem St.-Lukas-Gelände gestern Morgen gemäht und Unkraut gejätet hatte, denn der gestrige Tag war kühler gewesen.

Nachdem sie die erste Tasse Kaffee getrunken und Mrs.

Murphy, Pewter und Tucker gefüttert hatte, ging sie wieder ins Schlafzimmer. Fair lag, den Kopf in einem Gänsedaunenkissen vergraben, im Tiefschlaf auf der Seite.

»Du Armer«, flüsterte sie vor sich hin.

Um Mitternacht hatte ihn eine verzweifelte Pferdebesitzerin angerufen. Ihre große, vor einem Monat gekaufte teure Dressurstute hatte eine Kolik. Fair war erst um zwei Uhr morgens wieder zu Hause gewesen. Harry hatte ihn duschen gehört. Als er ins Bett kroch, drehte sie sich zu ihm herum, und er sagte ihr, alles sei gut.

Tucker, die immer gern ganz nah bei Harry war, sagte: *»Er wird bald aufwachen.«*

Harry sah zu dem kleinen Hund hinunter, den sie so liebte, und lächelte. Obwohl sie keine Ahnung von Tuckers Vorhersage hatte, kniete sie sich hin, gab ihrer Freundin einen Kuss und ging dann wieder in die Küche.

Tucker wusste wirklich, wann Fair aufwachen würde. Wenn seine Haut sich abkühlte oder erhitzte, witterte der Hund Veränderungen in seinem Geruch. Unabhängig von der Jahreszeit erwachte Fair immer leicht schwitzend.

»Wieso hast du Rindfleisch gekriegt?« Pewter ließ sich von Harrys Rückkehr in die Küche nicht stören.

»Weiß ich doch nicht. Wieso hast du Hühnchen gekriegt?«, erwiderte Mrs. Murphy ihrer quengelnden Freundin.

»Ich will was von deinem abhaben.«

»Bedien dich, Pewter.« Die Tigerkatze trat von ihrem Napf zurück, und Pewter stürzte sich darauf.

»Hey! Hey, was machst du da?«, kreischte die graue Katze, den Mund so voll, dass sie Futter auf die Anrichte fallen ließ.

»Du isst mein Futter. Ich ess deins.«

»Ich hab nicht gesagt, du darfst mein Hühnchen essen!«

So früh es auch war, Mrs. Murphys Geduldsfaden war schon hauchdünn. Sie holte aus und versetzte Pewter einen kräftigen Hieb – und zwar mit ausgefahrenen Krallen.

Pewter, nicht feige, stellte sich zum Boxen auf die Hinterbeine. Böse Wörter fielen. Keine Katze wollte klein beigeben. Fellbüschel flogen auf die Küchenanrichte.

Harry gab ihnen das Frühstück da oben, weil Tucker das Katzenfutter stibitzen würde, sobald Harry ihr den Rücken zukehrte. So brav Tucker auch war, sie liebte Katzenfutter. Es enthielt einen höheren Fettanteil als Hundefutter. Abends dagegen war es anders. Die drei Tiere bekamen ein leichtes Futter alle zusammen auf dem Küchenfußboden, weil Harry in der Küche blieb und kochte. Morgens hatte die hübsche Frau überall im Haus zu tun.

Jetzt sah es hier nach einem Fellsturm aus.

»Schluss jetzt!«

Die Kämpfenden ignorierten Harry.

Fair, mit einem Handtuch um die Mitte, Strubbelhaaren, Pantoffeln an den Füßen, kam hereingetaumelt. »Himmel, das hört sich ja an wie im Wildkatzenhaus im Zoo.«

»Ich bin ein Löwe.« Pewter versetzte Mrs. Murphy einen Seitenhieb, worauf die Tigerkatze sich blitzschnell umdrehte.

»Ein Fettlöwe!«, höhnte Mrs. Murphy.

Der Kampf eskalierte. Harry griff sich den Küchenbesen, fegte über den Boden, erwischte die Tigerkatze unterm Hintern und schob sie aus der Tür auf die Veranda.

Pewter stürmte Mrs. Murphy nach, doch Harry erwartete sie schon mit dem Besen in der Tür. Pewter knallte dagegen.

»Ha!« Mrs. Murphy lachte hämisch.

Wieder auf den Beinen, sprang Pewter über das Besenunterteil. Mrs. Murphy schoss aus dem Tiertürchen der Veranda. Pewter wurde von der zurückschwingenden Klappe getroffen und fiel rücklings um. Das erzürnte die graue Katze dermaßen, dass sie spuckte wie ein Lama.

Verblüfft über die Heftigkeit des Streits, setzte Tucker sich aufs Hinterteil.

Sogar Fair war baff. Er ging zur Fliegentür.

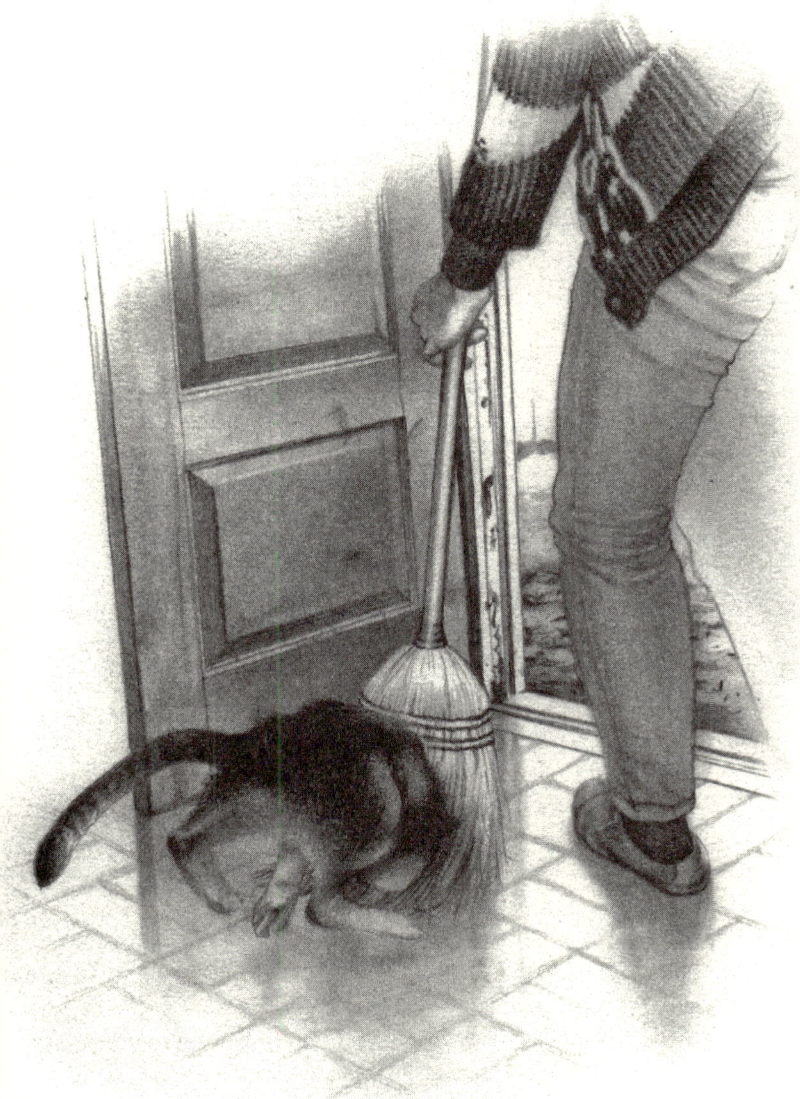

Harry trat zu ihm. »Die sind komplett plemplem.«

»Ich geh nicht raus, sie trennen«, erklärte Tucker.

Die zwei Katzen rannten in großen Kreisen. Dann rannten sie durch den Stall. Die Pferde auf der Weide hörten auf zu fressen, um sich das Katzen-NASCAR-Rennen anzugucken.

Shortro, noch Heu im Maul, sagte: *»Ich wusste gar nicht, dass Katzen so schnell laufen können.«*

Tomahawk schüttelte den grauen Kopf. *»Besonders die dicke.«*

»Dicke« gab Pewter den Rest. Schließlich wurde sie langsamer. Mrs. Murphy setzte sich etwa dreißig Meter von ihr entfernt auf einen Zaunpfahl. Sie funkelten einander grimmig an.

Pewter kreischte aus vollem Halse: *»Ich hasse dich. Ich hasse euch alle. Ich hasse die ganze Welt!«*

Sie machte kehrt und stapfte entschlossen mit schwerem Schritt Richtung Haus. Am Walnussbaum machte sie eine Verschnaufpause und erblickte Matilda, die am Schwanz hängend zu Pewter hinuntersah.

»Mich hasst du nicht, oder?« Die Kletternatter lachte boshaft.

Pewter machte den Mund auf, brachte aber keinen Ton heraus. Im Turbogang sauste sie ins Haus, wo sie mit Fair zusammenstieß, dem das Handtuch herunterfiel.

»Apropos komplett plemplem.« Harry legte die Hand auf den Mund und lachte so hemmungslos, dass sie Seitenstechen bekam.

»Ich bin nicht plemplem.« Er lachte auch.

»Was mich freut.« Sie gab ihm das Handtuch, und als er es sich umband, nahm sie ihn in die Arme.

Lachend setzten sie sich an den Tisch. Sie schenkte ihm Kaffee ein.

»Eier, kaltes Müsli? Die Köchin nimmt Bestellungen entgegen.«

»Hmm, kaltes Müsli.« Er lächelte sie an. »Wir hatten unsere

Unterhaltung schon. Der Flaggentag kann die Katzen unmöglich übertreffen.«

Später schlossen die Katzen einen Waffenstillstand. Wäre das unterblieben, hätte Harry sie nicht mitgenommen. Sie saßen hinten im Volvo-Kombi. Schweigend.

Tucker kuschelte sich in ihr Autobett. Auch sie hielt den Mund, weil sie das Gefühl hatte, dass das kätzische Pulverfass früher oder später explodieren würde.

Als sie zur Kirche kamen, sah Fair die Hortensien an der Zufahrt. »Schatz, wie schön.«

»Haben wir alle zusammen gemacht. St. Lukas hatte eine Auffrischung nötig. Dee Phillips hat so einen hübschen Plan gemacht.«

»Ist sie nicht episkopalisch?«

»Sind Verwandte, Episkopalen und Lutheraner.«

Fair drehte sich nach den Insassen um. »Mucksmäuschenstill.«

»Gut.« Harry parkte auf der tiefergelegenen Ebene.

Die Menschen gingen auf dem Stufenweg zum Innenhof, gefolgt von den zwei Katzen und Tucker. Weil Reverend Jones Tiere liebte, waren alle Tiere willkommen, wenn sie sich gut benahmen.

Im Innenhof blieben Harry und ihr Mann stehen.

»Sagenhaft!«, rief Harry aus.

Wie versprochen, hatte Craig die Flaggen an den Dächern aufgehängt. Die unterschiedliche Anzahl der Sterne gab Zeugnis vom Wachstum der Nation. An einer Seite des Innenhofs – der Seite mit dem Verwaltungstrakt – hatte er auch Flaggen jener Staaten aufgehängt, aus denen die Siedler gekommen waren: England, Irland, Schottland, Wales und Frankreich. Da Deutschland erst unter Bismarck im 19. Jahrhundert ein einheitliches Reich geworden war, reichte der Platz nicht aus, um die Flaggen sämtlicher deutscher Kleinstaaten aufzuhängen. Craig hatte jedoch die Flagge der österreichischen Doppelmonarchie sowie die Flagge aufgehängt, die heute für die Afroamerikaner ganz Afrika repräsentierte.

»Er ist wirklich klug.« Fair rieb sich das Kinn.

»Ich hätte nie an die Elternstaaten gedacht – ein besseres Wort fällt mir nicht ein.« Harry erfreute sich an dem sanften Flattern der Flaggen.

Der Feuerdorn hob sich gegen den Steinbau ab, den Herb von seinem Arbeitszimmer aus sehen konnte. Transparenter Wickeldraht war in geraden horizontalen Linien angebracht worden, so dass die Äste daran entlangwachsen konnten. Die Kirchenseite des Hofes, von einer Glyzine bedeckt, die bereits geblüht hatte, bot vollen Schatten. In dieser herrlichen Symmetrie sah St. Lukas besonders schön aus.

Eloquenz schaute von ihrem Fensterplatz im Arbeitszimmer hinaus. Keine der Katzen war erpicht darauf, sich unter schreiende, Fähnchen schwingende Kinder zu mischen.

Pewter blieb unter dem Fenster stehen. *»Ich hatte einen furchtbaren Tag.«* Egal, ob die anderen Katzen Pewters maßloses Lamentieren hören wollten oder nicht, das graue Dickerchen jammerte ohne Unterlass.

Mrs. Murphy dagegen blieb bei Tucker, die Kinder liebte. Die Zuneigung der Hündin wurde erwidert. Ein kleiner Junge schenkte Tucker sein Fähnchen. Mit der Flagge in der Schnauze rannte der Hund patriotisch rund um den Hof.

Auf langen Holztischen waren mitten im Hof sommerliche Speisen angerichtet. Miranda hatte bei alledem geholfen, obwohl sie keine Lutheranerin war. Jedermann nahm an dieser Zusammenkunft teil: Katholiken, Baptisten wie auch jüdische Familien vom Tempel in Charlottesville. Den Flaggentag bei St. Lukas durfte man sich nicht entgehen lassen.

Die Veteranen salutierten der Flagge in einer kurzen Zeremonie, bevor das Essen ausgegeben wurde. Victor Gatzembizi war Luftwaffenveteran, hatte aber an keinem Kampf teilgenommen. Immerhin war er so patriotisch, den älteren Veteranen, die sonst vielleicht schwerlich hätten teilnehmen können, die Fahrt zu bezahlen. Die meisten wurden von ihren Angehörigen gebracht, aber einige lebten in Pflegeheimen.

Fair, der nach der Zeremonie ein eiskaltes Bier trank, klopfte Victor auf den Rücken. »Danke. Die Veteranen aus dem Zweiten Weltkrieg hier zu haben ist eine Inspiration für uns alle.«

Latigo schlenderte herbei. »Vic, nach dem Feiertag schick ich dir ordentlich Arbeit.«

Fair wusste nicht recht, ob Latigo scherzte. »Wie meinen Sie das? Glauben Sie, am Flaggentag passieren mehr Unfälle? Dies ist kein Feiertag, an dem viel getrunken wird. Nicht wie der Heldengedenktag«, bemerkte Fair.

»Jeder Feiertag dient als Vorwand«, erwiderte Latigo gelassen. »Ich hatte eigentlich an den 4. Juli gedacht. Da passieren immer viele Unfälle.« Er fragte Fair: »Sie haben nicht gedient, oder?«

»Nein, ich habe gleich nach dem Schulabschluss Tiermedizin studiert. Ich denke oft, dass ich eine der wichtigsten Erfahrungen im Leben versäumt habe – jedenfalls für Männer.«

»Ich habe bloß ›wichtigsten Erfahrungen‹ gehört.« Yancy Hampton trat zu ihnen.

»Ich habe nicht beim Militär gedient.« Fair leerte seine Bierflasche.

»Marine«, erklärte Yancy. »Ich habe sogar daran gedacht, wieder einzutreten. Denjenigen von uns, die es bis zum Kapitän oder noch weiter gebracht haben, machen sie attraktive Angebote.«

Victor zog die Augenbrauen hoch. »Ich hab bei der Luftwaffe verdammt viel gelernt. Ich hab Transportflugzeuge geflogen, und man hat mir alles über Motoren beigebracht. Du würdest wirklich zurückgehen? Warum ein blühendes Geschäft aufgeben? Und hey, du hättest die Arschlöcher über dir und die Idioten unter dir.«

»Das ist überall so.« Yancy winkte ab. »Ich würde zurückgehen, um von zu Hause wegzukommen. Nächstes Wochenende heiratet meine Tochter Stephanie. Bei uns geht es so hochdramatisch zu, dass ich es kaum noch aushalte.«

Latigos Töchter waren im gleichen Alter wie Stephanie; die Mädchen hatten alle das St. Anne College besucht. »Stephanie ist doch ganz vernünftig.«

»Barbara aber nicht.« Barbara war Yancys Frau.

»Na klar, die Mutter der Braut.« Victor stieß einen Pfiff aus, dann fügte er hinzu: »Viel Glück, Yancy. Fair, ich geh Ihre Frau verführen.«

Harry war soeben mit einigen anderen Mitgliedern des Kirchenvorstands vorbeigegangen.

»Sie verführt mich jeden Tag.« Fair lächelte.

»WRX STI. Riesensache.« Victor schickte sich an, Harry zu folgen.

»Sie werden sie quälen.«

»Ich weiß.« Victor ging, die drei anderen Männer sahen ihm nach.

An Latigo gewandt, kam Yancy zur Sache. »Wirken Naturkatastrophen sich stark auf Ihr Geschäft aus?«

»Ja«, antwortete Latigo ernst. »Katastrophen jeder Art wirken sich auf Versicherungen aus, aber bei mir gehen nicht solche massiven Forderungen ein wie bei Lebens- oder Grundbesitzversicherern bei schweren Überschwemmungen oder Wirbelstürmen. Bei Autoversicherern ist die Sache meistens ziemlich eindeutig, weil wir die Fahrzeuge anhand eines Verzeichnisses bewerten können.«

Yancy, sein Getränk in der linken Hand, schob die rechte in seine Hosentasche und klapperte mit Schlüsseln. »Weil ich manche Erträge vor der Ernte aufkaufe, kalkuliere ich das Wetter ein. Sicher, man kann nichts exakt voraussagen, aber große Einbrüche wie El Niño und dergleichen kalkuliere ich ein. Jede Kleinigkeit kann eine Ernte zum Guten oder Schlechten beeinflussen. ’türlich glaube ich nicht, dass es jemals eine Versicherung gegen Kornwürmer gab.« Er trank einen Schluck.

Fair hörte sich Latigos Antwort interessiert an. »Ihnen ist sicher bekannt, dass die Regierung eine Ernteversicherung …«

Yancy fiel ihm ins Wort. »Besser als nichts, nehme ich an, aber ich möchte mich nicht darauf verlassen müssen.«

»Das sehe ich auch so. Die Vergütung ist dem Schaden nie angemessen, und viele Leute werden Ihnen dasselbe über Autoversicherungen erzählen. Sie behaupten, dass wir die Autos und die Reparaturen unterbewerten, weniger qualifizierte Arbeitskräfte beauftragen. Das Komische daran ist, die Bundesbehörde für Straßen- und Fahrzeugsicherheit hat seit 1974 nichts an ihren Vorschriften geändert. Damals waren Autos aus Stahl. Somit haben wir es mit längst überholten Richtlinien zu tun.«

»Das könnte es Ihnen erleichtern, unehrlich zu sein«, entgegnete Yancy ungehobelt.

Latigo versteifte sich ein wenig. »Ich will mal annehmen, ›Ihnen‹ bezieht sich auf die Branche, nicht auf mich persönlich. Das eigentliche Problem ist, die Leute erwarten von der Regierung, dass sie sich um sie kümmert. Na ja, wenn die Fahrzeugrichtlinien fast vierzig Jahre alt sind, ist es da nicht klar, dass die Behörde zu wenig weiß, um sich zu kümmern, oder dass sie zu korrupt ist? Ich weiß, dass die Sicherheitsstandards für ein Fahrzeug aus Stahl ganz andere sind als für eins, das hauptsächlich aus Aluminium besteht. Wenn meine Agenten Schaden und Reparaturkosten schätzen, ich sag Ihnen, dann sind sie viel sorgfältiger als jeder Regierungstrottel.«

»Das hab ich nicht gewusst«, entgegnete Yancy.

»Die Leute haben keine Ahnung, nicht die geringste.« Latigo lachte verächtlich.

»Die Technik ändert sich rapide. Wie können Sie da mitkommen? Ich weiß, die Regierung kann's nicht.« Fair war neugierig.

»Fair, ich will Ihnen was sagen.« Latigo, zweieinhalb Zentimeter kleiner als Fair mit seinen eins fünfundneunzig, sah ihn fest an. »Geändert hat sich, dass Autos mit Computern fahren. Die Motoren haben sich nicht geändert. Lichtmaschinen haben sich nicht geändert. Keilriemen haben sich nicht geändert. Der Verbrennungsmotor ist nahezu perfekt. Das Material ändert sich. Vielleicht ändert sich der Winkel, in dem ein Motor unter der Haube montiert wird, aber ein Kolben ist ein Kolben.«

»Der Gedanke ist mir noch nie gekommen«, entgegnete der Tierarzt.

»Ich hab eine Garage voll toller Autos. Mein Porsche 911 ist ein Stück vom Himmel. Ich habe einen sagenhaften alten restaurierten DeSoto. Den hat übrigens Walt Richardson hergerichtet. Ich habe meine Muskelautos, und meiner Frau habe ich einen 1957er Thunderbird in Aquamarinblau und Weiß gekauft. Ich liebe Autos, ich liebe Motoren, und ich versichere sie gern. Was ich nicht liebe ist, dass man meine Branche verteufelt und sie zur Zielscheibe macht.«

Yancy war nachdenklich geworden. »Wenn ich eine schlechte Weinbeere an einer Traube habe, schickt mir jemand den Gesundheitsinspektor von Albemarle auf den Hals. Ich habe nicht bloß zum Scherz gesagt, dass die Marine mich wieder lockt.«

Fair ließ seine Bierflasche von der Hand baumeln und fragte: »Latigo, was würden Sie als den eigentlichen Zweck einer Versicherung bezeichnen?«

Latigo erwiderte prompt: »Streuung des Risikos. Versicherungen gibt es seit zweitausend vor Christus, und der Zweck ist schon immer gewesen, das Risiko zu streuen.«

Just in diesem Moment kam Harry zu ihrem Mann getrabt und zog ihn von Yancy und Latigo fort.

»Schatz, du bist ein bisschen rot geworden. Findest du mich so anziehend?«, witzelte Fair.

»Victor Gatzembizi ist der leibhaftige Teufel. Siebenundzwanzigtausend Dollar für den WRX STI. Der Kredit würde sich auf etwa dreiundzwanzigtausend belaufen, wenn ich zur Bank ginge. Ich denk natürlich gar nicht dran. Bei dem, was Nick alles reingesteckt hat, ist das ein unglaublicher Preis. Phantastischer Wagen. Tolle Besprechungen in den Autozeitschriften. Victor hat mir den Tag verdorben.«

»Nein, hat er nicht. Er hat dir was zum Überlegen gegeben. Du liebst Autos.«

»Siebenundzwanzigtausend Dollar, wo ich den Traktor reparieren lassen muss? Verflixt.« Harry wirkte konfus, betrübt und verärgert zugleich.

»Jaja, der Traktor«, seufzte Fair. »Der gehört zur Farm. Eins nach dem anderen.«

»Was soll ich denn überhaupt mit einer Taschenrakete?« Sie sah ihn flehend an.

»Dich amüsieren. Man lebt nur einmal.«

Tante Tally ruhte in einem bequemen Sessel unter einem Baum. Als Hundertjährige stand ihr das zu. Ihre um zwei Jahre jüngere Freundin Inez Carpenter, Doktor der Tiermedizin, saß neben ihr. Big Mim flatterte umher, gebieterisch wie immer. Ihre Tochter nahm die herzlichen Umarmungen all jener entgegen, die unterdessen wussten, dass sie schwanger war. Blair – diesmal ohne Zigarren – verteilte Zippo-Feuerzeuge mit der amerikanischen Flagge auf dem Chromgehäuse.

»Ich möchte, dass ihr vorbereitet seid, wenn das Baby kommt. Ihr müsst eure Zigarre anzünden.« Blair gab Fair und Victor je ein Feuerzeug, dann gab er auch Reverend Jones eins, der sich zu ihnen gesellte.

»Danke, Blair«, sagte Herb. Sein Feuerzeug flammte hoch auf. »Aber wenn ich das Ding benutze, versenge ich mir die Augenbrauen.«

Blair nahm ihm das Feuerzeug ab und zeigte ihm, wie sich die Flamme regulieren ließ.

Nach dem Essen setzten sich alle ein Weilchen hin, um es sacken zu lassen.

Mark Catron hatte beim Philharmonischen Orchester von Charlotte Klarinette gespielt, bevor er nach Albemarle County zog. Jetzt erhob er sich und blies die Leute mit seinem Horn zur Ordnung. Mark konnte jedes Instrument spielen.

Reverend Jones stellte sich neben den Bläser mit den strahlend blauen Augen. »So, Leute, wir sind so weit, die Teams für das Fang-die-Flagge-Spiel zu bilden. Schaut mal auf den Zettel, den ihr bekommen habt, als ihr in der Essensschlange standet, da ist eine Nummer drauf.«

Ein Rascheln entstand, als die Leute nach ihren Zetteln suchten. Portemonnaies wurden auf- und zugemacht. Männer kramten in ihren Gesäßtaschen.

»Ungerade Zahlen sind das blaue Team. Gerade Zahlen sind das rote Team. Ihr bekommt Fahnen in eurer Farbe, wie beim Flaggen-Football. BoomBoom Craycroft gibt die blauen aus, Alicia Palmer die roten. Susan Tucker stoppt die Zeit. Sie hat die Pfeife. Wenn das Lufthorn einmal ertönt, spielen. Bläst es zweimal, anhalten. Unsere Schiedsrichter, Harry Haristeen und Craig Newby, tragen Schiedsrichter-Shirts und blasen die Trillerpfeife.«

Harry und Craig erschienen in Shirts mit schwarz-weißen Längsstreifen.

Welcher Amerikaner spielt am Flaggentag nicht gern Fang-die-Flagge? Die Menge verließ nun den Innenhof und begab sich nach draußen auf das Areal, an das sich der Friedhof anschloss. Auf diesem riesigen Geviert war mit Kreide eine Fläche von der Größe eines Footballfeldes markiert.

An einem Ende war eine rote Fahne, so groß wie die amerikanische Flagge, am anderen Ende eine ebenso große blaue. Jedes Team stellte sich seiner Fahne gegenüber auf.

Jedes Team bekam Zeit, um seinen Kapitän zu wählen. Tante Tally hielt die Stoppuhr, nachdem man ihren Sessel an den

Spielfeldrand gebracht hatte. Susan hatte das Lufthorn, um Viertel- und Halbzeit zu signalisieren.

Die gewählten Teamkapitäne waren beide beliebte Oberstufenschüler an der Western Albemarle Highschool.

»Sind alle bereit?«, rief Reverend Jones mit seiner vollen Stimme.

»Bereit«, antworteten die Kapitäne.

Der Reverend hob die Hand, senkte sie dann.

In genau diesem Moment blies Harry die Pfeife. Das Tohuwabohu begann. Wenn sich ein roter Spieler ins blaue Gebiet vorwagte und ihm seine Fahne entrissen wurde, musste er hinter die Auslinie des gegnerischen Teams ins »Fegefeuer« gehen.

Pewter schlenderte überheblich zur Friedhofsmauer und sprang hinauf, um sich das alberne Spiel anzusehen. Die drei Katzen von St. Lukas leisteten ihr Gesellschaft.

Die Spieler schrien, feuerten ihre Teamkameraden mit lauten Rufen an. Die Zuschauer klatschten und brüllten.

Nach fünfzehn Spielminuten signalisierte das Lufthorn das Ende der ersten Viertelzeit. Die Teams hatten zwei Minuten, um zu verschnaufen und ihre Strategien zu überdenken.

Schon war die Hälfte jedes Teams hinter der gegnerischen Auslinie. Zu den Regeln von Fang-die-Flagge gehörte es, dass man freigelassen war, wenn einem jemand vom eigenen Team auf die Hand schlug. Da sich der Befreier mit einer Teamfahne im Taillenbund auf feindlichem Territorium befand, lief der Befreier Gefahr, ebenfalls zum Gefangenen zu werden. War man schnell, war es leicht, hinzurennen und die Teamfahne zu erhaschen, die fünfzig Zentimeter aus einem zehn Zentimeter breiten Taillenbund heraushing. Es sah aus wie ein Eselschwanz.

Die gefangenen Roten legten sich jetzt auf das Spielfeld. Man musste sich so hinlegen, dass die Füße die Auslinie und den Fußknöchel des Nebenmanns berührten. Auf diese Weise bildeten die Gefangenen eine Menschenkette. So war es durch die Regeln vorgegeben. Je näher die Kette an die Fünfzig-Meter-Linie heranreichte, desto größer war die Chance, dass jemand die Gefangenen befreien konnte. Sie nahmen dann wieder am Spiel teil, und dies verschaffte ihnen einen enormen Vorteil, sofern die Spieler des anderen Teams noch gefangen gehalten wurden.

Die Pfeife ertönte, das Spiel ging weiter. Die schnelleren Spieler blieben frei. Die Spannung stieg, die Zuschauer am Spielfeldrand gerieten außer Rand und Band.

»Menschen denken sich komische Spiele aus, was?«, meinte Cazenovia sinnend.

Mrs. Murphy schlenderte herbei und sprang so auf die Mauer, dass sie Abstand zu Pewter hielt, aber in Hörweite zu den lutherischen Katzen war.

»Ich rede nicht mit dir«, fauchte Pewter.

»Gut so. Du bist stinklangweilig.«

»Das verbitte ich mir«, blaffte Pewter.

»Ach kommt, ihr zwei. Wir wollen den Tag genießen«, sagte Lucy Fur streng.

Pewter sprang genau in dem Moment auf den Friedhof hinunter, als die Roten befreit wurden; deren Kette war länger geworden, so dass es für einen freien Spieler leichter war, einen gefangenen Spieler zu berühren, ohne selbst gefangen genommen zu werden. Lautes Gebrüll erhob sich. *»Ich hasse sie alle«*, murrte die graue Katze. Sie ging auf die andere Friedhofsseite zu den großen alten würdevollen Grabsteinen.

Mrs. Murphy rückte näher an Eloquenz, Cazenovia und Lucy Fur heran.

Pewter setzte sich einen Moment hinter den großen Trumbull-Grabstein, den ein liegendes Lamm krönte. Sie schnupperte. Schnupperte noch mal.

»Hmmm.« Sie ging um den Grabstein herum – und blieb wie angewurzelt stehen.

An dem gemeißelten Familiengedenkstein lehnte aufrecht

sitzend ein junger Mann, dessen Augen ins Weite starrten. Mausetot.

»Hey! Hey!«, rief Pewter.

Natürlich achteten die anderen Katzen nicht auf sie, weshalb sie über den Friedhof stürmte und vor der Mauer bremste. *»Hier drin ist ein Toter.«*

Cazenovia lachte. *»Die sind hier alle tot.«*

»Aber da lehnt wer an einem Grabstein!«, teilte Pewter keuchend mit.

Mrs. Murphy sprang hinunter und lief zu ihrer Freundin, alle Wut war vergessen. Die zwei Katzen rannten um das Trumbull-Grabmal herum.

Mrs. Murphy legte eine Pfote auf das Bein des Toten und betrachtete eingehend, was sie von dem Leichnam sehen konnte. *»Keine Verletzung. Kein Blut. Wie ist er gestorben?«*

Pewter betrachtete den Toten ebenfalls. *»Könnte er erwürgt worden sein?«*

»Dann wären seine Augen blutunterlaufen«, erwiderte Mrs. Murphy.

Pewter jammerte: *»Warum muss alles immer mir passieren?«*

Streiten war sinnlos, darum nickte die Tigerkatze nur. Die zwei Katzen sausten über den gepflegten Friedhof.

Als sie über die Mauer setzten, rief Mrs. Murphy den drei Katzen über die Schulter zu: *»Leiche am Trumbull-Grabmal.«*

Das war zu schön, um wahr zu sein. Cazenovia, Eloquenz und Lucy Fur sprangen hinunter und rannten in die genannte Richtung.

Bevor Mrs. Murphy Harry erreichte, schrie sie schon: *»Tucker, Tucker, ich brauch dich.«*

In dem ganzen Trubel um das Spiel ging ihre Stimme unter.

Die zwei Katzen kamen beim Hund an, und Mrs. Murphy berichtete Tucker rasch von ihrer Entdeckung.

»Ich hab die Leiche entdeckt«, korrigierte Pewter die Tigerkatze, die *»wir«* gesagt hatte.

Murphy unterdrückte den Drang, der grauen Katze eine zu schmieren, pflichtete ihr schlicht bei und befahl dann: *»Tucker, nimm Moms Hand. Pewter, du und ich müssen uns hinter je einem Bein auf die Hinterbeine stellen und schubsen. Über kurz oder lang kapiert sie's dann schon.«*

Tucker stellte sich auf die Hinterbeine und nahm Harrys Hand sanft in die Schnauze. Die zwei Katzen schoben von hinten. Harry, die innerhalb des mit Kreide markierten Spielfeldrandes stand, wehrte sie ab.

»Mädels.« Harry schüttelte Tucker ab.

Fair, den die Kaspereien amüsierten, konzentrierte sich wieder auf das ausgeglichene Spiel. Bei den Wettkämpfern machten sich die Auswirkungen des vielen Rennens bemerkbar.

»Mutter, Achtung!«, schrie Mrs. Murphy, so laut sie konnte.

Tucker bellte, nahm wieder Harrys Hand und führte sie ein paar Schritte.

»Was habt ihr denn bloß alle?«

Die Arme vor der breiten Brust verschränkt, sah Fair zu den Tieren hinunter. Er konnte ihr Verhalten besser deuten als die meisten anderen Menschen. Nicht dass Harry ihre Verständigungsmethoden entgingen, aber Überempfindsamkeit konnte man ihr nicht gerade nachsagen.

»Schatz, ich geh ihnen nach. Du kannst nicht weg von deinen Schiedsrichterpflichten.«

Tucker gestattete sich eine kurze Klage: *»Man hat's verdammt schwer mit den Menschen.«*

Pewter sah den Hund an und fuhr die Krallen aus. *»Wie wohltuend, dass du Mom ausnahmsweise mal nicht verteidigst. Sonst hältst du immer zu ihr.«*

»Ich hab sie lieb, aber im Moment hab ich sie ein bisschen weniger lieb«, erwiderte der Hund.

»Alles Idioten, sogar sie.« Pewter zog die Krallen wieder ein. Harry hatte sich eine Pause zunutze gemacht und BoomBoom zugerufen, sie möge für sie einspringen.

Sie gab BoomBoom ihr Schiedsrichter-Shirt, sagte »bin gleich zurück« und folgte den dreien.

Die Katzen liefen voraus; ab und zu blieben sie stehen und schauten nach hinten. Tucker folgte ihnen. Die Tiere hofften, die zwei Menschen so zur Eile zu bewegen.

Die Katzen sprangen auf die Mauer. Tucker stürmte zu dem Eisentor und wand sich unten drunter durch.

Fair hob seine Frau auf die Mauer.

»Ich kann drübersteigen«, sagte sie.

»Schon, aber wann hat dein Mann schon mal das Vergnügen, dich zu tragen?«

»Oh, du großer, starker Bär.«

Das spielerische Geplänkel verging ihnen abrupt, als sie das Trumbull-Grabmal umrundeten. Alle Katzen waren dort versammelt. Tucker bellte einmal, nur um sicherzugehen.

Harry schlug sich die Hand vor den Mund. Es war Bobby Foltz.

Fair war so klug, den Mann nicht zu berühren, doch er kniete sich hin, um ihn sich genauer anzusehen. »Tot, offensichtlich.«

Er zog sein Handy aus der Gesäßtasche. Er hatte an diesem Wochenende keinen Bereitschaftsdienst, aber da er wusste, dass bestimmte Kunden nur ihn wollten und nervös wurden, wenn sie ihn nicht erreichen konnten, hatte er das verflixte Telefon bei sich. Er rief das Sheriffrevier an.

»Schatz, was möchtest du lieber tun?«, fragte Fair nach dem Telefonat seine Frau, deren Neugierde schon über den Schock siegte. »Bei dem Toten bleiben oder zum Reverend gehen und ihm sagen, er soll die Leute in den Innenhof schicken?«

»Du bist Mediziner. Du bleibst hier. Ich gehe.« Sie lief über den Friedhof zurück und rief über die Schulter: »Tucker, komm mit.«

Harry erklärte dem Reverend, was passiert war, gerade als das blaue Team knapp vor dem Sieg stand.

Reverend Jones sagte zu Harry: »Wir lassen sie das Spiel beenden, dann ist es leichter, alle Leute in den Hof zu schicken. Ich muss sowieso den Pokal überreichen.« Er hielt inne.

Harry lief am Spielfeldrand entlang zu BoomBoom und bat sie, nach dem Spiel zu helfen.

Wie Reverend Jones vorausgesagt hatte, erwies es sich als leicht, die Leute nach dem Spiel in den herrlichen Innenhof zu drängen. Tucker war dabei eine große Hilfe, indem sie die Leute vorsichtig in die Hacken zwickte. Harry war zu aufgewühlt, um sie wegzurufen.

Im Innenhof überreichte Herb den siegreichen Blauen den Pokal und sagte dann in entschiedenem Ton: »Es gab einen Unglücksfall. Ich bitte euch alle, geht nach Hause, und Craig, wenn die Leute aufbrechen, lassen Sie sie – Susan, holen Sie einen Notizblock aus dem Vorratslager. Lassen Sie sie ihre Namen und die Namen ihrer Familienmitglieder eintragen. Ich bedaure, dass das sein muss, Leute, aber es wird sich später klären. Wir brauchen einen möglichst vollständigen Überblick darüber, wer heute hier war.«

Die Menge murrte ratlos, und dann ertönten laute Sirenen.

Cooper hatte zu der Feier kommen wollen, war aber aufgrund eines Unfalls auf der alten Umgehungsstraße aufgehalten worden. Zum Glück war er glimpflich abgegangen. Sie hatte Ricks Anruf erhalten und Marcie, den diensthabenden Beamten, informiert. Sie hoffte, Rick werde kurz nach ihr eintreffen.

Während die Leute aufbrachen, wurde das Gemurmel zum Getöse, insbesondere, als sie Coops Wagen zur Garage des Reverend brausen sahen. Sie trat auf die Bremse und stieg aus.

BoomBoom, die in einer brenzligen Situation gelassen blieb, scheuchte die Leute weiter. Sie sah Harry an. »Was da passiert ist, muss was Schlimmes sein.«

Harry nickte nur.

Susan stand mit dem Notizblock auf einer Seite des Innenhofs. Auch sie sah Harry fragend an, die ihr signalisierte, Schluss zu machen.

Dank des Geschicks der Mitglieder des Kirchenvorstands im Umgang mit Menschen war das Gelände binnen zwanzig Minuten geräumt. Unterdessen war Harry wieder auf den Friedhof gelaufen.

BoomBoom stand in dem großen Geviert und fragte Alicia, Susan, Craig und Reverend Jones: »Was ist da los? Sollen wir hingehen?«

Herb verzog das Gesicht. »Nein. Warten wir hier auf den Sheriff. Es besteht immer Gefahr, dass Beweise zertrampelt werden.«

»Was meinen Sie damit? Beweise wofür?«, fragte Alicia ruhig.

»Am Trumbull-Grabstein lehnt ein Toter. Warten wir hier. Wenn Rick uns braucht, gibt er uns Bescheid.«

»Ausgerechnet jetzt und hier«, entfuhr es BoomBoom. »Kein Wunder, dass Harry so blass war.«

Cooper sah in die Augen des Toten und sprach kein Wort. Die Position des Toten bereitete ihr Kopfzerbrechen.

»Ich darf ihn nicht bewegen. Wir müssen auf die Leute von der Gerichtsmedizin warten.« Sie sah auf die Uhr. »Verdammter Mist.«

»Saubere Arbeit. Keine Verletzungen.«

»Keine sichtbaren Verletzungen. Es besteht die entfernte Möglichkeit, dass er sich hier hingesetzt hat und einen Herzinfarkt hatte.«

»Dafür sieht er viel zu jung aus«, stellte Fair fest.

»Bis der Bericht des Gerichtsmediziners vorliegt, können wir nichts ausschließen.«

Rick kam nach zehn Minuten. Er schlug die Tür des Streifenwagens zu und begab sich eilends zu der kleinen Gruppe am Grab.

»Nicht froh«, bemerkte Eloquenz.

»Leichenfunde beeinträchtigen ihr inneres Gleichgewicht«, erklärte Lucy Fur weise.

Pewter setzte sich aufrecht. *»Ein toter Mensch* macht *immer Ärger. Ist ja nicht wie ein überfahrenes Eichhörnchen. Der Mann kam mir bekannt vor, aber ich weiß nicht, woher.«*

Die Gerichtsmediziner trafen gleich nach Rick ein. An den Wochenenden war nicht viel los, aber eine Notmannschaft war immer verfügbar. Rick war vor langer Zeit aufgefallen, dass die schlimmsten Sachen am Wochenende passieren konnten und tatsächlich passierten.

Nina Jacobsen von der Gerichtsmedizin untersuchte den Toten gründlich. Sie streifte Gummihandschuhe über und bat ihre zwei Assistenten, den Leichnam ein Stückchen von dem Grabstein wegzuziehen. Dann untersuchte sie seinen Rücken.

»Keine sichtbaren Verletzungen. Keine Schuss-, Stich- oder Schlagverletzung.«

Tucker hob die Nase in die Luft. *»Schädel.«*

»Ah«, bestätigte Mrs. Murphy, denn auch sie nahm ganz schwach einen frischen Knochengeruch wahr.

Nina, die ziemlich gut in ihrem Job war, sah sich den Nacken des Mannes an, strich ganz vorsichtig seine Haare aus dem Genick und schob dann die Hand ein wenig höher. »Da haben wir's.«

Rick und Cooper traten näher und nahmen die Stelle in Augenschein, auf die Nina zeigte.

Fair stieß einen Pfiff aus. »Tatsächlich.«

Rick sagte mit fester Stimme: »Jemand hat ihm eine dünne Nadel oder einen Eisdorn von der Schädelbasis ins Gehirn geschoben. Ein einziger fester Stoß. Er war sofort tot.«

Fair wusste, wie schnell der Tod eintreten konnte, wenn etwas ins Gehirn eindrang. »Aber mit Sicherheit nicht hier. Es ist nicht auf diesem Friedhof geschehen.«

Rick verzog das Gesicht. »Nein. Sicher nicht. Wer sitzt schon still, wenn jemand ihm ins Gehirn sticht? Verdammt, dieser Monat war einfach, einfach …« Seine Stimme erstarb.

»Beschissen«, sprach Cooper den Satz für ihn zu Ende.

POL

»Wer auch immer ihn ermordet hat, wollte sich wichtigtun«, sagte Rick. »Da treibt einer sein Spiel mit uns. Früher oder später wäre jemand von der Feier auf den Friedhof gegangen.«

»Seien wir froh, dass ihn keine Kinder gefunden haben.« Harry atmete tief durch.

»Ich hab ihn gefunden.« Pewter strich Cooper ums Bein.

»Ich nehme an, der Mörder liebt's dramatisch.« Cooper sah Rick an, der wiederum Nina einen Blick zuwarf.

Ihre Leute hoben den Toten auf eine Bahre.

Pewter, die sich mehr Aufmerksamkeit erhoffte, meldete sich: *»Warum muss alles immer mir passieren?«*

»Karma«, versetzte Mrs. Murphy.

27

Man kann nie wissen.« Dabney Farnese sprach über den Tod. Sein Werkzeug hatte er so akkurat zurechtgelegt, wie ein Chirurg seine Skalpelle, Pinzetten und Sonden auf einem Tablett anordnet.

»Wirklich nicht.« Harry saß im Geräteschuppen auf einer umgedrehten Holzkiste, die einmal Winchester-Munition enthalten hatte, Dabney stand auf einer kleinen Trittleiter neben dem John Deere.

Dabney Farnese, Mitte siebzig, kam mit der vielen Arbeit kaum nach. Dass er es binnen zweieinhalb Wochen zu Harry geschafft hatte, war schnell für ihn. So viele Leute ließen ältere Markentraktoren reparieren, dass Dabney vierundzwanzig Stunden täglich arbeiten könnte, falls das menschenmöglich wäre.

Schon Harrys Eltern waren gute Kunden von Dabney gewesen. Er freute sich immer, wenn er Harry sah, und er erinnerte sich an sie als kleines Mädchen, das mit ihm Traktoren reparieren wollte, die Nase, Hände und Kleidung ölverschmiert.

Farnese, einen italienischen Namen, konnte man sich leicht merken, zumal Farneses schon seit dem Unabhängigkeitskrieg in Virginia lebten. Dabney, der sich nicht für Geschichte oder Ahnenforschung interessierte, kam nie darauf zu sprechen, wie lange seine Familie schon in Virginia war, andere aber fanden es faszinierend. Seine Kinder beschäftigten sich mit der Familiengeschichte und fanden, was man immer findet: mutige Menschen, die einen klug, die anderen dumm wie Bohnenstroh, die meisten ehrlich, einige wenige nicht.

»Sieh dich bloß vor«, sagte er zu Harry, »dass man dich nicht eines Tages tot auffindet. Lass den Sheriff seine Arbeit machen und halt du dich da raus.« Vorsichtig entfernte er die Hydraulikpumpe. »Möchtest du für die verdiente Hydraulikpumpe ein Begräbnis abhalten?«

Sie lachte. »Ich könnte einen Kranz dranhängen.«

»Sehr würdevoll. Weißt du noch, wie dein Vater auf Nick Knatterton Eier gebraten hat?« Dabney erinnerte sich an den alten Traktor aus den Fünfzigerjahren, der auf der linken Seite des Motors ein Auspuffrohr mit einem Deckel hatte. Der Deckel machte *knatter, knatter*, wenn beim Traktorfahren die Abgase ausströmten. Dieser Traktor hätte bis ins einundzwanzigste Jahrhundert halten können, hätte Harrys Dad ihn nicht an einem Frühlingstag angelassen, ohne zu bemerken, dass ein Vogelnest mit Gelege ins Auspuffrohr gezwängt war, dessen Deckel ein wenig offen stand. Bis er es gewahr wurde, war da nicht nur ein Schlamassel, sondern er war auch in einen Graben gefahren – ein weiterer Schlamassel. Darauf hatte er den Traktor gegen ein neueres Modell eingetauscht, das für Vögel weniger einladend war.

»Hab meinen Vater nie so viel fluchen gehört.« Harry lachte. »Sogar Mom hat ein paar unfeine Worte rausgelassen, nachdem er in den Graben fuhr. Zuerst wussten wir gar nicht, was los war. Wir haben nur unseren Collie bellen gehört, er hat gebellt und gebellt. Bis wir nach draußen kamen, war Dad unter dem umgekippten Traktor rausgekrochen. Zum Glück war ihm nichts passiert. Es war urkomisch – das sind solche Vorkommnisse ja immer, wenn genug Zeit vergangen ist. Ich nehme an, eines Tages werden wir es lustig finden, dass wir den jungen Bobby Foltz auf dem Friedhof gefunden haben. Wie praktisch. Man hätte bloß an Ort und Stelle ein Grab schaufeln müssen.«

»Hast du ihn gekannt?«

Harry schüttelte den Kopf. »Nur flüchtig. Ich hab ihn auf der Dragsterbahn fahren gesehen. Und bin ihm kurz bei ReNu begegnet.«

Dabney entfernte die Schläuche. »Fandest du ihn sympathisch?«

»Er schien ganz nett zu sein. Jetzt sind drei Männer tot, die bei ReNu gearbeitet haben.«

»Hab in der Zeitung gelesen, dass der Eigentümer der Werkstatt zehntausend Dollar Belohnung ausgesetzt hat für Informationen, die zu einer Ergreifung führen.« Dabney wischte sich an einem roten Lappen die Hände ab, packte neue Schläuche aus und legte sie auf sein großes Tablett.

Harry stieß einen Pfiff aus. »'n Haufen Geld.«

»Da stand auch, dass dieser Mann zu Ehren der toten Männer Stipendien einrichtet für Kinder, die Mechaniker werden wollen.«

»Eine gute Tat.« Harry hörte den Drosseln zu, die draußen hinter dem Schuppen ein Nest gebaut hatten.

»Ich wünschte, jemand würde Stipendien für Traktorreparaturen einrichten«, sagte Dabney.

»John Deere sollte Stipendien nach Ihnen benennen. Sie können alles reparieren.« Sie überlegte kurz. »Aber ich vermute, Sie nehmen den Händlern Aufträge weg. Die verlangen ein Vermögen für Reparaturen.«

»Ich hab nicht deren Betriebskosten«, erklärte Darbey schlau. »Was sollte ich auch damit.«

»Danke, dass Sie am Sonntag hergefahren sind. Sie sind meine Rettung; ich muss nämlich das Heu ernten.«

»Du hast Glück, dass es nicht verdorben ist – so wenig wie du«, sagte er augenzwinkernd.

»Die Höhenlage. Ich bin manchmal zwei Wochen hinter Farmen zurück, die nicht so hoch liegen, und fast drei Wochen hinter den Farmen um Richmond. Meistens nützt mir das. Mitten im Winter vielleicht nicht.«

»Du hattest am Telefon erwähnt, dass Fair einen Kredit aufnehmen will.«

»Ich hab's ihm ausgeredet. Er hatte befürchtet, dass wir unsere Heuernte verlieren. Die ist dieses Jahr sehr gut, aber ich hab gesagt, abwarten, Schatz. Die Farmarbeit überlässt er mir. Wir haben jeder unsere eigene Sphäre, wie er das nennt. Aber ich hab das Geld aufgebracht, indem ich Yancy Hampton meine Sonnenblumenernte – die zukünftige gewissermaßen – verkauft habe.«

»Ich halte nichts von dem Bioanbauquatsch, du?« Dabney prüfte sorgfältig die neuen Schläuche auf seinem Tablett, dann packte er die neue Pumpe aus und untersuchte sie gründlich.

»Ja und nein. Ackerbau ohne irgendwelche Pestizide ist schrecklich kostspielig. Vögel, Käfer, Viren können einen Großteil der Ernte vernichten. Außerdem, Dabney, sehen die Erzeugnisse nicht so hübsch aus wie die Produkte der Agrarindustrie.«

»Wohl wahr. Richtige Äpfel sind viel kleiner und haben auch mal kleine Schönheitsfehler. Vielleicht ist sogar ein Wurm drin.« Er hob die Schultern ein wenig. »Wie kann man erwarten, die explosionsartig wachsende Weltbevölkerung ohne Gentechnik satt zu kriegen?«

»Keine Ahnung.« Hatte sie wirklich nicht, denn sie hielt sich an die althergebrachten Methoden.

»Ich bin in meinem langen Leben bestimmt schon auf der Hälfte der Farmen in Virginia gewesen und hab John-Deere-Traktoren repariert. Ich hab große Veränderungen gesehen.« Er schüttelte den Kopf. »Am schlimmsten war es in den Achtzigern, als die Regierung die kleinen Farmer ausgenommen hat. Gott segne alle, die durchgehalten haben. So wie deine Familie.«

»Manchmal denke ich, es hat Mom und Dad umgebracht. Sie haben so schwer gearbeitet, um die Farm zu erhalten. Das hat seinen Tribut gefordert. Ich habe einen Mann, dessen Einkommen nicht von Farmarbeit stammt, drum kann ich das alte heimische Anwesen am Laufen halten. Trotzdem bin ich manchmal überfordert. Vielleicht lasse ich mich deswegen von Kriminalfällen packen und suche nach Lösungen. Das lenkt mich von den gewaltigen ökonomischen Kräften ab. Die Natur, die Regierung, eine Ernte jenseits des Ozeans, das alles kann sich auf meine Erntepreise auswirken. Ich bin ja nur ein ganz kleiner Fisch.«

»Tja.« Er atmete die frische Morgenluft ein, denn in der Nacht war eine Kaltfront durchgezogen. »Krimis sind eine Sache. Mord ist was anderes. Du hast als Kind zu viele Bücher gelesen.«

»Nancy Drew.« Sie lächelte. »Mutter war immer hinter mir her, dass ich gute Romane lese. Fand ich todlangweilig, und das hat sie wütend gemacht. Ich bin halt so.« Sie hob abbittend die Hände.

»Hier. Dies ist nicht direkt ein Krimi, aber ich zeig dir was.« Er hielt ihr die Hydraulikpumpe hin. »Das ist eine echte John-Deere-Pumpe für deinen 2750. Sie wurde nicht billig in Indien oder sonst wo in Asien hergestellt.« Er hob eine Augenbraue. »Dein Traktor hat siebenundzwanzig Jahre auf dem Buckel, das heißt, er ist zu alt für nachgemachte Ersatzteile. Trenn dich bloß nicht von diesem Traktor. Die Länder da drüben sind ganz scharf drauf, billige Ersatzteile zu fabrizieren.«

so weiter vorrätig zu halten. In anderen Fällen kann jemand, der geschickt ist, diese Teile nachbauen.«

»Warum ist das was anderes?«

»Nun, der Originalhersteller gewährt Garantie auf die Teile. Wenn man einen 1950er Chevy-Motorblock kauft, einen John-Deere-Motorblock, einen Harvester, gibt es noch Garantie. Nun sagen wir mal, ich habe ein in China fabriziertes nachgemachtes Traktorteil. Der Hersteller gibt dir Garantie darauf, ja?« Er sah sie an. »Das Teil ist mangelhaft. Gehst du nach China, um zu klagen? Ich muss dir nicht sagen, wo ich das Teil gekauft habe, und das tut auch keine Reparaturwerkstatt. Ich spare Geld, wenn ich die billigen nachgemachten Teile verwende. Wie gesagt, du hast ein Modell, das alt genug ist, da passiert dir nichts, außerdem würde ich so was nie tun. Ich verwende nur Originalteile.«

»Ich hatte keine Ahnung.«

»Die hat keiner so richtig.« Er hielt inne. »Wer ein altes Auto wieder herrichtet, liebt es. Es ist widersinnig. Wer einen alten Traktor repariert, braucht ihn. Wer einen neuen Wagen oder einen neuen Traktor repariert, braucht ihn, und zwar meistens sofort. Ein Mann gibt mehr für seine junge Geliebte aus als für seine Ehefrau im mittleren Alter.« Er sah Harry an. »Das war vielleicht nicht der beste Vergleich.«

»Hab verstanden. Sie müssen sich nicht entschuldigen. So was tun Männer auf der ganzen Welt.«

»Eine Frau ist teuer genug. Warum zwei?«

»Dabney, Sie sind schrecklich.«

»Das sagt Doris auch immer.« Er lachte.

»Sie könnten nicht ohne sie leben.«

»Wohl wahr. Gib mir mal den Eisdorn.«

Sie hielt ihn ihm hin, während er behutsam eine Bohrung säuberte. »Man vermutet, dass Bobby Foltz so umgebracht wurde«, sagte sie. »Mit einem Eisdorn oder sonst einem dünnen Gegenstand.«

»Nach so was hätte ich nicht geguckt.«

»War nichts zu sehen.« Harry zuckte die Achseln. »Nicht wie bei Walt Richardson, den Reverend Jones, Susan und ich bei ReNu gefunden haben.«

»Ich mag nicht mal tote Tiere auf der Straße anschauen.«

Drei Stunden später war alles montiert. Dabney startete den Traktor, erklärte ihn für repariert, und Harry gab ihm einen Scheck über 5319 Dollar. Hinterher sprach sie ein kleines Dankgebet für ihre Sonnenblumen. Yancy Hampton schloss sie nicht in das Gebet ein.

Der Biolebensmittelhändler hätte Harrys gute Wünsche brauchen können, denn seine mittlere Tochter feierte an diesem Sonntag eine sehr aufwendige Hochzeit. Der Empfang fand im Randolph Inn statt, und der Caterer hatte sie mit dem Huhn versetzt. Nach dieser Katastrophe hätte Yancy am liebsten seine hysterische Frau ausgetauscht, die sich mit blankliegenden Nerven in einem irrsinnigen Wutanfall völlig auflöste.

Yancy erinnerte sich daran, was seine Mutter über seinen Vater zu sagen pflegte: »Scheidung, niemals. Mord, ja.« Das ließ ihn schaudern. Es waren genug Morde passiert.

28

Charleston, South Carolina.« Latigo Bly ging mit Reverend Jones über den Innenhof.

Die zwei Männer waren aus Reverend Jones' Garage gekommen. Keiner von ihnen mochte nahe am Friedhof vorbeigehen. Sie gingen stattdessen an der Grenze zum großen Außenhof bis zu der niedrigen Stützmauer aus Feldsteinen. Herb öffnete das weiß gestrichene Bogentor und trat auf das üppig grüne Gelände. »Ach ja?«, reagierte Herb auf die Erwähnung von Charleston.

Zufrieden, dass Reverend Jones Interesse zeigte, fuhr der großgewachsene Mann fort: »Das war 1732. Allerdings hat diese erste amerikanische Versicherungsgesellschaft nur eine Feuerversicherung angeboten.«

»Ich dachte immer, Benjamin Franklin war der Erste, der eine Versicherungsgesellschaft gegründet hat.« Reverend Jones musste größere Schritte machen, um mit dem langbeinigen Latigo mitzukommen.

»Das war später, 1752. Er gründete die Philadelphia Contributionship für Versicherungen gegen Hausbrände.« Latigo lachte in sich hinein. »War nicht dumm, dieser Franklin. Er lehnte es ab, auf Treu und Glauben gegen Brandgefahren zu versichern, und das betraf alle Holzhäuser.«

»Vermutlich hat er trotzdem genug verdient.«

»Ein findiger, kreativer Mensch.« Latigo kam zum Bogengang, dessen Steine den Eindruck von Ordnung und Harmonie noch verstärkten.

»Mit starkem Geschlechtstrieb«, sagte Herb und fügte rasch hinzu: »Die neueren Geschichtsbücher heben das hervor.«

»Sex verkauft sich gut«, sagte Latigo leidenschaftslos.

»Vielleicht sollten Sie es in der Versicherungsbranche mal damit versuchen«, frotzelte Reverend Jones.

»Klappt in Ihrer Branche ja ganz gut. Ich sage nur Aimee Semple McPherson.«

»Wenn's bei Erweckungspredigerinnen geklappt hat, muss es auch bei Ihnen klappen. Das Versicherungswesen ist kein – wie soll ich sagen – unterhaltsames Geschäft? Kein Gesang, kein Tanz …«

Latigo warf ein: »Oder ›lobet den Herrn‹.«

Beide lachten. Reverend Jones öffnete die Tür zu seinem Arbeitszimmer. Die drei Katzen, die zusammengekuschelt auf dem Sofa schliefen, hoben die Köpfe und senkten sie wieder.

»Bitte nehmen Sie Platz.« Herb wies auf einen bequemen Clubsessel. »Kann ich Ihnen eine Erfrischung anbieten?«

»Nein danke. Ich bin vorbeigekommen, um Ihnen den Scheck für Ihren Transporter zu bringen.« Er zog einen elfenbeinfarbenen Umschlag mit dem Firmenlogo an der oberen linken Ecke aus der Tasche.

»So schnell hatte ich nicht damit gerechnet.« Reverend Jones schlitzte den Umschlag mit dem Fingernagel auf und entnahm den Scheck. »Latigo, das ist mehr, als der Wagen wert ist.«

»Er hat Schrottwert.«

»Danke. Danke vielmals.« Herb steckte den Scheck über 8000 Dollar in den Umschlag zurück und schob ihn in seine Hosentasche.

»Was einen neuen Transporter angeht«, sagte Latigo, »die Zeit ist jetzt günstig, um einen zu kaufen. Die Leute nehmen Abstand von den Spritschluckern, weshalb die Verkäufe von Transportern schleppend laufen. Da könnten Sie ein prima Schnäppchen machen.«

»Schon, aber die Kirche benötigt einen großen Lieferwagen. Wie Sie sich denken können, verbraucht die Erhaltung eines so alten Anwesens einen beträchtlichen Batzen von unserem Etat. Ich werde den Wagen in meinem Namen kaufen, aber wir benutzen ihn natürlich für unsere Bedürfnisse hier.« Er lehnte sich zurück. »Offenbar wird nichts billiger, nicht wahr?«

»Nein. Stellt die Kirche Ihnen kein Auto zur Verfügung?«

»Doch, doch, und das ist eine große Hilfe.« Er gestikulierte zu den weit offenen dreiteiligen Schiebefenstern hin. »Ein herrlicher Ort zum Arbeiten und Wohnen. Ist nicht mit Geld zu bezahlen, und wer ist schon wegen des Geldes Prediger?«

Latigo brach in brüllendes Gelächter aus. »Alle, die im Fernsehen predigen.«

Reverend Jones' Mundwinkel deuteten ein Lächeln an. »Die halte ich nicht für Geistliche. Für mich sind das Werbefritzen.

Das mag ein Vorurteil von mir sein, aber ich bin ordinierter lutherischer Pastor, daher habe ich einen hohen Ausbildungsstandard. Und ich finde, man darf den Herrgott nicht dafür nutzen, Profit zu machen.«

»Ich tu das.« Latigo lächelte. »Ich bete jeden Tag.«

Jetzt war es an Reverend Jones, schallend zu lachen. »Ich werde für Sie beten.« Er klopfte auf die Tasche, in die er den Scheck geschoben hatte. »Sie haben soeben eine gute Tat in Petrus' Buch gutgeschrieben gekriegt.« Er lächelte. »Und da stehen bestimmt noch viel, viel mehr drin.«

Latigo sah verstohlen auf die Kaminuhr. »Ich muss los. Sagen Sie mir Bescheid, was für einen Wagen Sie kaufen. Ich hoffe sehr, dass Sie sich auch in Zukunft bei Safe & Sound versichern.«

»Bestimmt.«

Als Latigo gegangen war, hob Lucy Fur den Kopf. *»Poppy ist froh.«*

»Ein neuer Wagen«, schnurrte Cazenovia. *»Neue Ledersitze zum Zerkratzen. Himmlisch.«*

Herb rief bei ReNu an.

»ReNu Autowerkstätten«, tönte Kyle.

»Kyle, Reverend Jones hier. Sie haben meinen 1994er Chevy-Halbtonner dort. Ich würde morgen gern vorbeikommen und ihn ausräumen. Hab ich nicht gemacht, als er abgeschleppt wurde. Ich war einfach zu durcheinander. Würde das gehen?«

Nach einer kurzen Pause erwiderte Kyle: »Klar. Ich sag den Jungs, sie sollen ihn nicht anrühren.«

»Was würden sie denn mit ihm machen?«

»Auseinandernehmen. Sind sicher noch gute Teile drin, auch wenn er alt ist. Der Chef verkauft das alte Zeug an Spezialfirmen.«

»Spezialfirmen?«

»Firmen, die an alten Fahrzeugen werkeln. Außerdem gibt es Lagerhäuser für alte Teile.«

»Verstehe.«

»Und dann verkauft der Chef den Wagen als Schrott. Altmetall bringt im Moment viel, da ist er froh.«

»Klar, man bleibt ja nicht im Geschäft, wenn man nicht Mittel und Wege findet, Geld zu verdienen, möglichst an den Steuern vorbei.«

»Genau.«

Als Reverend Jones aufgelegt hatte, dachte er bei sich, dass die wenigen Male, die er Kyle gesehen oder mit ihm gesprochen hatte, den jungen Mann nie auch nur eine Spur von Enthusiasmus überkommen wäre. Und noch etwas: Kyle sagte nie etwas Gutes über ReNu. Er sagte auch nichts Schlechtes.

Herb wählte noch einmal. »Harry.«

»Reverend.«

»Möchten Sie morgen mit mir zu ReNu kommen?«

»Klar. Weshalb?«

»Ich muss den alten Transporter ausräumen, bevor er verschrottet wird. Ich war so wütend, als er mir stehenblieb, dass ich nicht alle Sachen rausgenommen habe. Ich weiß nicht mal, was noch drin ist.«

»Ich helfe Ihnen gern.«

»Ich mag nicht allein hingehen, ehrlich gesagt.«

»Das versteh ich sehr gut.«

»Okay. Hm, ist zehn Uhr zu früh?«

»Nein. Ich hol Sie ab.«

29

Erleichtert?« Reverend Jones genoss die ruhige Fahrt in Harrys Volvo-Kombi vom Kirchengelände in die Stadt.

Hierauf folgte erst mal Schweigen, dann: »Ja. Ich war mir sicher, dass alles gut ist, aber, ja.« Harry hielt noch einen Moment inne. »Ich habe jetzt noch mehr Hochachtung vor Ärzten und Schwestern, die sich mit Krebs befassen.«

»Er ist mitten unter uns. Unsere diversen Kirchengruppen bieten Beistand. Die Männergruppe hat mich überrascht.«

»Sie hatten doch nicht angenommen, dass sie sich darüber auslassen, wie Krebs sich auf sie auswirkt?«

»Ich hatte wirklich gedacht, die Männer, die von Krebs betroffen waren, würden darüber sprechen. Aber die neue Gruppe für Männer, deren Ehefrauen oder andere Familienmitglieder Krebs haben oder hatten, diese Gruppe war eine Überraschung. Und Ihr Mann hält alles zusammen.«

»Mit mir spricht er nie darüber.« Harry war deswegen nicht gekränkt.

»Manchmal, Harry, gibt es Dinge, die ein Mann nur einem anderen Mann sagen kann, besonders in einer Situation wie dieser. Der Frau, Tochter, Schwester oder besten Freundin von seinen Ängsten zu erzählen, während sie mitten im Kampf gegen die Krankheit ist – also, die meisten Männer meinen, das würde es nur schlimmer machen. Sie sehen es als ihre Aufgabe, die Frau zu stützen, statt die Angst in den Mittelpunkt zu rücken.«

»Das glaub ich gern. Und Fair hilft dabei?«

»Er ist geschickt darin, andere Männer dazu zu bringen, dass sie aus sich herausgehen.«

»Weil seine Patienten nicht sprechen können, hat er vielleicht gelernt, Anzeichen zu deuten. Ich glaube, er kann Menschen so gut deuten wie Pferde.«

»Mich kann er nicht deuten«, rief Pewter aus ihrem Kuschelbett hinter dem Fahrersitz.

»Kann er wohl«, widersprach Mrs. Murphy, die neben der grauen Katze lag. *»Du willst doch nichts weiter als Thunfisch und Katzenminze.«*

»Mom«, winselte Tucker auf dem Rücksitz, *»sie fangen schon wieder an.«*

Harry hörte das leise Fauchen der Katzen. »Wenn ich den Wagen anhalten muss, um einen Streit zu beenden, wird es hier zwei unglückliche Katzen geben. Habt ihr mich verstanden?«

Kein Mucks war zu hören, doch Herb lachte laut. »Meine drei haben die Kirche im Griff und mich auch.« Er hielt inne. »Sie sind sehr gläubig, diese Katzen.«

»Weil du keine Diva wie Pewter hast.« Dies konnte die Tigerkatze sich nicht verkneifen.

Harry schaute gerade rechtzeitig in den Rückspiegel, um eine graue Pfote zu sehen, die der Tigerkatze eine an den Kopf knallte. »Verdammt.«

Herb drehte sich um und dröhnte in seiner tiefsten Predigertonlage: »Jetzt reicht's.«

Die zwei Missetäterinnen erstarrten und einigten sich auf einen vorläufigen Waffenstillstand. Pewter sann bereits auf Rache für die Heimkunft.

»Danke«, sagte Harry. »Sie haben sogar mir Angst eingejagt.«

»Es braucht viel, um Ihnen Angst einzujagen, aber Sie jagen uns Übrigen mächtig Angst ein. Wir wissen nie, in was Sie hineingeraten.«

Harry fuhr auf den rückwärtigen Parkplatz von ReNu und zwischen den Fahrzeugen hindurch, die noch repariert werden mussten. »Es passieren ja massenhaft Unfälle in Charlottesville. Gucken Sie mal, die vielen PKWs und Lieferwagen.«

»Unaufmerksamkeit. Die Leute nehmen dauernd den Blick von der Straße. Sie telefonieren und simsen, aber ich glaube wirklich, das Schlimmste sind die Karten.«

»Was für Karten?« Harry zog einen Moment die Augenbrauen zusammen.

»Wie heißt das noch mal? Mein Wagen ist so alt, der hat so was nicht. Sie wissen schon, ein Bildschirm, und da taucht eine Straßenkarte auf.«

»Navigationssystem. GPS.« Harry entdeckte Herbs alten Transporter und parkte am Ende der Reihe, in der er stand. »Jeder Autohersteller gibt ihm einen anderen Namen. BMW nennt es iDrive, das bietet mehr Funktionen als nur Karten. Mercedes hat einen eigenen Namen. Manche Hersteller nennen es Fahrer-Interaktionssystem, das ist viel zu lang, um es auszusprechen.«

Der Reverend löste seinen Sicherheitsgurt. »Also, ich behaupte, die sind an vielen Unfällen schuld. Wenn man den Weg nicht weiß, anhalten und nachgucken. Nicht beim Fahren.«

»Das ist richtig, aber die Leute tun es nicht. Sie gucken auf den Bildschirm und *krach*! Dauert nur einen Sekundenbruchteil.« Sie öffnete die hintere Tür, um Luft hereinzulassen.

Die Tiere blieben im Auto, weil der Asphalt heiß war. Hitze tat mehr weh als bittere Kälte. Sie sprangen aber nach hinten in den Laderaum, um zuzusehen, wie Reverend Jones und Harry – er mit einem großen Müllsack, sie mit einem Karton – zu dem 1994er Chevrolet-Halbtonner gingen.

Herb hatte seinen Zweitschlüssel mitgebracht. Er schloss die Fahrertür auf, ging dann um den Wagen herum und schloss die Beifahrertür auf. »Dürfte nicht allzu viel Arbeit machen.«

So war es. Harry nahm seine Handschuhe, Straßenkarten und einen kleinen Luftdruckprüfer aus dem Fach in der Fahrertür.

Reverend Jones öffnete das Handschuhfach, nahm Papiere heraus, das Handbuch ließ er drin. Er legte den Ersatzschlüssel hinein. Dabei fiel ihm seine gute Sonnenbrille ins Auge. »Ah, ich dachte mir schon, dass die hier drin ist.«

»Sie verlieren oft Handschuhe und Brillen.«

»Geht doch allen so, oder? Warum stecken Kinderfäustlinge wohl an einer Schnur befestigt in den Mantelärmeln?«

»Da ist was dran, Reverend.«

Binnen fünfzehn Minuten hatten sie sowohl den Abfall als auch die nützlicheren Gegenstände ausgeräumt. Aufmerksam wie immer, klappte Harry die Sonnenblenden herunter und entnahm etliche Papiere und eine glänzende Stieglitzfeder. Sie hielt sie hoch, und das Licht fiel auf das strahlende, tiefschwarz umrandete Gelb.

»Meint ihr, er hat ihn getötet?«, fragte Pewter und beäugte dabei den Reverend. War er ein Vogelmörder?

Tucker erwiderte: *»Er kann nicht mal eine Kakerlake töten. Er hat die Feder auf der Erde gefunden.«*

»Vielleicht hat Cazenovia ihn getötet.« Pewter grinste, stets voller Hoffnung auf einen Vogelmörder.

»Schon möglich.« Mrs. Murphy nickte. *»Was könnte er denn im Motor gelassen haben?«*

Harry stand über den Motor gebeugt und betrachtete eingehend den alten, aber guten V8-Motor. Über Jahrzehnte hatte General Motors robuste, langlebige Transporter-Motoren gebaut. Damals hatten diese Motoren den Nachteil, dass sie schwerer zu reparieren waren. Man musste den Chevy-Motor ausbauen, weil man sonst schlecht drankam. Bei Ford war es nicht so schwierig, somit waren die Wartungskosten niedriger. Das hatte sich jedoch Ende des zwanzigsten Jahrhunderts geändert. Heutzutage braucht ein Mechaniker nur den fahrbaren Computer dranzuhängen. In neunundneunzig Prozent der Fälle macht eine präzise Diagnose die Beseitigung des Fehlers viel einfacher, und der Motor muss nicht mehr ausgebaut werden, um den Defekt festzustellen. Das eine Prozent, wo es doch sein muss, tritt dann ein, wenn eine Werkstatt jemandes Spezialbegabung benötigt, wie etwa des verstorbenen Walt Richardsons Gespür für Motoren.

Harry fehlte dieses präzise Gespür, doch sie hatte Ahnung von Mechanik und auch eine echte Begabung.

»Hin?« Reverend Jones seufzte.

»Der Motor? Nein. Der Kühler ist hinüber. Bringen wir Ihre Sachen in den Volvo. Ich hab meinen Werkzeugkasten mitgebracht. Ich möchte den Kühler ausbauen.«

»Wozu?«

»Dauert nicht lange. Ich bin neugierig, was hinter dem Kühler ist. Ich kann nicht feststellen, dass sich von vorne was reingebohrt hat. Kommt selten vor, aber ein Teil kann sich lösen oder es könnte etwas hinter dem Kühler stecken. In einen Kühler kann sich leichter was reinbohren als in einen Motor. Der Kühler liegt frei. Die Kolben nicht.«

Reverend Jones scherte sich keinen Deut um den Kühler, erklärte sich aber einverstanden.

Wenige Minuten später steckte Harry halb im Motorraum drin, halb draußen. Sie stand auf einem kaputten Betonklotz, den sie gefunden hatte, und löste den Kühler aus der Halterung. Sie nahm ihn heraus und legte ihn auf den Boden. Dann prüfte sie die Bolzenbohrungen. Als Nächstes untersuchte sie den Kühler. Sah nicht beschädigt aus.

Jason Brundige hatte sie von der Werkstatt aus gesehen, deren Tor wegen des kühlenden Windes offen stand. Kyle hatte ihm nicht Bescheid gesagt, dass Reverend Jones und Harry den Transporter ausräumen kamen.

Er legte seinen großen Schraubenzieher auf seinen Werkzeugkasten und begab sich zielstrebig nach draußen.

Sammy Collona beobachtete es, machte sich dann aber wieder an die Arbeit.

Jason ging zu Harry. »Verdammt, was machen Sie da?«

»Wir haben Reverend Jones' Wagen ausgeräumt.«

»Was hat das mit dem Kühler zu tun?«

Herb, stets Gentleman, kam Harry zu Hilfe. »Ich hatte Kyle gesagt, dass ich persönliche Dinge im Auto gelassen habe, und ihn informiert, wann wir kommen.«

»Wie ich schon zu ihr gesagt habe, was hat der Kühler damit zu tun? Ich hab diesen Kühler vor zwei Jahren in Ihren Wagen eingebaut.« Ein abwehrender Ton hatte sich in Jasons inzwischen überlaute Stimme geschlichen.

Sammy, der das hörte, lief eilends in Victors Büro. Zum

Glück war Victor heute hier in seinem Charlottesviller Betrieb.

»Ich kümmer mich drum.« Victor schickte den nervös gewordenen Sammy fort und kam rasch auf den Parkplatz. »Abgesehen von seinem Mundwerk«, er deutete auf Jason, »alles in Ordnung?« Victor entschuldigte sich bei Reverend Jones und Harry.

»Alles gut. Ich wollte keinen Ärger machen.« Reverend Jones' Stimme klang beschwichtigend.

»Ich weiß. Jason ist ein richtiger Wachhundtyp, und alle sind ein bisschen gereizt.« Victor sah zu dem Kühler hinunter. »Den nehmen Sie doch nicht mit, oder?« Er lachte.

»Nein.« Harry trat einen Schritt auf ihn zu. »Die Neugierde hat mich übermannt. Der Kühler ist zwei Jahre alt, da wollte ich ihn mir bloß mal anschauen. Sieht okay aus, aber ich muss ihn genauer inspizieren.«

Victor kniete sich auf den Boden. »Sieht wirklich okay aus. Tut mir leid, dass Sie Unannehmlichkeiten hatten, Reverend Jones. Latigo hat mir gesagt, er hat den Wagen als Totalschaden deklariert, damit Sie sich ein neueres Auto kaufen können. So gut diese alten Schätzchen auch sind, das hier wurde hart rangenommen.«

»Verzeihung«, sagte Harry. »Ich wollte Jason wirklich nicht verärgern.«

»Sie müssen sich nicht entschuldigen.« Victor stand auf. »Reverend, lassen Sie mich wissen, was für ein Auto Sie kaufen. CarMax in Richmond hat sehr gute Konditionen für Gebrauchtwagen und kennt die Vorgeschichte von jedem Fahrzeug. Aber wenn Sie einen Neuwagen wollen, haben Sie hier in Charlottesville eine große Auswahl.«

»Ja, ich weiß. Ich gebe Ihnen bestimmt Bescheid.«

Victor ging zurück und blieb in der Werkstatt stehen. »Jason, dass du mich nie wieder vor Reverend Jones in Verlegenheit bringst.«

»Wie hätte ich das wissen sollen?«, stöhnte er. »Die Frau ist eine neugierige Zicke. Sie wird Ärger machen.«

»Merk dir das, Harry Haristeen ist keine Zicke. Neugierig ja. Ärger machen?« Er zuckte die Achseln. »Will ich nicht hoffen, aber sie gehört zu denen, die keine Ruhe geben können, wenn ihre Neugierde erst mal geweckt ist.«

»Genau«, murmelte Jason, während Sammy zusah.

Victor ging wieder zur Vorderseite des Gebäudes.

Sammy sagte: »Jason, du hast bloß dafür gesorgt, dass die auf den verdammten Kühler aufmerksam werden. Das war ausgesprochen dämlich von dir.«

30

Als die Kaltfront am Wochenende durchzog, genossen alle das ideale Wetter. Doch am Montag schlug die Hitze wieder zu. Die drückende Temperatur und die schwüle feuchte Luft wirkten sich auf jedermann deprimierend aus.

Harry, die einen Kreiselmäher an ihren reparierten Traktor angehängt hatte, hielt mitten auf der großen Weide hinter den bestellten Feldern an. Der Duft des frisch gemähten Futtergrases stieg ihr in die Nase. Sie verfluchte sich, weil sie das Mähen der großen Weiden auf später verschoben hatte, stellte den Motor ab, stieg herunter und schwang sich – die Hand an der Schlaufe, die sie »Jesusschlaufe« nannte – auf den Boden. Ihr durchgeweichtes T-Shirt klebte an ihr. Sie hätte einen Wettbewerb für das Tragen des nassesten T-Shirts gewinnen können, allerdings ging ihr Denken nicht in diese Richtung. Wenn jemand darauf zu sprechen kam, machte sie einen anzüglichen Witz, eine kleine sexuelle Anspielung, aber sie war keine Frau, die sich viele Gedanken über Erotisches machte. Es darf bezweifelt werden, dass sie anders sein würde, wenn sie als Mann geboren wäre. Mit »Tunnelblick« lässt sich am besten beschreiben, wie sie ihren Tag sah.

Voll konzentriert griff sie nach einem Poloschläger, den sie mit zwei U-Haken neben dem Traktorsitz befestigt hatte. Sie hatte den Schläger durch die Haken geschoben und mit Rohleder gesichert.

Die Katzen lagen hoch oben auf dem Heuboden. Die oberen Heubodentüren waren offen, ebenso alle unteren Türen und sämtliche Boxentüren, in der Hoffnung, ein Lüftchen würde durchziehen. Die Katzen sahen Harry durch das schenkelhohe, mit weißen Kleeblüten durchsetzte Obstwiesengras schreiten.

Das Heu hatte nicht die beste Qualität für Pferde, aber für Rinder würde es genügen. Sie wollte bis Februar einen Teil ihrer Sieben-Zentner-Rundballen verkaufen. Die Qualität war gut, aber Harry, die in Sachen Ernährung pingelig war, presste nur ihre Luzerne-Obstwiesenmischung zu Quaderballen für die Pferde. Sie hatte zwanzig Morgen mit Timotheusgras und Luzerne. Ideales Heu. Natürlich mähte sie dies zuerst und presste es zu Ballen; die Hälfte hatte sie schon geschafft gehabt, bevor die Hydraulikpumpe den Geist aufgab.

Susan, froh, im Freien zu sein, bediente den Kreiselheuwender zum Trocknen des Grases, während Harry das Heu für die Rinder mähte. Susan liebte Farmarbeit von jeher. Als sie Kinder waren, hatte sie Harrys Eltern oft gebeten, mithelfen zu dürfen.

Harry und ihre Freundinnen waren wie mit Eisenreifen zusammengeschmiedet. Es waren nicht nur die Jahre, es waren auch die Geburten, Todesfälle, Siege, Niederlagen – die Macht gemeinsamer Erlebnisse und Erfahrungen. Jede kannte die Schwächen und Stärken der anderen. Bei Betrachtung der verschiedenen Generationen stellten sie fest, dass bestimmte eigentümliche Merkmale wieder und wieder auftauchten, von Elternteil zu Kind und so fort. Selbst wenn es einen Nobelpreis für intelligente Farmarbeit gäbe und er Harry zuerkannt worden wäre, würde er ihr nicht so viel bedeuten wie das, was sie für ihre Freundinnen empfand und was diese für sie empfanden. Natürlich glaubte sie, dass ihre Freundinnen mehr Eigentümlichkeiten aufwiesen als sie selbst. Sie dachten dasselbe von ihr. Mit ihnen gab es immer viel zu lachen.

Auch mit ihrem Mann. Manchmal lachten die zwei dermaßen heftig, dass sie aus dem Bett fielen. Fairs Motto lautete: »Wer beim Liebesakt nicht lachen kann, liebt nicht.« Harry war da ganz seiner Meinung.

»Sie ist methodisch.« Mrs. Murphy bewunderte Harrys Vorgehensweise.

»Stimmt. Die Menschen haben von uns gelernt, geduldig und exakt zu sein. Sie haben beobachtet, wie wir jagen, still stehen, ergründen, wo die Beute ist. Sie leben dank uns.« Pewter blähte sich auf.

»Huh, huh, huh«, rief Plattgesicht aus ihrem Nest in der Kuppel hinunter. *»Katzen sind nicht so bedeutend wie Eulen. Die Ägypter haben schöne Friese von uns gemeißelt. Die Griechen haben uns in ihre Sagen aufgenommen, und ich darf dich daran erinnern, Dickerchen Doof, dass wir Athene heilig sind – eine Eule hat sie begleitet. Keine Katze ist je auf dem Olymp gewesen.«*

Pewter murrte leise: *»Ich hasse es, wenn sie Dickerchen Doof zu mir sagt.«*

Mrs. Murphy flüsterte: *»Behalt's für dich. Sie ist stark genug, um dich in ihren Klauen zu halten. Plattgesicht ist mächtig und klug – sehr, sehr klug.«* Dann rief die Tigerkatze zu der großen Eule hinauf: *»Du hast recht, aber in der Wiege vom Jesuskind war eine Tigerkatze. Es war so kalt, und wir haben das Baby gewärmt.«*

»Kann schon sein. Menschengeschichten interessieren mich. Manche sind schön. Andere findet man auf Anhieb bescheuert. Leda und der Schwan. Da fragt man sich doch, warum sollte Zeus als Schwan eine Frau verführen?«

»Wie recht du hast.« Pewter hatte beschlossen, den großen Vogel bei Laune zu halten.

»Er wäre als Eule runtergekommen.« Plattgesicht behauptete dies voll tiefster Überzeugung.

Die Eule spähte durch die Schlitze in der Kuppel.

Auch die Katzen sahen die Hirschkuh und das Kitz vor Harry davonlaufen.

»Gut, dass sie das gemacht hat«, sagte Mrs. Murphy.

»Ein Kitz wird so oft getötet.« Plattgesicht verdrehte den Kopf in dem eigentümlichen Winkel, wie Vögel es können. *»Sie hören den Schläger, der ihnen Angst machen und sie verscheuchen soll, aber Mama hat dem Baby gesagt, es soll bleiben. Sie läuft weg, meint, sie kann die Gefahr abwenden, und* wumm! *ist das Kitz von dem Gerät aufgeschlitzt. Wenn Harry das Kitz getötet hätte, wäre sie die ganze Woche am Boden zerstört.«*

»Sie kennt Tiere. Sie ist ja so weichherzig.« Die Tigerkatze lächelte. *»Sie spendet für den Tierschutz. So knauserig sie ist, sie gibt sogar Schnorrern Geld. Ich wollte, das würde sie sein lassen.«*

»Warum?«, fragte Pewter.

»Viele von denen lügen. Sie können arbeiten. Eine Menge sind Säufer. Das ist Schwindelei. Ich mag nicht mit ansehen, wie sie auf eine rührselige Geschichte reinfällt.«

»Warum sterben die nicht einfach?«, meinte Pewter. *»Ein Tier, das trotz mühsamer Suche kein Futter findet, stirbt, bloß die nicht. Sie halten alles in Gang, und wenn es noch so sinnlos ist. Das ist doch krank.«* Pewter sah Harry das Ende der Weide erreichen, die an den stark strömenden Bach mit den hohen Böschungen grenzte. *»Ist doch wahr, oder?«*

»Ich weiß nicht, ob es krank ist, aber es ist Verschwendung«, befand Mrs. Murphy.

Plattgesicht rief hinunter: *»Die Menschen denken, ein Menschenleben ist wichtiger als jede andere Art Leben. Egoisten. Alles Egoisten.«*

»Harry ist nicht so. Sie schätzt anderes Leben. Susan, Fair und BoomBoom tun das auch.« Stolz blitzte in Mrs. Murphy auf, als Harry, sorgsam darauf achtend, in ihre eigenen Fußstapfen zu

treten, um nicht noch mehr Futtergras zu zertrampeln, zum Traktor zurückkehrte und Susan zuwinkte.

»Ausnahmen bestätigen die Regeln«, konterte Plattgesicht und rief dann hinunter: *»Da kommt wer. Ich weiß nicht, wer es ist.«*

Die dösende Tucker wachte auf, als das Auto sich dem Haus auf vierhundert Meter genähert hatte. Wäre sie wach gewesen, hätte sie die Reifen schon am achthundert Meter entfernten Briefkasten gehört.

»Eindringling.«

Harry vernahm das Bellen. Sie rief Susan etwas zu und kletterte auf den Traktor. Froh, dass die Hydraulik funktionierte, hob sie den Schlegelmäher von der Erde und schaltete das Zapfwellengetriebe aus. Dann fuhr sie zum Haus – wo sie den verlockenden WRX STI erblickte.

»Harry.« Victor Gatzembizi stieg aus dem Subaru. »Sie könnten für John Deere Werbung machen. Sie sehen verflixt gut aus auf einem Traktor.«

Sie schwang sich hinunter und erwiderte: »Danke schön. Victor, es tut mir so leid, dass Sie meinetwegen Ärger hatten. Kommen Sie rein, lassen Sie uns was Kaltes trinken.«

»Danke, aber ich muss wieder in die Werkstatt.« Er drehte sich um, da ein weiterer Wagen ankam. »Jason fährt mich zurück.«

»Dann gebe ich Ihnen beiden was Kaltes zu trinken mit.« Sie lief ins Haus und kam mit zwei Dosen Eistee heraus. »Nichts geht über selbstgemachten Tee, aber der hier ist gar nicht so übel.«

»Danke schön.« Victor nahm die Dosen und ging zu Jason, der einen frisch reparierten Nissan Altima Probe fuhr.

»Schöner Wagen. Man sieht neuerdings viele von denen auf der Straße«, bemerkte Harry.

»Nissan, Subaru, Toyota. Gute Autos, aber ich sag Ihnen, die Koreaner holen schnell auf. Rasend schnell.« Victor nahm den Schlüssel aus dem schwarzen WRX STI und gab ihn Harry.

»Ich mag diesen Wagen im Moment nicht sehen, und Mrs. Ashby kann seinen Anblick auch nicht ertragen. Behalten Sie ihn, fahren Sie ihn bis nach dem vierten Juli und sagen mir dann, was Sie denken.«

Harry zögerte einen Augenblick, bedachte die Umstände. »Ich sehe wirklich nicht, wie ich ihn mir leisten kann, aber ich behalte ihn gern so lange. Ich kann mir vorstellen, dass der Anblick von Nicks Auto schmerzlich ist.«

Victor schüttelte den Kopf. »Drei Männer, alle aus meinem Betrieb. Ich kann keinen Zusammenhang erkennen, außer dass sie bei mir gearbeitet haben. Keiner von ihnen hat mit Drogen rumgemacht oder so was. Ich hatte sogar mal den verrückten Gedanken, dass einer illegale Einwanderer eingeschleust haben könnte. Ich hab versucht, mir alles Mögliche auszudenken, das am Gesetz vorbei hohen Profit bringt. Was gibt es da außer Drogen und Arbeitern?«

»Prostitution.«

»Harry, ich weiß, dass Bobby, Nick und Walt damit nichts zu tun hatten. Pornos gucken, hm«, er hob die Schultern, »vielleicht, aber eine Nutte bezahlen? Nein.«

»Ich dachte an einen hochklassigen oder auch niedrigklassigen Nuttenring. Ich bin sicher, dass es unter den Zuschauern beim Dragsterrennen Kunden gäbe.«

Erstaunen glitt über Victors gleichmäßige, sympathische Gesichtszüge. »Äh, an so was hab ich nie gedacht. Hat Ihnen schon mal jemand gesagt, dass Sie eine außergewöhnliche Denkweise haben?«

»Fair und meine Freundinnen, immerzu.« Sie lachte. »Aber Sie sagten was von illegal, und ich vermute hohen Profit. Was anderes fällt mir nicht ein.«

Er verschränkte die Hände. »Es treibt mich zum Wahnsinn.«

Im Hintergrund hörten sie das Rattern eines Motors: Susan, noch bei der Arbeit, fuhr den Kreiselwender.

»Verständlich.«

»Ich hab die Jungs gekannt, hab sie richtig gut gekannt. Übrigens, der Bericht von der Gerichtsmedizin besagt, dass Bobby mit Barbituraten vollgestopft war. Er hätte sich nicht wehren können. Ich hab ihn nie ein Medikament nehmen gesehen. Jemand muss ihn vorsätzlich betäubt und dann getötet haben.«

»Das tut mir schrecklich leid.«

»Ich habe einen Sicherheitsdienst für die Werkstatt engagiert. Personenschutz für Jason«, er nickte zu dem Altima hinüber, »Sammy oder Lodi kann ich mir nicht leisten. Ich habe ihnen geraten, nie allein unterwegs zu sein. Ich habe ihnen sogar empfohlen, nicht Auto zu fahren. Sie sollen sich von einem Familienmitglied zur Arbeit bringen und abholen lassen – wenigstens, bis der Fall gelöst ist.«

»Ein guter Rat.« Harry befühlte den Schlüssel in ihrer Hand. Jemand – Nick wahrscheinlich – hatte eine Hasenpfote als Glücksbringer an die Schlüsselkette gehängt.

Nach weiterem Plaudern und einem nochmaligen Dankeschön von Harrys Seite fuhren Victor und Jason die lange Zufahrt hinunter. Harry empfand die zeitweilige Überlassung des Wagens auch als Friedensangebot für Jasons Benehmen neulich. Sie konnte es nicht erwarten, es Susan zu erzählen, ihre Freundin ans Steuer zu lassen, doch als Erstes marschierte sie schnurstracks in die Küche und entfernte den Schlüssel von der Kette mit der Hasenpfote. Sie befestigte ihn an ihrer eigenen Schlüsselkette, an der ein kleines Taschenlämpchen hing.

Diese Hasenpfote war alles andere als ein Glücksbringer.

31

Sagenhaft.« Obwohl Susan eigentlich nicht für Autos schwärmte, genoss sie die Beschleunigung des WRX STI, als sie das Gaspedal durchtrat.

»Deswegen heißt er ja Taschenrakete. Fährt sich wie geschmiert.« Harry, die auf dem Beifahrersitz saß, grinste.

Sie wollte Susan dafür belohnen, dass sie in der ohne Unterlass scheinenden Sonne Heu gewendet hatte. Was Harry vorhin gemäht hatte, musste mindestens zwei Tage trocknen, teils auch, um den Blasenkäfern Gelegenheit zu geben rauszukrabbeln. Susan hatte den gestrigen Schnitt gewendet. Nach der schweißtreibenden Arbeit hatten sie geduscht.

Sie kannten sich ihr ganzes Leben – waren wie richtige Schwestern. Keine von ihnen hatte Geschwister, eine Seltenheit für ihre Generation. Kindergarten, Grundschule, Highschool, Harry und Susan hatten alles zusammen absolviert. Sie besuchten zwar verschiedene Colleges, verbrachten aber die Sommer gemeinsam und waren nach dem Collegeabschluss sogar zusammen nach Europa gereist. Susans Familie hatte mehr Geld als Harrys, aber Harrys wunderbare Eltern hatten ein Jahr lang gespart, um sie nach Europa zu schicken, als Geschenk zum Examen. Susan hatte Wirtschaft studiert, Harry Kunstgeschichte. Wie die meisten jungen Leute auf Reisen, hatten sie viele Abenteuer erlebt und genossen. Sie waren mit einer höheren Wertschätzung für den eigenen Staat und das eigene Land und mit einer erweiterten Weltsicht in ihre Heimat Virginia zurückgekehrt. Beide hatten erfahren, dass jedes Land seine Vorzüge hat und jedes Land eine Menge besser kann als das eigene.

»Weißt du, wie viele Jahre es her ist, dass ich einen Wagen mit Knüppelschaltung gefahren habe?« Susan verlangsamte vor der Kreuzung mit der Route 240.

Als der Wagen einen Satz nach vorn machte, rutschte eins von den Feuerzeugen mit der Flagge, die Blair Bainbridge den Herren geschenkt hatte, unter dem Sitz hervor.

»In Anbetracht dessen, dass du mir gerade die Füllungen aus den Zähnen schlägst, dürften es wohl gut zwanzig Jahre sein.«

Lachend entgegnete Susan: »So ungefähr. Gott, macht das Spaß. Ich hab ein echtes Fahrgefühl.«

»Weißt du noch, der Dodge Dart, den du in der elften Klasse hattest?«

»Tinker Bell.« Susan lächelte. »Hey, Tinker hat mich gebracht, wohin ich wollte.« Sie hielt inne. »Mit deiner und BoomBooms Hilfe. Die Karre war chronisch krank.«

»Schwache Bremse, starre Lenkung, fehlerhafte Einstellung, abgefahrene Reifen. Tinker war ein hoffnungsloser Fall.«

»War ich die Hälfte der Zeit auch. Warum jemand sehnsüchtig auf seine Highschoolzeit zurückblickt, ist mir unbegreiflich. Jeder Tag hat ein neues Drama beschert.«

»Du hast dich jeden Tag verknallt. Du warst 'ne ganz heiße Nummer.«

»Du hattest immer deinen Fair. Warst trotzdem 'ne Nummer.« Ein Funkeln erschien in Susans Augen, die fest auf die Straße gerichtet blieben.

»Ach, waren wir doch alle. Am meisten Angst hatte ich vor der College-Aufnahmeprüfung.«

»Du hast sie mit Glanz und Gloria bestanden. Das hat dir ein Stipendium fürs Smith College beschert.«

»Ich hatte einen Heidenbammel. Eigentlich blicke ich manchmal wirklich sehnsüchtig zurück. Als wir klein waren, haben wir die Welt als ganz wundersam gesehen: Schmetterlinge, Pferde, glänzende Autos, Autoradio hören. Aber in der Highschool ging es zum ersten Mal mehr um Gefühle – Erwachsenengefühle, meine ich.«

»Aus deinem Mund ist das ein Bekenntnis.«

»Wieso?«

»Harry, ich seh dich als Teilzeiterwachsene.«

»Hör mal, ich könnte unser Mittagessen streichen, obwohl du mein Heu gewendet hast. *Fies*. Du bist einfach richtig fies.«

Susan lachte. »Die Wahrheit tut weh.«

Sie kreuzten durch die Gegend, geborgen in der Liebe einer tiefen Freundschaft, kreuzten auch auf der Straße der Erinnerung.

Susan fuhr auf den Parkplatz von The Blue Mountain Brewery, ihrer beider Lieblingslokal. Das an der Route 151 in Afton gelegene Restaurant bot gutes Essen und war bei weitem nicht so teuer wie vergleichbare Gaststätten in Charlottesville.

Charlottesville gab sich große Mühe, Feinschmecker anzulocken, infolgedessen gab es eine Reihe von Restaurants mit kleinen, kunstvoll angerichteten Portionen, auf die eine gepfefferte Rechnung folgte.

Als sie in ihrer Nische saßen, die Bestellung aufgegeben hatten und eiskalte Gläser mit Coca-Cola in Händen hielten, plauderten sie über dies und jenes.

Susans recht großes Sandwich mit Speck, Salat und Tomate wurde gebracht, worauf sie kurz das schlechte Gewissen heimsuchte. »Ich hab keine Selbstdisziplin. Wie kann ich abnehmen, wenn ich Speck esse?«

»Ach Susan, sei bloß still von wegen abnehmen. Du siehst toll aus. Wenn Ned bei deinem Anblick noch auf Touren kommt, brauchst du dir keine Sorgen zu machen.«

»Besser kann man das nicht sehen.«

Mit einem diabolischen Lächeln fügte Harry in allersüßestem Ton hinzu: »Und, Susan, ein bisschen Fett füllt die Falten aus.«

Susan griff nach ihrer unbenutzten Gabel und pikste Harry leicht in die Hand. »Du nimmst das sofort zurück. Iss lieber deinen Salat. Du bist eh zu dünn.«

»Eine Frau kann nie zu reich oder zu dünn sein«, entgegnete Harry. »Wer hat das gesagt?«

»Jemand, der ein unglückliches Leben hatte. An manchen Tagen muss man sich einfach Fett oder Brathuhn oder sogar ein bisschen Zucker gönnen. Ich geb mir wirklich Mühe, mich einzuschränken, aber wenn ich auf alles verzichten würde, wäre ich todunglücklich.«

»Eine Menge Frauen sind es bestimmt.« Harry spießte ein Stückchen Ei auf. »Susan, ich hab nachgedacht.«

»Gott, nein.«

»Wirklich. Es ist ernst, und ich kann dir sagen, ich komm einfach nicht weiter. Die Morde gehen mir nicht aus dem Kopf. Bei dem Glück, das ich immer habe, hab ich zwei Leichen gefunden. Na ja, die zweite haben die Katzen und der Hund entdeckt. Aber jetzt kann niemand mehr glauben, dass die Morde nicht zusammenhängen.«

»Nein.« Susan machte große Augen. Sie wusste, dass Harry, teils, weil sie sich an keine Vorschriften des Gesetzesvollzugs halten musste, oft früher als andere über Zusammenhänge stolperte. Dann wiederum lag Harry zum Verdruss des Sheriffs oft fast richtig, aber eben nur fast.

»Ich hab mich über den Glücksspielaspekt – Glücksspielringe – schlau gemacht, so gut ich konnte. Ich hab Tessa Randolph angerufen, sie arbeitet im Bellagio in Las Vegas. Du müsstest dich an sie erinnern. Sie sagt, beim illegalen Glücksspiel, egal welcher Art, muss es einen toten Briefkasten oder einen Muli geben, also einen Ort, wo das zu setzende Geld deponiert wird, oder eine Person, der man die Wetten übergibt. Die Dragsterbahn könnte ein guter Platz für so was sein. Aber ich kann dort nichts finden. Ich hab Sammy bei ReNu angedeutet, dass ich wetten möchte. Er fährt Rennen auf der Dragsterbahn, drum hab ich ihn aufgesucht. Er sagt, er weiß von nichts. Vielleicht stellt er sich bloß dumm.«

»War nicht besonders klug von dir, Schätzchen.«

»Hast du einen anderen Vorschlag?«

»Ja. Sprich mit keinem bei ReNu. Wir bezahlen Steuern,

also lass Sheriff Shaw und Coop sich damit befassen. Falls es einen illegalen Ring geben sollte, hast du die Leute jetzt gewarnt.«

»Ja«, Harry hielt kurz inne, »aber dass ich die toten Männer gesehen habe, lässt mir keine Ruhe. Ich hab sie nicht gekannt, aber sie hatten kurz zuvor noch gelebt, waren eben erst gestorben, das ist unheimlich, verstehst du, was ich meine?«

»Ich denke schon. Also gut, Harry, was hast du?«

»Fragen. Ich bin im Nebel rumgetappt. Ich konnte Schemen erkennen. Nach und nach lichtet sich der Nebel. Zuerst meinte ich zu sehen, dass es hier um Glücksspiel oder Drogen geht, doch jetzt glaube ich das nicht mehr. Ich bin aber überzeugt, es hat mit irgendwas zu tun, was die Mechaniker bei ReNu wissen. Sicher, es könnte trotzdem um Glücksspiel und Drogen gehen, aber – ich weiß nicht warum, aber ich denke, es hat mit irgendwelchen Spezialkenntnissen zu tun. Ich hab Coop um den Bericht über Tara Meolas Tod gebeten.«

»Das war ein Unfall.«

»Schon, aber ich will was über den Zustand des Autos erfahren.«

»Warum das denn?«

»Ein Reh war schuld an ihrem Tod. Das ist die offizielle Version, und wahrscheinlich war es wirklich der Katalysator, aber ich denke, da steckt noch mehr dahinter.«

»Ach komm, Harry, sie wurde nicht ermordet.«

Harry holte tief Luft, trank dann einen tiefen Schluck Coca-Cola und runzelte die Augenbrauen ein wenig. »Ihre Airbags haben sich aufgeblasen.«

»Himmel, ja. Dafür sind sie da. Ein Reh ist durch ihre Windschutzscheibe gekracht.«

»Aber wann haben sie sich aufgeblasen? Als Miranda und ich auf der Straße ins Rutschen kamen, haben die Airbags sich aufgeblasen. Sie konnte nichts sehen. Wie sie es dann geschafft hat, uns an den Straßenrand zu manövrieren und anzuhalten, ist mir schleierhaft. Airbags sollen sich bei einem Zusammenstoß aufblasen. Wir hatten keinen Zusammenstoß, und da waren keine tiefen Schlaglöcher. Sie hätten sich nicht aufblasen dürfen. Miranda ist eine viel bessere Fahrerin, als ich dachte – das sag ich ihr aber nicht, weil ich ihr damit verraten würde, dass ich Bedenken hatte wegen ihrer Fahrkünste und ihres Alters.«

»Manchmal kannst du tatsächlich was richtig machen.« Susan lächelte Harry an.

»Ich geb mir Mühe. Ich muss rauskriegen, was mit Taras Auto war.«

»Du wirst doch ihre Eltern nicht behelligen? Harry, das kannst du nicht machen.«

»Mach ich nicht. Ich würde wirklich gern mit ihnen reden, aber ich tu's nicht, versprochen. Ich hab Herb ein bisschen ausgefragt, weil er sie besucht hatte. Sie war bei Safe & Sound versichert.«

»Das sind viele andere auch. Es ist ein großes mittelatlantisches Unternehmen.«

»Ein sehr erfolgreiches, und wir alle können Latigo Bly ganz gut leiden. Aber irgendwie fällt es mir schwer, einem Mann vollkommen zu trauen, der seinen Namen rechtmäßig von Alphonse in Latigo geändert hat.«

Susan legte ihr Sandwich hin, weil es ihr sonst vor lauter Lachen aus der Hand gefallen wäre. »Harry.«

»Also wirklich, Latigo? Er hätte seinen Namen in Tom, John oder Robert ändern können. Wenn er sich jünger anhören wollte, warum nicht Jordan? Aber Latigo?«

Susan lachte noch schallender. »Dakota, Travis, Brett, Randy, Caleb. Fallen die in dieselbe Kategorie?«

»Nein, die kennt man seit Generationen, aber Latigo? Hat man je von jemandem gehört, der nach einer Peitsche benannt ist?«

»Du hast recht. Er hätte sich einen Pferdenamen aussuchen können – etwa Secretariat. Secretariat Bly.«

Die Albernheit eskalierte, und das hieß, es wurde ein perfektes Mittagessen.

Auf der Rückfahrt saß Harry am Steuer; die kurzen Schaltwege begeisterten sie. »Victor ist ein Teufel. Er wusste, dass ich mich in diesen Wagen verlieben würde.«

»Jeder, der dich kennt, weiß, dass du hin und weg sein würdest von so einem Hochleistungsgeschoss. Dafür muss man kein Raketentechniker sein. Hat BoomBoom ihn schon gefahren?«

»Ich hol sie morgen in der Betonfabrik ab.«

»Denkst du, auf diesem Wagen liegt ein Fluch?«

»Nein.« Sie fuhr den Afton Mountain hoch. »Ich muss aber an Nick denken, wenn ich auf diesem Sitz sitze.«

»Ich tu mir selbst einen Gefallen, wenn ich dir rate, sei vorsichtig.«

Auf ihre Art *war* Harry vorsichtig. Sie erzählte Susan nichts von ihrer Vermutung, zum einen, weil sie fürchtete, es würde ihre Freundin aufregen, zum anderen, weil sie sich bei weitem nicht sicher war. Warum einen Schatten auf einen scheinbar guten Menschen werfen, bevor man Gewissheit hatte?

Deshalb wechselte Harry das Thema, eine beliebte Taktik von ihr. »Yancy Hampton kommt meinen Ginseng noch mal im Juli inspizieren, wenn sich die kleinen Beeren zeigen. Stell dir vor, an manchen Orten bringt Ginseng fünfhundert Dollar das Pfund! Erzeuger in New York kriegen das – nicht alle, aber im Durchschnitt liegt das Pfund zwischen dreihundert und vierhundert Dollar.«

Susan sagte trocken: »So viel wird Yancy dir nicht bieten.«

»Ich weiß.« Harry schaltete in den vierten Gang. »Ich hab kultivierten und wilden Ginseng am Bach. Dem Ginseng geht's dort gut, er hat viel Schatten und Feuchtigkeit.«

»Ginseng braucht lange, bis er Samen trägt, nicht wahr?« Susan dachte daran zurück, wie sie als Kinder am Bach gesessen und die Zehen ins kalte Wasser getaucht hatten.

»Drei bis vier Jahre. Aber schau, den wilden Ginseng hab ich schon lange. Den kultivierten hab ich erst letztes Jahr gepflanzt – auf den muss ich noch warten.«

Susan wechselte das Thema. »Vermisst du das Postamt manchmal?«

»Immerzu. Das war echt Crozets Mittelpunkt.«

»Ja. Der Neubau ist groß, sauber und hell, aber da kann man nicht rumhängen wie wir in dem alten Postamt. George Hogendobber hat uns immer Lakritzstangen geschenkt. Wer hätte gedacht, dass du am Smith College Examen machen und dann unsere Posthalterin werden würdest?«

»Ich am allerwenigsten. Ich dachte, ich spring ein, bis ich eine richtige Arbeit finde und der Postvorsteher eine richtige Posthalterin findet.«

»Du sprichst nie darüber.« Susan betrachtete das Profil ihrer Freundin.

»Was gibt's da zu sagen? Der Neubau ist mir wohl über den Kopf gewachsen. Ich durfte Mrs. Murphy, Pewter und Tucker nicht mehr mit zur Arbeit nehmen. Die zwei Katzen konnten die Postkarren so gut schieben wie ich.« Harry lächelte. »Alles hat sich verändert, Susan. Manchmal fühle ich mich alt. Ich weiß, ich bin's nicht, aber … ach, ich weiß nicht.«

»Wir haben jetzt Erinnerungen. Wir können Dinge vergleichen. Konnten wir mit sechs Jahren nicht.«

Harry sann darüber nach. »Veränderung ist Leben, nehm ich an.«

»Oh ja.« Susan atmete durch, als Harry leicht schlitternd eine Kurve nahm. »Angeberin.«

»Konnte nicht anders.« Harry lachte. »Warst du schon mal in dem Café bei Frisch!?«

»Ein paarmal. Yancy macht das gut. Manchmal treff ich dort Freunde, manchmal nicht. Ich denke, Yancy hoffte, es würde ein Treffpunkt werden, aber wer geht schon in einen Biomarkt? Leute mit Geld. Wer arm ist, kann die Preise nicht bezahlen.«

»Genau. Ich kann Yancy eigentlich nicht leiden. Ich weiß selbst nicht recht warum, aber er geht mir gegen den Strich.«

»Mir auch.«

»Du spielst mit Barbara Golf. Sie magst du.«

»Ja. Aber sie ist ein scheues Reh. Sie spricht nie von ihm. Nicht ein Wort, das finde ich ein bisschen seltsam. Du und ich und wir Übrigen reden doch auch manchmal über unsere bessere Hälfte.«

»Oder schlechtere Hälfte.«

»Das auch.«

Sie lachten noch, als Harry vor dem Stall hielt.

»Warum habt ihr mich nicht mitgenommen?«, fragte Tucker, als die zwei Frauen ausstiegen. Harry bückte sich und hob das Feuerzeug auf. Sie nahm sich vor, Victor anzurufen, weil es ihm gehören musste.

»Weil du dich in Pferdekacke gewälzt hast.« Pewter war es, die diese hilfreiche Vermutung von sich gab.

»Weißt du eigentlich, Pewter, dass dein Bauch schwabbelt, wenn du sprichst?«

»Weißt du eigentlich, Tucker, wenn ich hinter dir bin, du schwanzloses Ding, dass ich dann was sehe, was ich lieber nicht sehen würde?«

32

Harry und Susan hatten gerade die Küche betreten, als das Wandtelefon klingelte.

Harry nahm ab. »Hallo.«

»Stell dir vor«, sagte Franny atemlos, »meine Reifen sind wieder aufgetaucht.«

»Wo?«

Susan schenkte sich Eistee ein und stellte sich damit neben Harry, um mithören zu können.

»In einem Lagerhaus bei Zion Crossroads.«

Zion Crossroads lag an der Kreuzung I-64 und Route 250 in Louisa County. Jahrelang war es ein verschlafenes Nest gewesen, doch in den letzten zehn Jahren hatte es sich zu einem Knotenpunkt für Handel, Verpflegung und Treibstoff entwickelt. Die I-64 verlief in westlicher Richtung bis nach St. Louis. Dort mündete sie in die I-70 und führte bis zu den Rocky Mountains. Sogar Fahrer auf der kurzen Strecke nach Richmond hielten in Zion Crossroads an, holten sich eine Cola oder einen Kaffee und streckten die Beine aus.

Das alte Holzlager gab es noch, doch die Einheimischen hatten den Eindruck, dass jeden Tag ein neues Lager in Betrieb ging. Zum Wohl der Kassen von Louisa County.

Susan, das Ohr dicht am Hörer, bot Harry einen Schluck Tee an.

»Susan ist bei mir. Eine echte Lauscherin.« Harry lächelte. »Wie ist man auf die Reifen gestoßen?«

»Rick hat einen Bericht rausgegeben, der ging überallhin. Computer sind wirklich erstaunlich. Ein Mädchen an der Kasse bei McDonald's hat sich an einen Kurzstopp erinnert. Das ist nicht weiter ungewöhnlich, aber sie hat rausgeguckt, als der Fahrer die große Hecktür aufgemacht hat und zwei Männer rausgesprungen sind. Da hat sie die Reifen gesehen. Hat sich nichts dabei gedacht. Ein Beamter vom Louisa-County-Sheriffrevier erklärte ihr, dass die Lagerhäuser, die wie Pilze aus dem Boden schießen, sich super für Schmuggelware eignen. Da erinnerte sie sich, dass sie in der Zeitung von dem Diebstahl gelesen hatte, und sie meldete dem Beamten das mit den Reifen. Dann hat die Polizei vom Inhaber der Selbstlagerfirma die größeren Lagerboxen aufschließen lassen.«

»Ich dachte, die haben ein Doppelschloss. Der Lagerschlüssel und der Schlüssel des Flächenmieters.«

»Haben sie auch, Harry, aber wir wissen doch alle, dass es nicht schwierig ist, in die Boxen einzubrechen. Der Lagerinhaber hat zuerst in seine Bücher geguckt, hat alle Leute unberücksichtigt gelassen, die ihm persönlich bekannt sind, und die Schlösser der anderen aufgeschlossen. Schwuppdiwupp! Bingo!«

»Ist ja irre. Was für ein Name stand an der Lagerbox?«

»Das ist es ja eben. Ein falscher Name. Miete bar bezahlt. Wir können nur hoffen, dass sie irgendwann wiederkommen, um die Reifen zu holen, wenn die Ware nicht mehr so heiß ist, aber das setzt voraus, dass niemand was verlauten lässt. Tolle Hoffnung.«

»Das ist wahr.«

Susan sagte in den Hörer: »Wann kriegst du deine Reifen wieder?«

»Keine Ahnung. Sie sind jetzt in Albemarle County, da, wo Rick Diebesgut unterbringt. Er musste bestimmt eine große Lagerfläche mieten. Ich kann mir nicht vorstellen, dass das Sheriffrevier selbst genug Platz für eine so große Menge gestohlene Waren hat. Aber ist das nicht verrückt? Eine aufmerksame Mitbürgerin. Ich werde hinfahren und dem Mädel einen Satz neue Reifen schenken.«

»Wie nett von dir.« Harry war immer beeindruckt von Franny, die unweigerlich das Richtige tat.

»Ich musste natürlich gleich meine Gruppengefährtin anrufen.«

»Wir feiern das nach der Versammlung diese Woche.« Harry trank noch einen Schluck von Susans Eistee. »Franny, weißt du, wo Autos mit Totalschaden hinkommen?«

»In den Autohimmel, wohin sonst?«

»Schlaumeier. Ich nehme an, wenn eine Versicherung ein Fahrzeug als Totalschaden deklariert, dann gehört es der Versicherung und wird zu einem Schrottplatz geschleppt.«

»Hört sich logisch an, aber mit Versicherungen kenne ich mich nicht aus. Ich weiß bloß, dass ich verdammt noch mal viel zu viel für alle meine Policen bezahle.«

»Sterben ist billiger. Oder vielleicht doch nicht. Kostet eine Beerdigung nicht im Durchschnitt siebentausend Dollar?«

»Wieso weißt du das? Harry, du bist makaber. Ich will nicht wissen, was eine durchschnittliche Hochzeit kostet.«

»Zwanzigtausend«, rief Susan ins Telefon.

»Das kann nicht wahr sein.« Franny war entsetzt.

»Doch, doch«, entgegnete Susan. »Und in Albemarle ist es vermutlich noch teurer.«

»Ist deine Tochter verliebt?«, fragte Franny.

Brooks, Susans Tochter, ging noch aufs College.

»Nein, aber Ned und ich planen voraus. Wir wollen uns nicht ruinieren, wenn es so weit ist. Gott sei Dank ist unser anderes Kind ein Sohn.«

»Dann bleibt euch mehr übrig.« Franny meinte es ernst. »Ich hab den Fortpflanzungszug verpasst.«

»Du hast noch Zeit«, neckte Susan sie.

»Das will ich nicht hoffen.« Franny kicherte; sie war noch in Hochstimmung wegen der guten Nachricht.

»Sie hat recht, Franny. In England hat eine Frau mit über sechzig ein Kind gekriegt«, berichtete Harry.

»Wisst ihr was«, meinte Franny nachdenklich, »das ist großartig. Wenn eine Frau das will, schön für sie. Früher hatten wir nur eine begrenzte Zeit, die Männer dagegen konnten ewig. Mit zwanzig war ich nicht bereit. Heute wäre es eine Katastrophe. Oh, da ist jemand an meiner Tür. Harry, wir sehen uns in der Gruppe.«

»Tolle Neuigkeit, Mädel.« Harry legte auf.

»Man wird sie von ihrem Höhenflug runterholen müssen.« Susan ging an den Kühlschrank, um sich noch ein Glas einzuschenken.

Drei Eiswürfel fielen klirrend hinein, Tee drüber, dann reichte Susan Harry das Glas.

»Susan, tu mir einen Gefallen. Ruf Vivien Bly an und frag sie, wohin Safe & Sound Autos mit Totalschaden bringt.«

Susan setzte sich an den Küchentisch – Pewter lag auf Augenhöhe vor ihr – und verhandelte: »Sag mir, warum ich das tun soll.«

»Esst ihr auch was?« Pewter machte ihr allerliebstes Miezengesicht.

»Pewter, runter vom Tisch«, befahl Harry.

»Sie hört nicht auf dich.« Susan sah Pewter direkt in die wunderschönen Augen.

»Du hast mich echt gern, nicht wahr? Ich hab dich auch gern. Krieg ich Thunfisch? Pute mag ich auch.«

»Dickerchen, Dickerchen, machst dich breit«, trällerte Tucker unterm Tisch. Die graue Katze ignorierte die Corgidame geflissentlich.

»Harry«, drängte Susan.

»Also gut.« Harry setzte sich zu Susan, der ihr Pagenschnitt so gut stand. »Ich nehme an, aus Autos mit Totalschaden wird alles raus- oder abmontiert und verkauft. Das Gerippe wird dann als Schrott verkauft. Logisch?«

»Na ja, wenn man das mit Menschenleichen macht, macht man's bestimmt auch mit Autos«, stimmte Susan zu.

»Ich hab eine Vermutung. Deswegen will ich Tara Meolas Wagen finden. Ich hab mir Herbs Kühler angeguckt und, hm, jetzt hab ich diese Vermutung.«

»Erzähl.«

»Erst, wenn ich mir sicherer bin. Ich will nicht dumm dastehen, und ich will nicht mit dem Finger auf jemand zeigen.«

»Das mit dem Finger versteh ich, aber dumm dastehen? Das solltest du überdenken.«

»Ich hab dich auch lieb.«

Feixend zog Susan ihr Handy hervor und wählte. »Vivien, ich bin's, Susan.«

»Bleibt's bei Freitag?«

»Klar. Hoffentlich hat es sich abgekühlt, wenn wir draußen sind.«

»Wäre zu wünschen. Übrigens, dafür sind die Kühltaschen auf dem Golfwagen da. Ich kann einen eisgekühlten Daiquiri genießen.«

»Ich will sicher einen, wenn wir fertig sind. Vivien, vielleicht könntest du mir helfen.«

»Ich kann's versuchen«, erwiderte sie eilfertig.

»Du und Latigo, ihr baut Safe & Sound doch noch weiter aus. Du verstehst was von Autoversicherungen.«

»Es interessiert mich. Das hat Latigo und mich zusammengebracht. Seine erste Frau hat zwar geholfen, die Firma aufzubauen, aber sie wollte sein Geld ausgeben. Ich will's verdienen«, sagte sie freimütig.

»Wie du weißt, sind Harry und ich im Kirchenvorstand von St. Lukas. Dein Mann hat freundlicherweise den 1994er Chevy vom Reverend als schrottreif abgeschrieben. Was passiert jetzt mit dem Wagen? Ich nehme an, alles Verwertbare wurde demontiert.«

»Ja, so ist es. Manchmal schleppen wir das Fahrzeug auf einen Schrottplatz. Wenn der Motor und andere Teile noch brauchbar sind, schleppen wir ihn zu ReNu, dort werden die Teile abmontiert, manchmal sozusagen runderneuert oder einfach aufbewahrt, bis sie wiederverwendet werden können.«

»Sie werden aufgearbeitet?«

»Manchmal ist das gar nicht nötig. Ein bisschen auffrischen, und sie sind wieder einsatzfähig. Aber was nicht mehr brauchbar ist, wird als Schrott verkauft. Die Schrottpreise steigen und fallen wie die Wellen im Meer. Alles, was mit Autos zu tun hat – Stahl, Gummi, Öl –, diese Preise sind schwankend. Voriges Jahr ist Metallschrott durch die Decke gegangen. Unser Gewinn aus diesem Schrott ist um siebzehn Prozent gestiegen.«

»Das hätte ich groß gefeiert.«

Vivien erwiderte: »Ich hab mir einen Satz neue Schläger gekauft.«

»Zu welchem Schrottplatz bringt ihr die Wagen?«

»Haldane's Salvage in Stuarts Draft. Es gab auch mal Plätze auf der Avon und der Avon Extended.« Sie nannte eine Straße in Charlottesville. »Wegen des zunehmenden Verkehrs sind wir nach Stuarts Draft gewechselt. Ist einfacher, die Fahrzeuge dorthin zu schleppen.«

Stuarts Draft, eine Kleinstadt, liegt zwischen Charlottesville und Staunton.

»Du hast unsere Neugierde gestillt. Dann bis Freitag.«

Harry trat zum Wandtelefon, nahm das Telefonbuch von Augusta County aus der Schublade, fand den Schrottplatz in den gelben Seiten und wählte die Nummer.

Sie brachte in Erfahrung, dass Safe & Sound in den letzten zwei Monaten fünfzehn Fahrzeuge bei Haldane's Salvage abgeliefert hatte, dann fragte sie: »Wissen Sie, wer die Besitzer der Wracks waren?«

»Meistens ja«, sagte Mildred Haldane. »Wir haben Unterlagen über alles – was entfernt wurde und was übriggeblieben ist«, erklärte die ältere Dame stolz. »Wir sind umweltbewusst. Hier gibt's keine auslaufende Batteriesäure.«

»Das ist viel Arbeit.«

»Schon, aber wir sind die Besten.«

»Würde es Ihnen etwas ausmachen, in Ihren Unterlagen nachzusehen, ob Sie einen kaputten Explorer da haben, der Tara Meola gehört hat?«

»Ich schau sofort nach.« Kurze Stille. »Der ist noch hier. Ist noch nicht in der Presse gelandet. Also, das ist ein Verfahren, das sollten Sie mal sehen. Ein großes Auto, von dem nicht mehr als ein Metallwürfel bleibt – ein großer Würfel, aber erstaunlich.«

»Madam, der Wagen wurde ausgeschlachtet, ja?«

»Oh ja. Zwei Felgen waren noch dran. Sogar das Lenkrad wurde abmontiert.«

»Warum waren die zwei Felgen noch dran?«

»Die anderen beiden hatten Risse. Felgen sind heute aus einem Guss. Früher waren Felgen aus Stahl, heute sind sie aus Aluminium, aus einem Guss. Dadurch sind sie leichter, das spart Benzin. Deswegen kostet es um die vierhundert Dollar, wenn man sie auswechselt. Reifen sind leicht zu ersetzen, Felgen nicht mehr.«

»Risse?«

Froh über ihre Kenntnisse, flötete Mildred: »Seh ich andauernd. Sie würden staunen, was ich hier alles zu sehen kriege. Billiges Material. Manchmal hat man sie geschweißt, das verändert die Molekularstruktur, macht das Material brüchig. Ich sehe Imitate der Originalfelgen – billigen Ersatz. Die Leute erkennen den Unterschied nicht.«

»Die zwei gerissenen Felgen – könnten die ersetzt gewesen sein?«

»Billig, billig, billig. Sehen aber genauso aus wie die Originale von Ford. Die kaputten Felgen waren nach einem anderen Unfall ausgetauscht worden, da bin ich mir sicher. Vermutlich durch den Erstbesitzer des Explorers«, gluckste Mildred.

»Ma'am, vielen Dank. Sie haben mir sehr geholfen.« Harry legte auf und lehnte sich an die Anrichte. »Susan, langsam mach ich mir ein Bild.«

Vivien machte sich auch ein Bild. Durch Susans höchst ungewöhnliche Fragen war Vivien aufgegangen, dass etwas im Busch war. So unglücklich sie über Latigos Weibergeschichten war, sie liebte ihn. Sie würde ihn schützen und zu ihm halten.

Er verdiente es nicht.

33

Mrs. Murphy schlief hinter Harrys Computer. Pewter war auf der Satteltruhe weggesackt, Tucker lag flach in der Stallgasse, durch die eine kühlende Brise zog. Grillen zirpten, und die Frösche im Teich sangen laut – melodiöse Lieder, mit den tiefen Rufen der Froschmännchen durchsetzt. Plattgesicht hob von ihrem Nest ab und begab sich hinaus zur abendlichen Futtersuche.

Dünne anthrazitgraue Wolkenbänder schwebten über den Blue Ridge Mountains, die jetzt dunkel aufragten. Viele tausend und abertausend Kilometer entfernt sandten weißglühende Sterne ihr Licht herab und ließen es über den einstmals mächtigen Bergen scheinen. Plattgesicht, im Niedrigflug, verschwendete niemals einen Gedanken an die Geschichte der Blue Ridge Mountains. Dieses geographische Phänomen war das einzige, das die große Eule kannte. Die meisten Menschen verschwendeten ebenfalls keinen Gedanken an die Berge, aber wer es doch tat, der wusste, dass die Blue Ridge Mountains, bevor unsere Spezies auf Erden wandelte, die Alpen und die Rocky Mountains überragten. Der Atlantische Ozean hatte sich da noch viel näher an sie herangewälzt als heute.

Harry saß wie gebannt an ihrem Computer. In ihrer ländlichen Gemeinde wurde kein Breitbandkabel angeboten, so wenig wie in den meisten ländlichen Gemeinden. Sie war auf eine Funkverbindung angewiesen, die zwar besser war als nichts, aber langsamer sein konnte, als ihr lieb war.

»Mach schneller, verdammt.«

Mrs. Murphy schlug ein goldgelbes Auge auf. *»Mama, du gehörst ins Bett.«*

Fair dachte dasselbe, als er auf die Nachttischuhr sah. Er war eingeschlafen bei der Lektüre von *The Utility of Force*, das er schon seit Jahren hatte lesen wollen. Ein gutes Buch, aber er war so müde, dass er eingeschlummert und das Buch auf seine muskulöse Brust gesunken war.

Er legte es beiseite, stand auf und zog seinen Bademantel an. Harry war weder in der Küche noch im Wohnzimmer, wo sie zuweilen beim Lesen einschlief, vor allem im Winter am prasselnden Kaminfeuer. Er trat auf die Veranda und sah, dass ein Lichtschein auf die Weide fiel. Harry war in der Sattelkammer.

Er ging nach draußen und betrachtete den ständig wechselnden Himmel; die Spätjuninacht war mit silbernen Sternen gesprenkelt. Die Juni- und Julinächte kamen ihm nie so pechschwarz vor wie eine Januarnacht.

»Schatz.«

Harry blickte erschrocken auf. »Hast du mich erschreckt.«

»Es ist ein Uhr nachts. Komm ins Bett«, sagte Fair.

»Ich hab die Zeit vergessen.«

Er grinste diabolisch. »Guckst du dir hier Pornos an?«

»Nein. Das überlasse ich unseren Kongressabgeordneten.« Sie lachte. »Komm kurz rein und zieh dir einen Stuhl ran.«

Pewter hob den Kopf. *»Ich will schlafen.«*

»Ich hab drüber nachgedacht, dass Tara Meolas Explorer und Herbs Transporter als Totalschaden deklariert wurden. Erschien mir unsinnig, weil ich weiß, dass der Chevy noch ganz gut in Schuss war. Coop sagt, der Explorer war beschädigt, wär aber ihrer Meinung nach noch zu reparieren gewesen.«

»Ah-ha.« Er hatte keine Ahnung, worauf sie hinauswollte.

»Ich weiß außerdem, dass beide Wagen ein paar Jahre vor den späteren Unfällen wegen geringfügiger Defekte bei ReNu repariert wurden.«

»Was hab ich mir unter ›geringfügige Defekte‹ vorzustellen?« Er zog den Bademantel enger um sich, denn die Nachtluft war ein bisschen kühl.

»Sechs Monate vor ihrem Tod hat Tara Meola auf einem Parkplatz eine Betonschwelle gerammt und eine Felge beschädigt. Als Coop den tödlichen Unfall untersuchte, hat sie auch Taras Fahrzeughistorie überprüft und Safe & Sound gebeten, ihre Fahrgestellnummer aufzurufen. Versicherungen können anhand dieser Nummer feststellen, ob früher schon mal Schäden gemeldet wurden. Ein Händler kann das nicht. Ein Händler kann nur frühere Eigentümer ermitteln und dadurch etwas über die Vorgeschichte des Fahrzeugs erfahren. Das ist alles.«

Fair sagte: »Dann kennt niemand die Vorgeschichte des Wagens.«

»Scheint so. Ich komm nicht ganz dahinter. Ich weiß nur, es gibt keine Regeln oder Gesetze bezüglich der Preise für Ersatzteile und daher keine verlässlichen Statistiken oder Sicherheitsinformationen. Und natürlich gibt niemand zu, dass er nachgemachte Teile für Reparaturen benutzt.«

»Ja.« Er fragte sich immer noch, wann sie ins Bett kommen würde.

»Andererseits, wenn ein Auto hinüber ist und die Versicherung es als Totalschaden deklariert, gibt es keine Untersuchung. Man erfährt nicht, was mit dem Wagen nicht stimmte.«

»Vermutlich gab es einen Zusammenstoß.«

Sie drehte sich zu ihm hin. »Und wenn der Zusammenstoß durch ein billiges aufgearbeitetes Teil verursacht wurde? Was, wenn man, sagen wir mal, wie Tara mit einem Reh kollidiert und das betreffende Teil bricht, sich verbiegt, was auch immer? Der Explorer hatte auch schon eine Reparatur nach einem kleinen Unfall des Vorbesitzers – sagt zumindest Mildred vom Schrottplatz. Ich bin an was dran, weiß aber noch nicht genau, an was. Ich glaube, Safe & Sound ist daran beteiligt. Dass drei Männer von ReNu tot sind, muss mit der Versicherungsfirma zusammenhängen.«

»Es gibt keinen Grund für Latigo Bly, drei Mechaniker zu ermorden.«

»Das wissen wir nicht. Mir scheint, das alte Motiv Profitgier hat wieder zugeschlagen.«

»Wie hast du das mit den Imitaten rausgekriegt?«

»Ich hab im Internet recherchiert, unter ›Fahrzeuge‹, ›Kollisionen‹ und ›Auto‹. Schließlich bin ich auf die Website des Automotive Education & Policy Institute gestoßen.« Sie hatte bei www.autoepi.org eine Menge Informationen über Fahrzeugsicherheit, Reparaturen und Versicherung gefunden.

»Das hast du dir die ganze Zeit angeguckt?«

»Da gibt's eine Menge faszinierende Sachen, und ich arbeite schwer daran, das alles zu verarbeiten. Wirklich überwältigend, aber dies habe ich klipp und klar erfahren: Wenn jemand in unseren Ford-Kombi kracht, werden wir von unserer Versicherung angewiesen, dorthin zu gehen, wo Reparaturen am billigsten sind. Das Unternehmen übernimmt möglicherweise nicht die vollen Reparaturkosten, wenn eine Werkstatt nicht auf seiner Vorzugsliste steht. Und diese »Vorzugs«-Werkstätten verwenden nachgemachte Ersatzteile. Doch wir werden nie dahinterkommen. Würdest du den Kombi nicht lieber mit einem Originalteil von Ford reparieren lassen, auch wenn das teurer ist?«

»Ja, aber wir bezahlen nicht. Oder doch, mit unseren Prämien.«

»Richtig, und das tun alle Amerikaner, die ihre Prämien bezahlen. Die Versicherung will von der Prämie so viel wie möglich einbehalten, deswegen die billigen Reparaturen.«

»Mir schwirrt der Kopf. Komm, geh schlafen. Sonst bist du morgen keinen Pfifferling wert.«

»Du hast recht. Ich hab mich verrannt. Selbst wenn ich ein ganzes Jahr dranbliebe, ich glaube, ich wäre dem allem nicht gewachsen.«

»Es ist beunruhigend.« Er stand auf und schaltete den Computer aus. »Hör zu, geh damit zu Cooper. Steiger dich nicht da rein.«

»Mach ich nicht«, versprach Harry.

Mrs. Murphy, Pewter und Tucker tappten hinter den Menschen her. Sie waren überzeugt, dass Harry ihr Versprechen bald vergessen und etwas Dummes anstellen würde.

34

Harry war mit der Farmarbeit fertig. Der heiße, schwüle Tag Ende Juni verhieß am späten Nachmittag noch stickiger zu werden. Harry hatte an diesem Morgen mit Coop gesprochen und ihr berichtet, was sie auf der Website von Automotive Education & Policy entdeckt hatte.

Coop gelobte, das weiterzuverfolgen, indem sie andere Reparaturwerkstätten überprüfte, mit anderen Versicherungsagenten redete.

Harry aber hatte keine Ruhe und gedachte ein bisschen herumzufahren und selbst nachzuforschen. Der WRX STI verlockte sie. Sie sprang in das Kraftpaket, verfrachtete Tucker nach hinten. Die zwei Katzen setzten sich vorn neben Harry.

»Die Karre liegt zu tief am Boden.« Pewter zog den Transporter vor.

»Du auch«, sagte Tucker vom sicheren Rücksitz aus.

»Haha«, gab die graue Katze sarkastisch zurück.

»Wir können uns auf den Sitz stellen und die Pfoten ans Armaturenbrett legen. Ist gar nicht so übel.« Mrs. Murphy genoss jede Autofahrt, egal, wie hoch oder tief das Fahrgestell lag.

»Schwierig für Pewter. Sechzig Prozent von Pewters Gewicht stecken im Hinterteil, wie bei 'nem Porsche«, sagte Tucker.

Pewter sprang durch die Lücke zwischen den vorderen Schalensitzen nach hinten. Tucker fletschte die Zähne, doch die graue Katze hüpfte auf den Rücken der Hündin, so dass deren Reißzähne nichts ausrichten konnten.

Harry stellte den Motor ab und gab Hund und Katze einen Klaps.

»Ich hab's endgültig satt. Drei Wochen nichts als Zank und Streit. Noch ein Mucks, ein einziger kleiner Mucks, und ihr fliegt beide aus dem Auto.«

Die zwei sahen zu dem erzürnten Menschen hoch. Harry lehnte sich auf dem Fahrersitz zurück, auf dem sie sich wie in einem Cockpit fühlte. Pewter kam wieder auf den Vordersitz. Harry war in den Wagen verliebt, aber sie litt auch, weil sie ihn nicht kaufen würde. Sie nagten nicht am Hungertuch – Fair hatte Arbeit, dem Himmel sei Dank, denn viele hatten keine –, aber das Geld war knapp.

Der aufgemotzte 2,5-Liter Vierzylinder-Turbo erwachte mit einem angenehmen Brummen. Das Sechsgang-Schaltgetriebe entzückte Harry. Sie wünschte, ihr Transporter und der Volvo-Kombi hätten Handschaltung. Ein Handschaltgetriebe war heutzutage nicht so leicht zu finden. Es gab ein paar BMW-Modelle, aber sie wusste von keinem einzigen Mercedes-Modell. Fast alle Familienkutschen zwangen den Käufern Automatikschaltung auf, was einen höheren Benzinverbrauch zur Folge hatte, wiewohl die Hersteller behaupteten, die Computerchips würden Benzin sparen. Harry fragte sich, ob die Autohersteller dachten, wer eine Familie hatte, hätte keinen Spaß am Fahren, am richtigen Autofahren. Man konnte auch lustvoll rauf- und runterschalten, ohne Fanatiker zu sein.

Harry jedoch besaß am Steuer eines pulssteigernden, sagenhaft beschleunigenden Gefährts durchaus Fanatiker-Eigenschaften.

Sie und ihre kleine Familie erklommen auf der Route 250 den Afton Mountain, bogen nach links in die I-64 ein und fuhren nach Stuarts Draft. Sie nahm die Ausfahrt Fisherville und gelangte in eine Gewerbestraße mit großen metallenen Schachtelbauten. Haldane's Salvage war ein kleiner Ziegelbau. Vor dem Maschendrahtzaun war ein großes Schild angebracht: AUFGEARBEITETE FAHRZEUGE – WIR SIND UMWELTBEWUSST. Auf dem Schild war eine große Verkehrsampel aufgemalt, deren grünes Licht leuchtete. Harry fuhr hinein.

Mildred erwartete Harry, die sich telefonisch angemeldet hatte. Mildred Haldane begrüßte auch die Haustiere, denen die freundliche Dame den Aufenthalt in dem klimatisierten Büro gestattete.

Mildred war so rund wie hoch, dennoch bewegte sie sich mit beachtlicher Dynamik, als sie mit Harry nach hinten in den großen Hof marschierte. Er war mit Maschendraht umgeben, der an der Innenseite mit dünnen Holzplatten bestückt war, um den Blick auf die geschredderten Fahrzeuge und auch auf den Schredder selbst zu verdecken. An der Rückseite des Geländes verbargen Leyland-Zypressen das, was viele Leute als Schandfleck empfanden. Reihenweise augenlose Transporter, PKWs, sogar einige Golfwagen empfingen Harry. Sie fand den Autofriedhof nicht anstößig. Manche Fahrzeuge gaben Zeugnis von entsetzlichen Unfällen, andere sahen müde aus, mit rostigen Böden und von der Sonne gebleichtem Lack.

»Es kommen nicht gerade viele Leute her, die sich für Schrott interessieren«, plapperte Mildred, deren korallenroter Lippenstift schimmerte. »Mein verstorbener Mann und ich haben die Firma 1972 gegründet. Damals war hier draußen nicht viel los, daher konnten wir viel Land kaufen. Wir dachten uns, es wird immer Autos geben, und es wird immer Unfälle geben. Wir ahnten ja nicht, dass aus Familien mit einem Auto mal Familien mit zwei oder drei Autos werden würden. Das hat uns einen Aufschwung beschert.« Mildred ließ den Arm über das Gelände schweifen. »Fünfzehn Morgen.«

»Beachtlich. Sie und …«

Ehe sie zu Ende sprechen konnte, sprang Mildred ein: »Drew.«

»Sie und Drew haben Weitblick bewiesen.«

Sie zuckte die Achseln, freute sich aber über das Kompliment. »Ich kann Ihnen sagen, junge Frau, Autos sind nicht mehr das, was sie mal waren. Kommen Sie, ich zeig Ihnen was.« Mildred führte Harry zu einem sauberen gelben Schuppen, sprang in einen neuen Golfwagen und fuhr mit Harry auf dem Gelände nach ganz hinten. »Dies ist mein Antiquitäten-Friedhof. Drew und ich haben es nicht übers Herz gebracht, diese Schätzchen zu schreddern, als man sie zu uns geschleppt hatte.«

»Sieh mal einer an!« Harry sah einen Plymouth von 1948, dann einen alten Ford Model T – ohne Windschutzscheibe, ohne Kotflügel, aber unverkennbar ein Tin Lizzie. Daneben fand sich ein Modell A. Geschwungene Kotflügel von einem Buick aus den Fünfzigern ruhten neben alten Nashs und alten Rancheros: eine Ford-Kombi-Pkw-Versammlung. Sie mochten nutzlos geworden sein, aber das Design, das Gerippe gaben Zeugnis von der Ästhetik jener Zeit.

»Hier.« Mildred klopfte auf eine alte Dodge-Stoßstange. »Echter Stahl. Nur zu, klopfen Sie mal drauf.«

Harry tat wie geheißen. »Die konnte den einen oder anderen Rumms aushalten.«

»Ich sag Ihnen«, Mildred kniff die Augen zusammen, »beim Auseinandernehmen von Fahrzeugen – so was wie umgekehrte Konstruktion – habe ich viel über Motoren, Autodesign und Sicherheit gelernt. Klar: Keine Kraftstoffeinspritzung, einfache Motoren, und die Stoßdämpfer ließen oft zu wünschen übrig, aber diese Babys waren Autos. *Richtige* Autos.«

Harry seufzte. »Wie recht Sie haben, Mrs. Haldane. Alles wird heute billiger gemacht, unter dem Vorwand, dass die Autos dadurch leichter sind und nicht so viel Sprit verbrauchen.«

»Nennen Sie mich Millie. Nun, wenn Sie über Umweltverschmutzung sprechen wollen«, Mildred legte die Hand auf ihre ausladende Hüfte, »was ist mit Industrieemissionen? Kunststoff, Kunststoff, der wie Aluminium aussieht, Plastik, Plastik, Plastik. Igitt.« Sie hob die Hände. »So viele Beimischungen im Metall, dass man es nicht mehr Stahl nennen kann. Die Öffentlichkeit hat keine Ahnung, nicht die geringste. Ich mag ja von gestern sein, aber ich habe gelebt, als die großen Schlitten die Straßen beherrschten, und, meine Liebe, es war fa-bel-haft.«

Mildred lächelte breit, nachdem sie sich nun unmissverständlich ausgedrückt hatte, und winkte Harry wieder in den Golfwagen. »Sie haben nach dem Explorer gefragt. Ich bringe Sie hin.«

Zwei Minuten später hielten sie bei dem Subaru.

Mildred kletterte herunter, erstaunlich behende, wenn man ihr Gewicht bedachte. Sie bückte sich und zeigte auf die Felgen.

»Ja, ich sehe es.« Harry betrachtete die beschädigten Felgen.

»Solche Risse gäbe es nicht, wenn die Felgen von Ford hergestellt worden wären. Die hier wurden in China produziert. Manche kommen aus anderen Ostblockländern, aber die Chinesen sind in der Lage, billiges Zeug am laufenden Band zu fabrizieren. Das kann eine Menge Leute täuschen. Kommen Sie, ich kann es Ihnen zweifelsfrei beweisen.«

Sie stiegen wieder in den Golfwagen. Mildred fuhr so schnell, wie es das Gefährt hergab, und hielt an zwei Räderstapeln. Ein großer Stapel lag zur Linken, einer zur Rechten.

»Hoffentlich wirft hier nicht mal jemand eine Zigarette weg.« Harry machte große Augen.

Mildred lachte. »Der sollte sich eher vor mir fürchten als vor dem Feuer. Also, die Felgen links sind Originalteile. Sie waren an den Fahrzeugen, als der Händler sie verkaufte, oder wenn sie ersetzt wurden, ging der Fahrer sicher, sie gegen die vom Hersteller empfohlenen auszutauschen, General Motors, Ford, BMW, Subaru, Chrysler, Jeep … Sie wissen schon. Die rechts sind abgekupfert. Warten Sie, ich zeig's Ihnen.« Die kleine Dame hob ein – nicht leichtes – Rad auf, ohne zu ächzen. »Halten Sie es mal.«

Behutsam nahm Harry das Rad und machte sich dabei so schmutzig wie Mildred.

Keine von beiden scherte sich viel um die Gummi- oder Schmierelecken. Zwei Autofreaks von verschiedenen Generationen hatten einander gefunden.

»Soll ich es wieder auf den Stapel legen?«

»Ja bitte.« Mildred nahm ein gleich großes Rad vom rechten Stapel. »Und jetzt halten Sie das hier.«

Der auffällige Gewichtsunterschied überraschte Harry. »Nicht zu glauben.«

»Ist aber so.« Mildreds korallenroter Mund klappte zu. »Wenn Sie sich jetzt die zwei Stapel anschauen, können Sie einen Unterschied erkennen?«

»Nein, Ma'am, kann ich nicht.«

»Kommen Sie.« Mildred deutete auf den Golfwagen, und kurz darauf waren sie wieder im Büro. »Sie haben artige Tiere«, sagte sie, als sie alle beisammen waren.

»Danke schön.«

»Ich bin artig. Die anderen sind schrecklich«, schnurrte Pewter und rieb sich an Mildreds Bein.

»Meine Liebe, wie gesagt, nicht allzu viele interessieren sich für meine Arbeit hier, dafür, wie Autos heute gemacht werden. Sollten sie aber. Das Leben der Menschen hängt davon ab. Sie richten ihren Blick auf neue Modelle, auf die Hersteller, aber nicht auf die Teile. Crashtests sind nur für Teile der Originalhersteller vorgeschrieben. Ich bin nicht für Regelungen – ich finde, wir sind überreguliert –, aber in diesem Fall haben wir gar nichts. Ich kann einen Wagen mit einem Plastikteil reparieren, das aussieht wie aus Metall. Hält es einen Zusammenstoß aus? Nein.«

»Ich hatte keine Ahnung, dabei liebe ich Autos. Bevor Sie mir diese Felgen zum Halten gegeben haben, hätte ich nicht gewusst, wovon Sie sprechen.«

Mildred verzog das Gesicht. »Das ist wie bei Bestattungsunternehmen. Die Menschen wollen nicht ans Sterben denken, und sie wollen nicht an Autounfälle denken. Es ist nicht Teil ihres täglichen Lebens, bis es ihnen passiert.«

Harry nickte.

Mildred sah Harry prüfend an, dann fuhr sie fort: »So ist das also, und es geht mir dauernd durch den Kopf. Alle Autohersteller möchten, dass Sie und ich beschädigte Motorteile durch ihre Originalteile ersetzen, Elektromaterial und so weiter. Sie geben Garantie auf diese Teile. Nachgebaute Teile sind erheblich billiger, somit können die Leute ihre Autos billiger repariert bekommen. Manche würden sagen, das ist gut so, denn wenn man ausschließlich, sagen wir mal, Teile von General Motors verwendet, drängt General Motors die Nachahmer vom Markt, so dass es keine Konkurrenz gibt. Der Verbraucher hat das Nachsehen. Ich verstehe das.« Mildred hielt inne, um ihre Worte wirken zu lassen. »Aber was ist wichtiger, Antimonopolismus oder Ihre Sicherheit? Ich kann Ihnen sagen, die Chinesen scheren sich einen Dreck um Ihre Sicherheit, und ich denke, die Versicherungsunternehmen scheren sich genauso wenig drum.«

»Warum?«

Sie ereiferte sich: »Sie scheren sich nicht um Sicherheit, und sie wollen keine hohen Reparaturkosten übernehmen.«

»Ja«, pflichtete Harry ihr bei. »Eine Schweinerei ist das.«

»Die Versicherungen salbadern von Wahlfreiheit der Verbraucher, die Autohersteller wollen ihren Ruf schützen, und vielleicht wollen sie die Nachahmer vom Markt drängen, aber ich sag Ihnen, ich sehe miserabel gemachte Autos; Lieferwagen kommen ausgeschlachtet hierher und haben immer noch Blut dran. Das macht mich jedes Mal fertig.«

»Würde mir genauso gehen.« Harry wechselte das Thema. »Arbeiten Sie allein hier? Das Gelände ist groß.«

»Nein. Zwei junge Männer arbeiten hier; ich habe sie losgeschickt, damit sie für mich und sich selbst ein verspätetes Mittagessen holen. Ich habe zwei Kinder, beide schon über vierzig. Drew und ich haben sie aufs College geschickt. Sie wollen nicht in die Firma einsteigen. Mögen sich die Hände nicht schmutzig machen.«

»Es ist eine gute Firma.« Harry betonte »gute«.

»Die jungen Leute sind heute anders. Vierzig ist jung für mich. Keiner will mit den Händen arbeiten.« Sie sah Harry wieder an, bemerkte den Staub auf ihren Jeans, ein paar Heuhalme in ihren Haaren. »Farmarbeit mögen auch nicht viele.«

»Millie, ich würde das nicht machen, wenn ich die Farm nicht geerbt hätte. Ich könnte mir nicht leisten, Land zu kaufen, Geräte, Saatgut, Düngemittel, um die Farm in Gang zu halten.«

»Mist«, meinte Mildred lakonisch. »Aber ich sag Ihnen, es war ein Glück für Ihre Eltern, eine Tochter zu haben, die den Familienbetrieb am Laufen halten will. Ich weiß nicht, was ich tun werde. Ich sollte mich zur Ruhe setzen, aber das hier ist mein Leben. Was würde ich dann machen? Mir die Wiederholungen von *I Love Lucy* angucken?«

Harry grinste. »Sie war die beste.«

»Oh ja.« Mildred verlagerte das Gewicht. »Wenn es mit der Wirtschaft wieder aufwärtsgeht, könnte sein, dass ich den Laden dann verkaufe. Ich weiß nicht recht.«

Sie plauderten noch ein Weilchen, dann bedankte Harry sich überschwänglich und nahm sich vor, ein paar Konserven vorbeizuschicken, die sie letztes Jahr eingemacht hatte. Sie wusste, sie würde wiederkommen. Etwas an Mildred zog sie an. Sie dachte nicht weiter darüber nach, sie wusste nur, dass sie wiederkommen würde.

Mildred umarmte sie herzlich, als Harry, die drei Fellfreundinnen zu ihren Füßen, die Hand an den Türknauf legte. »Millie, was für ein Auto fahren Sie?«

»Ha.« Millie klatschte in die Hände. »Ein dickes 1962er Impala-Cabrio. Mit dem hänge ich alle ab.«

Als Harry vom Schrottplatz fuhr, stellte sie sich die rundliche kleine Dame in dem großen Chevy vor.

Sie hatte keine Lust auf die I-64, deshalb fuhr sie hintenherum nach Waynesboro.

»Hey, wir fahren auf die Dragsterbahn. Da ist jetzt niemand.«

Tuckers braune Augen zeigten Besorgnis. *»Das solltest du mit diesem Wagen lieber nicht tun.«*

Nach einer Viertelstunde rollte der schwarze WRX STI auf das Gelände der Central-Virginia-Dragsterbahn. Harry fuhr direkt zu den Christbaumlichtern.

»Das sind aber viele Lichter«, bemerkte Mrs. Murphy.

»Ich will die Viertelmeile fahren.« Harry umfasste das Lenkrad mit festem Griff. »Kann ich aber nicht. Es gehört sich nicht, das mit einem Wagen zu machen, der nicht mein Eigentum ist, aber wie kann ich es sonst machen? Die lassen mich hier nie ein Rennen fahren, und ich sollte es nicht tun. Wirklich nicht.«

»Tu's nicht«, jammerte Pewter. *»Du machst schon genug Dummheiten.«*

»Was zum Geier …?«, rief Harry aus. Vor ihr kam ein anthrazitgrauer Porsche 911 um die Tribüne gerast. Sie sah in den Rückspiegel: Hinter ihr war ein gelber Camaro. Harry konnte die Fahrer nicht erkennen, aber sie wusste, wenn sie nicht handelte, nähmen die sie in die Zange. Sie trat auf die Bremse, gab Gas, nahm den Fuß von der Bremse und schoss die Bahn so schnell entlang, dass der Porsche scharf bremsen musste.

»Da ist was faul«, rief Mrs. Murphy.

Tucker, die versuchte, das Gleichgewicht zu halten, guckte zwischen den zwei Vordersitzen durch. *»Die wollen sie in die Zange nehmen!«*

Pewter, die sich in den Fußraum hinter dem Sitz gekauert hatte, schrie: *»Sie soll anhalten!«*

Mrs. Murphy erfasste die Lage. *»Wenn sie anhält, gehen wir hops.«*

Die Irrsinnsbeschleunigung gab Harry Zuversicht. Am Ende der Viertelmeile wendete sie scharf, scherte aus, denn der Porsche saß ihr dicht im Nacken. Der Camarofahrer schien zu zögern. Vielleicht war er so klug zu erkennen, dass sie, wenn er ihr den Weg zu versperren versuchte, direkt in ihn hineinrasen würde und sie vielleicht beide getötet würden.

Harry hatte Mumm: Sie nannte das Bluff. Der Camaro beschleunigte, und sie spürte die Druckwellen, als sie an dem schönen gelben Heck vorbeidüste. Beim Überholen sah sie Latigo Bly am Steuer.

Harry hielt auf die Staatsstraße zu, betete, dass jemand die drei Autos sehen und die Polizei rufen würde. Sie konnte unmöglich an ihr Handy.

Sie raste um ihr Leben, heilfroh, dass die Sicherheitsgurte gut waren.

Sie bog scharf links ab, scherte abermals aus. Diesmal verschwand der Camaro und tauchte auf der Straße, die von hinten auf die Rennstrecke führte, wieder auf.

Furchtlos nahm Harry direkt Kurs auf ihn zu. Latigo setzte schleunigst zurück, Steine flogen unter den Rädern auf.

Da sie noch nicht in der Nähe von Wohnhäusern oder Gewerbebauten waren, blieben ihren Verfolgern gut drei Kilometer, um sie abzudrängen. Bei den guten Eigenschaften ihrer Autos und dem Geschick, wie sie sie fuhren, könnte es ihnen glatt gelingen.

Schweiß lief Harry über die Stirn und zwischen den Brüsten hinab. Alle Sinne messerscharf, hatte sie sich noch nie so lebendig gefühlt wie in diesem Moment.

Sie hörte das schöne Heulen des 911 rechts von sich auf dem Straßenbankett, das breit genug für den Wagen war. Sie erkannte Victor Gatzembizi in dem herrlichen Porsche. Links von ihr raste der Camaro über die gepflasterte zweispurige Straße. Die zwei Autos nahmen sie in die Zange. Sie durfte die Straße keinen Moment aus den Augen lassen.

Der Porsche rammte sie, der Camaro schwenkte dicht an sie heran. Der kleinere Wagen schwankte, hielt aber stand. Die Verfolger entfernten sich um einen Fußbreit, kamen dann wieder an sie heran und stießen kräftig gegen den WRX STI. Harry trat das Bremspedal bis zum Anschlag durch. Das Quietschen der Reifen musste bis nach Richmond zu hören gewesen sein. Die Taschenrakete kam so plötzlich zum Stehen, dass der Porsche und der Camaro ineinanderkrachten. Der große Chevy schob den Porsche mit solcher Geschwindigkeit von der Straße, dass dieser sich in einen Acker bohrte. Er kippte aber nicht um. Der Camaro, dessen rechter Kotflügel sich verbogen und ins rechte Rad gebohrt hatte, gab ein Kreischen von sich, als der Reifen platzte. Der Wagen drehte sich, verhielt wie ein verwundetes Tier. Latigo beugte sich mit einer Pistole aus dem offenen Wagenfenster und gab einen Schuss auf Harry ab. Er verfehlte sie, die Kugel pfiff über die Kühlerhaube des Subaru.

Harry gab Gas und raste Richtung Waynesboro. Schließlich verlangsamte sie, griff sich ihr Telefon und wählte 911. Sie gab die Lage der zwei Wracks durch, dann fuhr sie auf den Parkplatz der Rite-Aid-Apotheke, um zur Ruhe zu kommen.

»Das war knapp.« Sie nahm Mrs. Murphy auf den Schoß und drehte sich um, um Tucker zu streicheln.

»Ich hätte tot sein können«, jammerte Pewter.

»Pewter, komm rauf zu mir. Komm schon.«

Mit zitternden Beinen und hängendem Bauch sank die graue Katze auf Harrys Schoß. Sie hatte sich nassgepinkelt, aber weder Harry noch die anderen sagten ein Wort. Es wäre ihnen um ein Haar selbst passiert. Dann rief Harry Cooper an.

»Coop, ich bin in Augusta County – Waynesboro, stehe vor Rite Aid. Victor Gatzembizi und Latigo Bly wollten mich umbringen. Ich bin außer Gefahr, glaube ich. Kommst du mich holen?«

»Bin gleich da.« Harry hörte Coop die Sirene einschalten und losbrausen.

Als Cooper bei Harry ankam, waren die Tiere gesäubert. Harry war zur Apotheke gegangen, hatte Wasserflaschen und eine kleine Plastikschüssel und Papiertücher zum Saubermachen gekauft. Belinda – Mopsbesitzerin und Tierliebhaberin – hinter der Theke tat so, als hätte sie den Katzenpissegeruch an Harry nicht bemerkt.

Erst als Harry Coop sah, wäre sie vor lauter Erleichterung fast in Tränen ausgebrochen. Coop stürmte aus dem Streifenwagen, sah die Schrammen an der rechten Seite des Subaru, die dünne Kugelspur auf der Kühlerhaube.

»Himmelherrgott, Harry, was ist passiert?«

Harry erklärte es, so gut sie konnte, von Anfang an. »Woher wussten die, dass ich dort war?«

»Ganz einfach, Nachbarin. Jemand hat einen Peilsender an deinem Auto angebracht. So einen, wie ihn Jagdhunde am Halsband haben. Sie haben gewusst, wo du warst, seit Victor Gatzembizi dir den Wagen gebracht hat.« Cooper beugte sich in den Streifenwagen und rief im Sheriffrevier von Augusta an.

Sie erklärte, wer sie war, nannte den Unfallort, fragte, ob jemand dort sei. Falls ja, waren die Fahrer unversehrt? Konnten sie ihr die Namen nennen?

Sie schaltete das Handy aus. »Victor Gatzembizi und Latigo Bly.«

»Ich war so blöd. So unglaublich blöd!« Harry lehnte sich an das Auto und legte den Kopf in die Hände. »Wieso hab ich das nicht erkannt?«

»Hinterher ist man immer klüger.« Coop legte den Arm um ihre Freundin. »Die gute Nachricht ist, du bist am Leben. Mrs. Murphy, Pewter und Tucker sind am Leben.« Sie warf einen Blick auf das Auto. »Ich denke, du kannst mit diesem Wagen nach Hause fahren.«

»Er hat mir das Leben gerettet.«

»Er und die Tatsache, dass du Autofahren kannst.« Cooper behielt den Arm um Harrys Schulter und drückte sie an sich.

»Das hätte ich gern gesehen. Wir kriegen das alles geregelt. Die zwei landen im Knast. Rick und ich statten ihnen später einen Besuch ab. Komm, Mädel. Ich fahr hinter dir her nach Hause.«

»Kann ich bei dir mitfahren?«, miaute Pewter laut.

»Pewts, Mom braucht dich. Das Schlimmste ist vorbei«, versicherte Tucker.

»Warum muss alles immer mir passieren?«, jammerte die graue Katze.

35

Die Strahlen der goldenen Abendsonne fielen schräg auf Berghänge und steile Schluchten, auf die östlichen Wiesen und Weiden entlang der Blue Ridge Mountains.

»Warum ist das Licht vor Sonnenuntergang so viel satter als zu jeder anderen Tageszeit?«, fragte Harry sich laut.

Ihre Freunde hatten sich an diesem Samstag vor dem 4. Juli auf der Farm eingefunden, um Harrys Rettung zu feiern, über die Ergreifung der zwei Übeltäter und über einander zu reden.

Wie neunzig Prozent der amerikanischen Männer führte Fair seine beträchtlichen Grillkünste vor, tüchtig assistiert von Reverend Jones. Weil der Reverend gerne aß, ließ man sich mit Freuden von ihm helfen. Wer gerne isst, ist meistens ein guter Koch.

Cooper hatte frisches Grünzeug für Salat mitgebracht. Alicia und BoomBoom hatten Kekse und einen großen Kuchen beigesteuert. Andere Freunde waren gekommen, hatten etwas getrunken und sich wieder verabschiedet. Es war zugegangen wie in einem Bienenstock, aber jetzt waren nur noch die engsten und liebsten da, sie aßen, tranken, lachten und freuten sich vielleicht auch an dem neuesten Skandal: Yancy Hampton war der falschen Deklarierung seiner Biolebensmittel bezichtigt worden.

»So schrecklich ist das gar nicht«, verteidigte Alicia ihn. »Dann verkauft er halt ein paar genmanipulierte Lebensmittel. Was ist schon dabei.«

Franny Howard sprang auf. »Irreführende Werbung. Man sollte ihn an seinen Schnürsenkeln aufknüpfen.« Sie ließ sich wieder hinplumpsen.

»Er trägt Sandalen«, erwiderte BoomBoom trocken.

»Jesuslatschen«, sagte Franny kichernd.

»Franny, bedien dich.« Cooper deutete auf die große Salatschüssel.

Franny schlenderte an den zwei zusammengestellten Picknicktischen entlang und belud ihren Teller und ein Salatschälchen. »Ich bin froh, dass Harry die Verbrechen aufgeklärt hat und dass ich meine Reifen wiederhabe.«

»Gibst ordentlich Gummi, was?« Fair deutete mit der langen Grillgabel auf sie.

Franny drohte ihm mit dem Finger. »Von wegen.«

Reverend Jones, immer dann am glücklichsten, wenn er mit Freunden zusammen war, ließ sich mit einem kalten Sommergetränk nieder, in das er zwei Himbeeren und frische Minze gegeben hatte. »Coop, wann werden Sie und Rick unser Mädel belohnen? Sie hat zwei gefährliche Männer gefasst.«

»Ich weiß nicht, ob ›gefasst‹ das richtige Wort ist, aber sie hat sie quasi dem Richter zugeführt.«

Harry zeigte auf den WRX STI. »Das ist diesem Wagen zu verdanken.«

Sie kannten die Einzelheiten, aber alle wollten es noch einmal hören, darum gab Harry es nur zu gern noch mal mit allen Details zum Besten.

»Kein Wort über uns«, sagte Pewter träge, nachdem sie gefressen hatte, was die Menschen ihr zugesteckt hatten, und zusätzlich noch das, was sie hatte stibitzen können.

»Wir konnten im Auto ja nicht viel machen außer uns festhalten«, ergänzte Mrs. Murphy. *»Ausnahmsweise konnten wir ihr mal nicht helfen.«*

Tucker grinste. *»War 'ne wilde Fahrt.«*

Auf einem anderen Ast als Matilda, die jetzt weiter oben ruhte, hockte der Blauhäher, Pewters Nemesis. Unverfroren stieß der Vogel herab, flog über den Tisch, verhielt einen Sekundenbruchteil und flog mit einem Bröckchen vom frischgebackenen Brot wieder in den Baum.

»Blauhäher mögen kein Brot. Sie mögen Körner«, sagte Susan, die gerne Vögel beobachtete.

Fair lachte. »Er hat Audubons *Die Vögel Amerikas* nicht gelesen.«

Der Blauhäher öffnete daraufhin den Schnabel und ließ den Brotbrocken fallen. *»Ich kann alles. Ihr könnt mich nicht fangen.«*

»Habt ihr das gesehen?« Harry war fassungslos.

»So ein Frechdachs.« Reverend Jones lachte schallend, dann hob er die Hände. »Herr, willst du uns auf diese Weise mitteilen, dass wir nicht die Krone der Schöpfung sind?«

»Hört ihn euch an.« Pewter setzte sich aufrecht. *»Er hat's kapiert.«*

Der Blauhäher hüpfte vom Ast und kurvte seitlings, einen Flügel schräg zur Erde gerichtet, direkt vor der grauen Katze. Der Luftstrom bewegte Pewters Schnurrhaare. Dann näherte er sich wieder dem Tisch und pickte ein Körnchen aus einem Keks.

Harry, die Hände in die Hüften gestemmt, stand auf. »Wozu taugt ihr Katzen eigentlich? Das ist euer Job.«

»Du kriegst 'nen Anfall, wenn wir Vögel töten«, versetzte Pewter frech.

Der Blauhäher, der etwas zu dicht an Matilda hockte, schluckte das Körnchen herunter. Matilda klappte das Maul auf, und ihre Zunge schnellte heraus. Der freche Vogel ließ sich ein paar Äste tiefer fallen. Er war noch nicht fertig, aber er wollte das leckere Korn einen Moment nachschmecken.

»Ihr zwei seht ganz schön lahm aus«, sagte die stets gefällige Tucker.

»Dann versuch du doch, ihn zu fangen.« Pewter war wütend.

»Ich bin keine Katze. Ist nicht mein Job.« Die Corgihündin ließ sich unter Fairs Stuhl sinken.

»Wir könnten dich auch gar nicht gebrauchen«, höhnte die graue Katze.

Während die drei Tiere einander ihr Leid und über einander klagten, imitierte der Blauhäher andere Vögel, aus Freude daran, jedermann zu verwirren.

Was ihm gelang.

Reverend Jones ignorierte den Lärm und fragte: »Coop, was haben sie gestanden?«

»Um das zu hören, bin ich hier rausgefahren«, sagte Franny. »Haben Victor und Latigo neben den anderen Verbrechen auch meine Reifen gestohlen?« Sie schob sich munter ein himmlisches Stück Gegrilltes in den Mund.

»Nein«, antwortete Cooper. »Es dauert seine Zeit, um Ihren Fall zu knacken. Handelt es sich um einen großen überregionalen Ring, oder war es jemand von hier? Wir kriegen es raus, Franny, nur, geben Sie uns Zeit.«

»Ihr kriegt es ganz bestimmt raus.« Alicia leckte ihre Finger ab, weswegen BoomBoom aufstand, um ihr ein feuchtes Tüchlein vom Ende des Tisches zu holen.

»Die drei übrigen Mechaniker, Jason Brundige, Sammy Collona und Lodi Pingrey, wollen ihre Haut retten, und sie wollen beweisen, dass sie niemanden umgebracht haben, drum haben sie gesungen wie die Kanarienvögel.«

»Hatten Sie gedacht, sie hätten ihre Kollegen umgebracht?«, fragte Reverend Jones die Polizistin.

»Nein. Ich bin mir ziemlich sicher, dass Victor und Latigo die Morde begangen haben. Das meint auch Jason Brundige.

Die Morde hatten kein Profiniveau, aber die Männer waren schlau, waghalsig und haben keine Fingerabdrücke hinterlassen. Die zwei hielten es für besonders schlau, bei jedem Mord eine andere Vorgehensweise anzuwenden. Jason meinte, sie haben Bobby gemeinsam umgebracht, so wie sie versucht haben, Harry gemeinsam umzubringen.«

»Die Morde waren Mitteilungen an die anderen«, sagte Harry.

»Ja«, erwiderte Coop.

»Mitteilungen worüber?« BoomBoom war an ihren Platz am Tisch zurückgekehrt.

»›Haltet die Klappe. Werdet bloß nicht habgierig.‹ Die Mechaniker wussten über Victor und Latigo Bescheid. Und sie wurden fürs Stillschweigen gut bezahlt.« Cooper schwang ein Bein über die lange Holzbank und setzte sich so ans Ende des Tisches, dass sie alle im Blick hatte. »Die Mechaniker bekamen hohe Schmiergelder, um über die minderwertigen Teile den Mund zu halten. Dafür haben sie ein Stück vom Kuchen abgekriegt. Seit wir bei der Polizei Finanzsachverständige haben, können wir bei jedermann feststellen, ob seine Bücher frisiert sind. Walt hat den Stein ins Rollen gebracht. Er wollte fürs Schweigen mehr Geld. Er hat nicht nur Victor und Latigo zu erpressen versucht, sondern auch seine Kollegen. Damit hat er sich bei ihnen unbeliebt gemacht.«

»Was glauben Sie, wie viel bei der ganzen Nummer rausgekommen ist?«, fragte Franny, die stets an Profit interessiert war.

»Millionen. Wir können es nur an Prozentsätzen festmachen – mit anderen Worten, an dem Preisunterschied zwischen Originalfabrikteilen und Imitaten –, aber der Gewinn ist enorm.«

»Latigo hat also Kunden zu Victor geschickt?« Fair aß sein Steak zu Ende und fand, dass er seine Sache am Grill toll gemacht hatte. Und das hatte er wirklich.

»Ja. Beide haben offensichtlich beträchtliche Gewinne eingestrichen. Jason hat zu verstehen gegeben, dass Walt zuerst habgierig wurde, dann haben auch Nick und Bobby mehr verlangt. Nick hat dummerweise gedroht, sich mit den chinesischen Teilen an die Medien zu wenden, mit dem ganzen Betrug. Eine Unfallreparaturwerkstatt ist nicht verpflichtet offenzulegen, ob Teile vom Originalhersteller stammen oder ob es Imitate sind. Victor musste nichts weiter tun, als seine Konkurrenz um fünfzehn Prozent zu unterbieten. Latigo schickte alle Kunden zu Victor, und beide haben dabei einen Riesenreibach gemacht.« Dann wies Cooper auf Harry. »Wie bist du eigentlich dahintergekommen? Du warst uns voraus.«

»Herbs Transporter wurde als Totalschaden deklariert, dabei wusste ich, er hätte noch Jahre fahren können. Deswegen bin ich auf den Hof der Werkstatt gefahren und hab den Kühler ausgebaut. Ich hab gemerkt, dass was nicht stimmte, weil die Bohrlöcher verändert worden waren, um ihn einzupassen. Sie waren ellipsenförmig, und diese Erkenntnis hab ich Dabney Farnese zu verdanken. Als er den John Deere reparieren kam, hat er mir von minderwertigen Teilen für Traktoren und von den Bohrungen erzählt. Er sagte, das sind todsichere Anzeichen, weil ein minderwertiges Ersatzteil nie genau passt. Die Bohrungen müssen verändert werden, und er sagte, diese Veränderungen sind eher ellipsenförmig als kreisrund.«

»Das war es also? Der Kühler?« Reverend Jones nahm sich ein Törtchen mit dicker Vanilleglasur.

»Sicherer wurde ich mir erst, als ich zu Haldane's Salvage gefahren bin und Millie Haldane mir gerissene Felgen gezeigt hat. Zwei davon waren an Tara Meolas Explorer, der zum Schreddern auf dem Platz stand. Safe & Sound benutzt Millies Schrottplatz. Diese Frau weiß eine ganze Menge. Als ich von dort wegfuhr, wusste ich Bescheid, ich wusste es einfach, konnte aber nicht beweisen, dass Safe & Sound dahintersteckte. Wenn Originalfelgen von Ford an Taras Explorer gewesen wären, hätte eine Chance bestanden, dass sie überlebt hätte, als sie von der Straße abkam. Die gefälschten Felgen sind gerissen.

Und als Miranda von der Straße abkam, war auch eine Felge schuld. Sie hatte sie im Vorjahr auswechseln lassen.«

»Wo ist Miranda?« Franny hatte die ältere Dame gern.

»Chorprobe. Ihr Chor wurde eingeladen, bei der Erinnerung an die Vereidigungszeremonie am vierten Juli in Monticello zu singen.« Harry sprach von einem bewegenden Ereignis in Thomas Jeffersons Zuhause, bei der aus dem Volk amerikanische Staatsbürger geworden waren.

»Eine große Ehre.« Alicia lächelte.

»Sie singt auch ein Solo. So eine wunder-, wunderschöne Stimme«, fügte Reverend Jones hinzu.

Franny war neugierig. »Warum hat es dich stutzig gemacht, dass Herbs Wagen als Totalschaden deklariert wurde?«

»Es findet keine Überprüfung statt, wenn ein Fahrzeug als Totalschaden deklariert wird. Meine Neugierde muss die zwei alarmiert haben. Sie wollten nicht, dass ich den Wagen untersuche. Victor hat den Chevy sofort von St. Lukas abgeschleppt. Ich hätte Lunte riechen müssen, als er den WRX STI vorbeigebracht hat. Er hatte einen Peilsender in den Wagen eingebaut. Er wusste genau, wo ich war, wenn ich den Subaru fuhr. Darauf wäre ich nie gekommen. Ich war richtig dumm.«

»Dickköpfig trifft es eher«, sagte BoomBoom.

»Ich war zu sehr geblendet von dem WRX STI. Es war leicht, mich aufzuspüren – man kann die Bewegungen einer Person auf dem Handy-GPS verfolgen; Jäger kriegen sogar Karten mit den darübergelegten Spuren ihrer Hunde. So haben die zwei das mit mir gemacht. Als sie sahen, dass ich an einem abgelegenen Ort war, wo sie mich stellen konnten, haben sie zugeschlagen. Sie waren mir offensichtlich bis zu Millie gefolgt und wussten, dass ich ganz nah an der Wahrheit war.«

Reverend Jones dachte laut: »Habsucht, eine der sieben Todsünden. Harry, Sie hätten das vierte Opfer sein können.«

»Gott sei Dank, dass meine Liebste Auto fahren kann«, sagte Fair. »Sie ist ein NASCAR-Typ.« Er wischte sich die Hände an einem feuchten Tuch ab. »Für die Männer war es einfach unvorstellbar, dass sie einen Wagen so gut beherrschen kann wie sie selbst.«

»Das hätte ich ihnen sagen können.« BoomBoom lächelte. »Reflexe wie eine Katze.«

»Nicht mal annähernd«, widersprach Pewter.

Der Blauhäher stieß wieder zu den vielen Menschen am Tisch herab und machte sich mit weiteren leckeren Körnern von Muffins davon.

Franny gestattete sich einen Fluch: »Der verdammte Vogel!«

Franny, die Mildred Haldane kannte, fragte Harry: »Was hältst du von Millie?«

»Sie ist einsam, aber sie weiß eine Menge. Cooper, ich an deiner Stelle würde ihr einen Besuch abstatten oder sie als sachkundige Zeugin befragen, sobald du mit dem Staatsanwalt gesprochen hast. Ich persönlich würde sie auch gern wiedersehen.«

Franny nickte. »Eine echte Persönlichkeit.«

»Das musst du gerade sagen«, meinte Susan kichernd, dann wurde sie ernst. »Harry, ich glaube, unser Anruf bei Vivien Bly hat die beiden auch gewarnt. Ich meine gewarnt, dass du dicht dran warst. Sie ist bestimmt sofort zu Latigo gelaufen und hat ihm alles erzählt. Daran hätten wir denken sollen. Bloß weil wir wissen, dass er ein untreuer Du-weißt-schon-was ist, muss das nicht heißen, dass sie ihn nicht liebt. Vielleicht hat sie keine Ahnung.«

»Doch«, sagte Alicia bestimmt. »Sie wird zu ihm halten; sie wird versuchen, ihm Alibis zu verschaffen. Wartet nur, bis es zur Verhandlung kommt.«

Harry hob die Hände. »Wie kann sie das tun?«

Reverend Jones erwiderte ruhig: »Wie könnte sie nicht? Seit tausend Jahren werden in der Geschichtsschreibung Frauen gerühmt, denen die Liebe zu einem Mann über das Wohl der Gemeinschaft ging. Sie war eine ›gute Ehefrau‹.« Er sah eindringlich in die Runde der Versammelten.

Harry warf sogleich ein: »Untreue ist eine Sache, aber zu wissen, dass der Ehemann oder der Sohn oder die Tochter Menschen umbringt, das ist ein anderes Kaliber. Wie kann das, was sie tut, als gut eingestuft werden?«

»Das ist ein strittiger Begriff. Die Maßstäbe verschieben sich«, erklärte Alicia klug. »Ich persönlich wüsste nicht, was ich tun würde. Ich meine, weiß das irgendjemand von uns, bevor er selbst in so eine Lage gerät?«

»Sie wird das Imperium leiten, wenn er ins Gefängnis geht«, sagte Fair achselzuckend.

»Es ist durchaus möglich, dass man sie auch drankriegt. Wie viel hat sie gewusst? Ist sie eine Komplizin?« Cooper wusste nur zu gut, wie solche Dinge liefen.

»Das wird sich ewig hinziehen«, meinte Franny. »Mittlerweile hat Harry einen Subaru WRX STI, denn ich bezweifle, dass jemand im Moment vorhat, ihn zurückzunehmen. Er gehört doch Safe & Sound?« Sie lachte.

»Ist anzunehmen«, erwiderte Harry.

»Tja, man soll das Eisen schmieden, solange es heiß ist«, riet Franny ihr.

»Genau das hab ich getan und Heu gemacht, solange die Sonne scheint.« Harry wies mit ausladender Geste auf die gemähte Heuwiese, was ihr viele Lacher eintrug.

Genau in diesem Moment kam der Blauhäher zurück. Das gespiegelte Licht auf dem Krug mit Eistee narrte ihn, er flog direkt darauf zu und fiel zwischen Gläser, Zucker und Zitrone.

Trotz ihrer Leibesfülle sprang Pewter blitzschnell auf den Tisch.

Sie hatte schon die Pfote auf der rundlichen Brust des Vogels, als Harry die Katze hochnahm.

»Der Vogel gehört mir. Ich warte seit Jahren auf das Untier!«

Fair hob den Vogel auf, strich ihm über den Kopf, befühlte seinen Hals. »Nicht gebrochen.«

Der Blauhäher schlug ein glänzendes schwarzes Auge auf. Bewegte den Kopf.

Pewter zappelte auf Harrys Armen, ihre Wut eskalierte.

»Nimm deinen Schwanz von der Kuchenglasur.« Boom-Boom hob behutsam den Schwanz hoch.

»Meiner. Das ist mein Vogel!« Pewter streckte eine Pfote aus.

»Nein«, sagte Fair. Er zupfte ein geröstetes Haferkorn aus einem Muffin und steckte es dem Vogel in den Schnabel. Dann warf er den Blauhäher hoch. Ein Flügelflattern, und der Dieb landete auf seinem angestammten Ast.

Der Vogel schluckte das Haferkorn und blickte starr auf die untröstliche graue Katze hinunter. *»Ha.«*

»Ich töte dich«, gelobte Pewter. *»Ist mir egal, wie lang es dauert. Ich werde dich töten.«*

Mrs. Murphy ging zu ihrer aufgewühlten Freundin, lehnte sich an ihre Schulter und sagte: *»Pewts, mach dir keine Sorgen. Eines Tages kriegt dieser Blauhäher, was er verdient. Du weißt doch, Verbrechen zahlt sich nicht aus.«*

Liebe Leserinnen und Leser,

ich hege manchmal die Befürchtung, dass Sie meine Charaktere mit mir verwechseln. Ich für mein Teil bin ziemlich gemäßigt und rege mich furchtbar auf über das, was ich in Washington beobachte: die eingefleischte Unehrlichkeit, Ichbezogenheit und den Mangel an Fürsorge für unsere Bürger. Dieser Verlust von Vertrauen und Glauben ist parteiübergreifend. Ich denke, die meisten von uns sind entsetzt.

Um das mal klarzumachen: Ich bin nicht Harry, obwohl uns die Liebe zur Farmarbeit und zur Natur verbindet. In fast jeder anderen Hinsicht sind wir grundverschieden. Allerdings leben wir beide in Mittelvirginia, wo die Menschen nicht liberal sind. Sie stehen aber auch nicht rechts von Dschingis Khan. Klar, einige schon, aber das sind die wenigsten. Im Großen und Ganzen halten die Bewohner von Virginia sich an Jeffersons Ideal: »Die Regierung ist die beste, die am wenigsten regiert.«

Danke, dass Sie Sneaky Pie und dem Crozet-Klüngel die Treue halten. Ich hoffe sehr, dass Sneaky Pie für die Präsidentschaft kandidiert. Ich vertraue ihr, sie ist vernünftig und zuverlässig.

Was mich betrifft, ich tue mein Bestes, um Leib und Seele zusammenzuhalten, genau wie Sie. Egal, was für Dummheiten die Menschen begehen, der große Blaureiher, der vor der Sonne fliegt, wenn sie hinter den Blue Ridge Mountains versinkt, richtet mich wieder auf. Ich hoffe, Sie haben in Ihrem Leben etwas, das sich mit solcher Schönheit messen kann.

Immer die Ihre,

Rita Mae Brown

Liebe Leserinnen und Leser,

Katzen lassen sich gern in Personenwagen und Transportern kutschieren, aber wir müssen im frühen Kätzchenalter daran gewöhnt werden. Ich guck nicht vorne aus der Windschutzscheibe raus, sondern stell mich lieber hinten an die Heckscheibe.

Diese Geschichte interessiert mich, weil ich dabei mit meinem Menschen durch die Gegend gurken kann. Ich bin sogar schon auf ihrem Schoß mitgefahren, wenn sie den Traktor lenkte. Nicht oft, weil die Fahrt eine holprige Angelegenheit ist, aber ich mag die Aussicht von so hoch oben.

Pewter dagegen fährt bloß mit, weil sie Angst hat, dass sie sonst was verpasst. Wenn sie's mit der Angst kriegt, richtet sie ein Chaos an. Sie sollte einfach zu Hause bleiben.

Ich hoffe, wo Sie sind, ist alles gut.

Immer die Ihre,
Sneaky Pie

Liebe Leserinnen und Leser,

Sie hat Schiss, ich nicht! Ich kann mindestens so gut Auto fahren wie alle anderen.

Ergebenst, aufrichtig, redlich,
Pewter

Danksagung

Erica Eversmann steht zuoberst auf der Liste, aber da steht sie bei mir ja immer. Sie ist der führende Kopf des Automotive Education and Policy Institute (www.autoepi.org). Die gute Frau ist den weiten Weg von Akron, Ohio, gefahren und hat in meinem Stall ihr »Hauptquartier« aufgeschlagen, obwohl es dort weder Klimaanlage noch Internetservice gibt. Sie hat bei mörderischer Hitze durchgehalten, hat mir alle möglichen Ausdrucke vorgelegt und mit unglaublicher Geduld erklärt, was bei diesem Thema auf dem Spiel steht.

Wir sind so daran gewöhnt, in den »Großen Drei« unter den Kraftfahrzeugherstellern (Ford, General Motors und Chrysler) die Bösen zu sehen. In diesem Fall sind sie's nicht. Sie wollen beileibe nicht, dass jemand in ihren Autos zu Tode kommt. Lassen wir es dabei bewenden.

Jeder Dank erscheint mir unzureichend für alles, was diese große, kluge Blondine für mich und darüber hinaus für alle Amerikaner getan hat, auch wenn Sie vielleicht nichts davon merken. Erica und andere setzen sich energisch für Automobilsicherheit ein.

Mrs. Donna Packard von Academic & Professional Services macht immer meine Manuskripte abgabefertig. Für diesen Krimi hat sie sogar etliche landwirtschaftliche Themen recherchiert. Etwas erst auf die letzte Minute machen, das gibt es bei ihr nicht. Sie hat sich voll eingesetzt, aber das tut Donna ja immer, sei es für ihren Beruf, ihre Kinder, ihren Mann oder ihre Freunde.

Dank an ein Schmuckgeschäft – gibt es eine Frau, die ein gutes Schmuckgeschäft nicht schätzt? Keller & George bedient Charlottesville seit weit über hundert Jahren. Bill Liebenrood von Keller & George, der für mich der große Zampano ist, bat mich; ihn in diesem Buch umzubringen, damit er nicht mehr arbeiten gehen muss. Bill ist einmalig. Ich habe ihn so gern, dass ich es einfach nicht fertigbrachte, aber vielleicht kann ich ihn in den Folgebüchern leiden lassen.

Besonders dankbar bin ich Bill und Gayle Lowe für ihre Liebenswürdigkeit während einer beispiellosen Wende in meinem Leben. Es war nicht leicht für sie, auch nicht für Keller & George, aber sie haben es mit Humor und Anstand gehandhabt, und ich stehe für immer in ihrer Schuld.

Wo immer Sie leben mögen, ich hoffe, Sie sind von guten Menschen umgeben, so wie ich es hier in Mittelvirginia bin. Man trifft Menschen geschäftlich und privat, und es ist immer ein Vergnügen. Aber wenn die Sie-wissen-schon am Dampfen ist, bin ich überwältigt, wie hilfreich und aufrichtig besorgt die Menschen sind. Besser noch, wie sie alle strotzen von Ideen, von denen viele Eingang in Sneakys Bücher finden.

Hat die Katze ein Glück. Hab ich ein Glück.

Immer und ewig,
Rita Mae